徳間文庫

スクランブル
イーグル生還せよ

夏見正隆

徳間書店

目次

登場人物

風谷《かぜたに》修《おさむ》――航空自衛隊・第三〇七飛行隊所属　F15パイロット　二十六歳
鏡《かがみ》黒羽《くろは》――同　F15パイロット　二十五歳
火浦《ひうら》暁一郎《きょういちろう》――第三〇七飛行隊　隊長
月刀《がとう》慧《けい》――同じく第三〇七飛行隊　飛行班長
日比野《ひびの》克明《かつあき》――第六航空団　防衛部長
葵《あおい》一彦《かずひこ》――航空総隊・中央指揮所　先任指令官
和響《わきょう》一馬《かずま》――同
敷石《しきいし》巌《いわお》――同　総隊司令官　空将補

夏威《なつい》総一郎《そういちろう》——外務省アジア大洋州局　課長補佐　月刀の同級生

水鳥《みずとり》あかね——参議院議員　主権在民党　〈ＮＧＯ平和の翼〉主催者

先島《さきしま》終太郎《しゅうたろう》——経済産業副大臣　主権在民党

咲山《さきやま》友一郎《ゆういちろう》——内閣総理大臣　主権在民党

秋月《あきづき》玲於奈《れおな》——女優　二十五歳

岩谷《いわたに》美鈴《みすず》——〈青少年平和訪問団〉メンバー　中学三年

プロローグ

「きゃっ」

秋月玲於奈《あきづきれおな》は、指でつまみ出したそれを、思わず放り出した。

バッグに覚えのない物が入っていた。

ペラッ
それは宙を舞って、化粧室の洗面台のベイスンにおちると、水で半分濡《ぬ》れた。

封筒……!?

〈INVITATION〉

白い大判の封筒の、面の文字が滲《にじ》んでいく。

「――な、何よ」

肩を上下させ、白っぽい内装の化粧室を見回す。

「何よ、これ……」

人の気配はない。

並ぶ鏡。並ぶ個室のドア。

自分以外には、誰《だれ》もいない……。

壁の向こうからは、微《かす》かにざわめきが伝わって来るが――

（――――）

ざわめきは、スタジオからだろう。

撮影中だ。

ここは広告代理店の本社ビルだ。同じ四階フロアの制作スタジオで、コマーシャル・フィルムの撮影が佳境に入っている。

玲於奈が主役のフィルムだ。

短い休憩に入ったのを潮に、スタッフに無理を言ってメイク直しを後にしてもらい、携帯を使うためにスタジオを出て来た。化粧室に人けはない。

おちつけ。

玲於奈は、周囲を見回す。

とりあえず、ここには誰もいない……。

呼吸を整えながら、タイルの壁に背中を押しつけて、秋月玲於奈は洗面台のベイスンで水に浸《つ》かっている封筒を見やる。

〈INVITATION〉

どうして、こんなものが。

水気を角から吸い、白い封筒は半透明になりかけている。

たぶん、中身は空だ。何も入っていない……。

「………」

玲於奈は思った。

同じだ。昼間のも、同じだった……。

今日の昼。帰宅した自宅マンションのリビングのテーブルに『座っていた』縫いぐるみ——玲於奈が徹夜の仕事から戻るのを待ち受けるように置いてあった、巨大なネズミの縫いぐるみが差し出していた封筒。

あれも、同じ物だった——

ぺらぺらで、中身はなかった。

「……いったい」

いったい、誰がいつ、部屋に忍び込んでリビングに縫いぐるみと封筒を置いたのか……？

そして――

（そして夕方から、おそらくさっき撮影が始まるまでの間に、いったい、誰がいつ、わたしのバッグに封筒を――こんな物を入れたの……？）

見当はつく。

すべては、あの〈招待〉を断ってからだ。

玲於奈はＣＭ撮影のため猫のようなメイクにした目を、きつくつぶる。

〈招待〉――

女優の秋月玲於奈さんを、ある国である方の主催されるパーティーに招待したい。

先月。ある貿易会社の経営者を通して舞い込んだオファーを、玲於奈は『気味が悪いから』と事務所に断ってもらった。

だが。

それからいつも、自分は妙な『感じ』につきまとわれている。何者かに監視されているような……。

「……お姉ちゃん」

思わず、唇を開いて呼んでいた。

玲於奈がいつも、心の中で一番頼りにしている人物――しかし今は遠く離れていて、たまに携帯で短く話すのがやっとだ。

「お姉ちゃん」

玲於奈は洗面台のバッグを摑《つか》むと、中に手を突っ込んだ。双子の姉と通話し終わったばかりの携帯を、捜した。

人目があるところでは、姉とは話せない。

秘密がばれるからだ。

一瞬、ここを跳び出してみんなのいるスタジオへ逃げ帰りたい――という気持ちと、もう一度姉に電話して相談したい、という思いがせめぎ合った。姉にすがりたい思いが勝った。

手で、バッグの中の携帯を探った。

だが、

(……ない？)

玲於奈は猫メイクの眉《まゆ》をひそめた。

姉との通話を切って、一分もたっていない。

携帯は、バッグに入れたはずだ――

しかし手でいくら探っても、小さな携帯電話は指に触れなかった。

どうしたんだろう。

携帯がない。

姉に――黒羽《くろは》に助けを求められない。

「お姉ちゃん」

第Ⅰ章　ピースバード飛来

1

東京　首都高速・湾岸線

「——お姉ちゃん、助け」

はっ。

自分のうわごとで、目を覚ました。

どこだろう。身体《からだ》に緩やかな加速度。カーブを曲がって行く。高速道路の出口か——

「どうした？」

後部シートで目を開けた秋月玲於奈の顔を、隣から男が覗《のぞ》き込む。色付きフレームの眼鏡。三十代。マネージャーだ。

玲於奈は見回す。窓の光が目にしみるが、慣れると、動いている景色は曇り空だ。

ここは——

そうか……。このシートは、いつも事務所で頼むハイヤーだ——運転士の制帽の向こうに、恐ろしく高い円柱状のタワーのような構造物が、灰色の空に突き立っている。『国内線出発』というサインボードがすぐ頭の上を通過する。

「もう、羽田に着くぞ」

「…………」

そうだ。

昨夜も遅くまで、化粧品会社のCMの撮影をして、都内のホテルで三時間だけ仮眠をして、マネージャーが回して来たこのハイヤーに乗ったのだ。

そして、空港へ向かった。旅仕度は、ホテルに持ち込んでいたキャスター付きスーツケースをそのまま蓋《ふた》だけ閉じて持って来た。

（あれから、一週間か……）

羽田空港　第二ターミナル

（………）

ハイヤーが出発階へのスロープを上ると、窓から、エプロンに駐機する青い尾翼の旅客機が見えて来た。

何機もいる。

今日は、どれに乗るのだろう——

飛行機には、玲於奈は詳しくない。姉の黒羽が飛ばしているイーグルという名の戦闘機は、どんな形なのだろう。

遥か昔に世を去った祖父が、零戦という古い戦闘機に乗っていたと聞く。ニューギニアの上空で戦死したのだそうだ（鏡《かがみ》龍之介《りゅうのすけ》といって、没時二十一歳の若さだったという）。パイロットとか、そういう血筋にはあるのかも知れない。玲於奈も車の運転は不得手ではない。事務所はタレント管理がうるさくて、させてくれないが……。

「小松行きの初便に十五分だ。ちょうどいい」

太平洋航空のカウンター前に黒塗りのハイヤーが止まると、マネージャーは運転士と一緒に荷物を下ろし、時計を見て玲於奈をせかした。

出発時刻が迫っている。

これから、小松行きの飛行機に乗る。

能登半島で、今日から三泊四日の日程でドラマの撮影だ。技術スタッフなど撮影隊は、すでに現地入りしているという。主演女優の玲於奈をはじめ、出演者たちは三々五々、前の仕事先から撮影地に集まって合流する。劇中で玲於奈が着る山のような衣装も、すでに担当のスタイリストが現地に持ち込んで用意しているはずだ。

最近は、ＣＭの仕事ばかりだったが、今回は『芝居』をしなくてはいけない。

二時間の単発ドラマだが「好評ならシリーズ化する」と言われた。「また女刑事をやって欲しい」というのは、スポンサーからの要望だと言う。玲於奈はハイヤーの座席でもひざに載せていた分厚い台本を脇《わき》に挟み、スーツケースのキャスターを曳《ひ》いた。

でも台詞《せりふ》、入らないなぁ……。

主役だから当然、台詞は多い。

「サングラスをしておくんだ」

手荷物検査場の受け付け機に、携帯電話をかざしながらマネージャーが小声で言った。

「目がはれぼったい」

「……あ、はい」

ここ数日、ホテル暮らしが続いていた。

一週間前に、麻布十番の自宅マンションで『あんなこと』が起きて、事務所が緊急避難先としてホテルを取ってくれた。

そのお陰か、もうあの〈封筒〉が身の回りで突然見つかる、という事態は起きていない。

でも、安心はしていない。

ホテルの環境は、あのマンションとあまり変わらない。それどころか、客室清掃係など、留守中に他人が入って来るのだ。

事務所は、代わりのマンションを捜してくれているが、まだ決まらない。決まるまではホテル暮らしが続く。最近はホテル特有の乾燥した空気と、台詞が憶えきれないという悩みも重なって、よく眠れない。ただでさえ、与えられる睡眠時間は少ないのに――

「お急ぎください」

小松行き、と電光表示された搭乗ゲートの向こうに、青い尾翼の双発旅客機が見えている。航空会社のゲート係員が控えめにせかす横を、自動改札機に携帯電話をかざして通る。

この携帯――

ついさっきの夢の中では、見つからなかった携帯だが……。

（……そう言えば、お姉ちゃん――）

搭乗橋の少し下り坂になった通路を急ぎながら、玲於奈は思った。

お姉ちゃん、先週の沖縄『出張』を終わって、小松に戻っているはずだよな……。

府中　航空自衛隊・総隊司令部

『先任』

総隊司令部の地下四階。中央指揮所《CCP》。

インターコムで、北西セクター担当管制官が呼んで来た時。葵一彦《あおいかずひこ》は先任指令官席で新聞をめくっていた。

（――――）

朝刊一面の見出しに『尖閣の中国機侵犯事件に、政府対応慎重』『日中関係を損ねてはならない』と躍るのをめくり、『朝鮮半島で新型インフルエンザ猛威か』という二面の記事を読みかけたところで葵の卓上のランプが点《つ》いた。

「どうした。北西セクター」

朝から、また何だろう。葵は紙面を畳んで置き、点灯した呼出スイッチを押して耳につけたインカムに聞いた。

先週の沖縄の〈事態〉も、そう言えば真っ昼間にいきなり起きたが――

ちらと、中央指揮所の正面にある情況表示スクリーンを見やる。日本列島とその周辺を映し出す大スクリーンだ。今のところ〈脅威〉の出現を知らせるオレンジ色はないが――

ＣＣＰの先任指令官は、何事も起きなければ退屈で仕方ないくらいだが、しかし〈何事〉は油断していると突然やって来る。先輩には、胃を壊して手術した者もいる。

『は。日本海の航空路を、小松へ向け航行中の民間機が、たった今コースを外れました』

「何」

日本海をやって来る民間機。

コースを外れる……？

葵は眉《まゆ》をひそめ、自分の席の多目的ディスプレーに北西セクターの情況画面を表示させる。山陰と北陸の海岸線を下辺に、日本海の拡大空域図が四角く現われる。

「どこだ」

『は、航空路Ｙ51、朝鮮半島から隠岐ノ島を経て小松上空へ至るコースです。このＰＢ００1と便名表示されたターゲットが、航空路上を飛んでいましたが、隠岐ノ島を通過したところで突然左へ変針。コースを外れました』

「アンノンかっ？」

所沢　国土交通省　東京航空路管制部

「ピースバード〇〇一、ディス・イズ・トーキョーコントロール」

日本の上空と、その周辺の空域には、常時無数の民間機が飛行している。

それらすべての機は、全国各地の航空路監視レーダーからの情報を集約し、ここ所沢の国土交通省・東京航空路管制部管制センター（コールサインは東京コントロール）によって運航をコントロールされている。

管制センターは、ずらりとレーダーが並ぶ薄暗い広大な施設だが、空自の総隊司令部と違って防空施設ではないので、建物は地上の平屋ビルだ。ここでも数十人の航空管制官が二十四時間、交替で航空管制業務に当たっている。

民間機――特に航空会社の飛ばす有償の旅客機、貨物機はすべて、ここ東京コントロールの管制許可（クリアランス）を受けなくては日本の上空を飛行出来ない。

日本の上空に網の目のように伸びる航空路を、常時無数の民間機が計器飛行方式（IFR）によって飛行するが、それらすべてが互いに異常接近することがないよう、適切な間隔を取って飛べるように指示や許可を出すのが、管制センターの仕事だ。

しかし、

「ピースバード○○一、ディス・イズ・トーキョーコントロール。ドゥ・ユー・リード?」

数分前から、日本海方面を管轄する管制席で、通信ヘッドセットを付けた管制官がレーダー画面上の一機をしきりに呼び出していた。

ピッ

PB001、と便名表示の出た白い菱形《ひしがた》のシンボルが、レーダー画面上に引かれた緑色の線から外れる。

ピピッ

どんどん外れて行く。菱形に寄り添うデジタルの高度表示は『三一○○○』。

「ピースバード○○一、アイ・セイ・アゲイン。ディス・イズ・トーキョーコントロール、ドゥ・ユー・リード・ミー?」

管制官はマイクに繰り返す。

ピースバード○○一便、繰り返す。こちらは東京コントロール。聞こえるか。

管制許可されたコースを、理由もなく勝手に外れることはもちろん許されていない。航空法違反となってしまう。

『――アー、ディス・イズ・ピースバード〇〇一』

さんざん呼び出したあげくに、ようやく白い菱形シンボル――ピースバード〇〇一便のパイロットが応《こた》えて来た。

日本人ではないな……。

この英語は、欧米人でもない。

ゼロをジェロと発音する、独特の語調から直感した管制官は、脇《わき》の情報画面に運航票を呼び出しながらマイクに続けた。

「ピースバード〇〇一、ユー・アー・ディビエイティング・コース、レフトサイド。リターンバック・トゥ・ヤンキー・フィフティーワン、イミーディアトリー」

ピースバード〇〇一便、そちらはコースを左へ外れている。ただちに航空路Y51へ戻れ。PBしゃべっているうちに、白い菱形シンボルの『正体』が情報画面に表示された。PB001は、航空会社の旅客定期便や貨物便ではない。日本の非政府組織（NGO）がチャーターした機体とある。出発地は上海、目的地は新潟空港。機種はボーイング767。

『アー、トーキョーコントロール、ピースバード〇〇一、ウィ・ゴー・トゥ・ニイガタ・エアポート、ダイレクトリー。リクエスト・キャンセルIFR』

ピースバード〇〇一便は、管制指示に従う計器飛行方式をキャンセルし、ここから新潟空港へ直行したい。そのようにリクエストする。

中国人だろうか、アジア系のイントネーションのパイロットは、要求してきた。

管制許可を受けて航空路を飛行するのではなく、有視界飛行で勝手に好きなように針路を取り、ここから新潟へ直行したい、と言う。

確かに、航空路Y51は、日本海洋上の〈自衛隊G訓練空域〉を迂回《うかい》するようにいったん小松上空へ達してから斜めに進路を変え、北陸の海岸沿いに新潟へ向かう。

隠岐ノ島のあたりから斜めに直行すれば、新潟へは速いことは速いが……。

こいつめ……。

管制官は、だが即座に却下した。

「ピースバード〇〇一、ネガティブ。アネイブル・ユア・リクエスト、リターンバック・トゥ・ヤンキー・フィフティーワン、イミーディアトリー！」

隠岐ノ島から新潟へ直行させたら、洋上に展開する航空自衛隊の〈G訓練空域〉を、もろに突っ切ってしまう。

G空域は、空自の戦闘機が訓練を行なう飛行制限空域だ。民間機が勝手に入り込んで突っ切ったら、大変なことになる。

だが、

『トーキョー・コントロール、ピースバード〇〇一、ナウ、キャンセルＩＦＲ。グッデイ』

中国人らしきパイロットは、勝手に宣言すると、一方的に通信を切ってしまった。

白い菱形シンボルは、管制官のレーダー・スコープ上で見る間に航空路を離れ、直線コースで新潟へ向け進み始める。しかしその進行方向には、長方形の点線で囲まれた飛行制限空域がある。上海からやって来たというボーイング７６７は、まっすぐに突っ込んで行く。

まずい。

「ピースバード〇〇一、アネイブル・ユア・リクエスト。リターンバック・トゥ・コース、イミーディアトリー！」

管制官は強く呼びかけながら、同時に卓上に備えられた赤い受話器を取った。

さらに、管制卓の間をバックアップとして巡回するスーパーバイザーに手で合図した。

「ＰＢ０１が、勝手にコースを外れます。このままではＧ空域に入る、府中の総隊司令部を呼びますっ」

日本海　洋上　G訓練空域

（――なんか居心地《いごこち》、よくないな……）

操縦桿を前へ押すと、蒼《あお》一色だった前方視界が上向きに流れ、下からぐううっ、と水平線がせり上がって来て、ヘッドアップ・ディスプレーの向こうでぴたりと止まる。身体の浮くようなマイナスG。

こらえていると、急上昇していた機体は機首を下げ切って、水平飛行に入る。スロットルを絞る。巡航推力へ――HUD左端の速度スケールはマッハ〇・九、右端の高度スケールは三〇〇〇〇ちょうど。

小松基地を離陸して十分。洋上の〈G訓練空域〉に到達した。

高度三〇〇〇〇、速度よし、マスター・アームスイッチはOFF――操縦席の計器パネルで素早く空戦諸元を確認する。

今日の訓練課目は、『高高度・編隊空戦』。三〇〇〇〇フィート以上の高高度で日本領空へ侵入して来る国籍不明の二機編隊を、こちらも二機編隊で迎え撃つ。そういう想定だ。

訓練は、長さ二〇〇マイル・幅五〇マイルの〈G訓練空域〉の西と東に二機ずつ分かれ、向き合って開始する。2vs.2の編隊空戦――格闘戦だ。使用火器は、最初は短距離ミサイルのAAM3（射程三マイル）だが、すぐに機関砲同士の撃ち合いになるだろう。もちろん訓練だから照準するだけで、実弾を撃ちはしないが――

（――――）

風谷修《かぜたにおさむ》は、F15Jイーグルの操縦席で、酸素マスクをつけた顔を上げる。イーグルの涙滴型の風防キャノピーは、三六〇度の視界だ。

「…………」

今日は、迎撃側の〈青編隊〉の一番機（編隊長）を割り振られている。空戦訓練を始める前に、空域に邪魔になりそうな雲はないか、確認しなくては――

ヘルメットの下で目を上げると。

（――う）

風防の内枠についたバックミラーの中、驚くほど近い位置に、もう一機の双尾翼の機体――F15がいつの間にか浮いていた。右の後方――反射的に振り向くと、その日の丸を付けた機首が手で触われる近さ。

いつの間に……!?

風谷は、マスクの中で舌打ちしたくなる。またただ……こいつは、今までどこにいたんだ？

つい十秒前、上昇中に背後をチェックした時には、どこにも姿が見えなかった。何の気配もしなかったのに――この二番機は、気がつくとそこにいるのだ。

「鏡」

風谷は右後方を振り向いたまま、操縦桿の無線送信スイッチを握った。

「鏡。コンバット・スプレッドだ、五〇〇フィート開け」

すると、
カリッ
無線のイヤフォンに、マイクをクリックする音がして、今にも風谷の右肩に当たりそうな位置にいたもう一機のイーグルは背中のスピード・ブレーキをぱくっ、と瞬間的に立て、ひゅっと後方へ下がって距離を取った。

（……!?）

疾《はや》い。まるで瞬間移動だ――

航空自衛隊の戦闘機パイロット・風谷修（26）は、本来の所属である小松の第三〇七飛行隊で、通常の訓練とアラート待機を繰り返す生活に戻っていた。

沖縄での数週間に渡る『夏季移動訓練』を終え、火浦《ひうら》隊長率いる派遣メンバーと共にホームベースの小松基地へ帰還したのは三日前。

沖縄では、尖閣諸島上空へ侵入した中国戦闘機を相手にスクランブル発進し、〈対領空侵犯措置〉を実施するはめになった。何とか生きて帰り、疲れ切ってしまったが、帰還後は大して休みももらえず、すぐに日常訓練は再開させられた。

今日は小松から日本海の洋上訓練空域へ出て、実戦を模した空中戦の訓練だ。

「――――」

あいつめ……。

風谷の居心地のよくない原因の一つが、あいつ――今日の模擬空戦の二番機だ。

後方へ下がって行った二番機のパイロットは、鏡黒羽《くろは》三尉。TACネームはティンク。

風谷より航空学生で一年後輩だ。しかし実戦部隊で同じ第三〇七飛行隊に配属され、〈二機編隊長資格〉を取ったのは、後から入って来た向こうが先だった。

操縦は、たぶんというか、確実に風谷よりも向こうの方が巧《うま》い。その技量は、先週の沖縄の〈事件〉で目の前に見せつけられたばかりだ。

おまけにその態度は、先輩を先輩とも思っていないし……。

(俺が一番機で先に飛んでいるのに、後ろで忍者のようにいなくなったり、いきなり現われて見せたり——俺をからかっているんじゃないのか……?)

技量が高くて、資格もあって、でもアラート待機で編隊長を任されたことがないという。

それはあいつ——鏡黒羽が女性であるということより、性格に問題があるせいじゃないのか……?

風谷は思う。

鏡とは、アラートで誰《だれ》も組みたがらないという。

(……まったく)

風谷は、先週の沖縄で初めて鏡黒羽とアラートを組まされ、スクランブル発進をして、その意味が分かるような気がした。

後方の二番機の位置から、黙ってあの猫のような目でじっと『お手並み拝見』みたいに見られていたら、居心地のいいはずがない。フライトを終えて機を降りてから『その程度……?』とか、あの目で言われそうな気がする。

いや、先週の出動では、言われたに等しい……。

そう思った時、

『レッドアグレッサー・ワン、ナウ・イン・ポジション。レディ』

ヘルメット・イヤフォンに交信の声が入った。

若い男の声。

一〇〇マイル隔てて対峙《たいじ》する、仮想敵——侵攻側〈赤編隊〉一番機パイロットの声だ。

居心地のよくない、もう一つの原因だ。

今日の対戦相手の編隊長は、菅野《かんの》一朗《いちろう》三尉。同い年、風谷の航空学生の同期だ。高校を出てすぐに入隊した訓練生活で、いつも一緒に酒を呑《の》みながら（呑めないのに呑まされながら）、F15を目指して頑張って来た。だから腕前は、よく知っている。風谷よりも確実に巧い。

『いつでもいいぞぉ、風谷』

呼びかけて来る音声に、余裕がこもっている——というより、舌なめずりしている感じ。

「わ、わかった」

左手で火器管制モードを〈SRM〉、レーダーがG訓練空域の向こう側でこちらを向く二つの菱形ターゲットを捉《とら》え、計器パネル左側のディスプレーに表示するのを確かめ、風谷はうなずく。準備よし——

これから、互いに接近して襲いかかり、闘うのだ。

飛行前のブリーフィングで、二番機の鏡には一応、〈作戦〉を伝えてある。ブリーフィングルームのさしむかいの小テーブルで、敵編隊がああ来たらこうする、こう来たらこう行く、と身ぶりを交えながら鏡黒羽に説明をした。黒羽は切れ長の猫のような目を、一度だけ瞬《まばた》きさせ「はい」とだけ言った。質問もしないし、こうしたらどうですか、とも言わない。

わかっているんだろうな――あいつ……？

ちらと振り向く。右後方、五〇〇フィート下がってやや高い位置についたF15のシルエットが、今度はちゃんと見える。そのシルエットの上に、蒼黒くどこまでも続く成層圏。

ええい、討ち死にするかも知れないが――降りてから笑うなら、笑えばいい……。

前へ向き直り、風谷はマスクのストラップを、右手で締め直した。

「ブルーディフェンサー・ワン、レディ。準備完了だ。訓練開始、行くぞ」

2

日本海　洋上　G訓練空域

「ファイツ・オン」

『ファイツ・オンッ』

風谷と、菅野一朗が一〇〇マイル向こうで同時に叫び、2vs.2の編隊模擬空戦はスタートした。

日本海洋上に横たわる、広大な長方形のG訓練空域。その西の端と東の端から、二機ずつのF15イーグルがペアを組み、互いに真っ向から突進を始める。

高度は三〇〇〇〇フィート、速度は互いにマッハ〇・九。

一〇〇マイルあった間隔が、レーダー画面上でたちまち縮まり始める。

(――――)

風谷は、レーダーの表示を見ながら機首をやや右へ振り、敵の〈赤編隊〉の一番機を左手に見ながらすれ違うよう進路を修正した。ヘッドオン・パス(正面から近づく軌道)では、熱線追尾式の短距離ミサイルは使えない。どちらかが旋回してノズルの熱を相手に見せれば、ミサイル戦に持ち込まれるが――菅野の編隊は、まっすぐに近づいて来る。このまますれ違って、機関砲による格闘戦で一挙に勝負をつけようと言うのか。

あいつらしい、やり方だ……。

風谷に、勝算がないわけではない。

いつもの格闘戦訓練で機体を思いきりぶん回す、一五〇〇〇フィートの中高度と違い、今日は高高度戦闘訓練だ。

現在の三〇〇〇〇フィートという高空では、格闘性能に優れたF15イーグルでも機動に制限を受ける。

マッハ〇・九は、イーグルの最も機動性能を発揮出来る速度だが、この有利なスピードでも高度三〇〇〇〇では荷重倍数四・五Gまでの機動しか出来ない。バンク九〇度の垂直旋回か、きつめの宙返りがやっとというところだ。一五〇〇〇フィートなら限度一杯の八Gまでかけてぶん回せる機体が、半分近い運動しか出来なくなる。

ジェット戦闘機は、最大六〇〇〇〇フィートまで上昇することは出来るが、空気の薄い高空でもTVの映像で見られるような急旋回や格闘戦が出来るわけではない。

もしも制限荷重を超えて無理に運動させると、どうなるか。Gバフェットと呼ばれる『Gによる失速』を起こし、主翼は突然揚力を失い、機体は宙で石ころのようにひっくり返って落下してしまう。突然ガガガッ、という衝撃が来て、操縦桿の反応がスカスカになり、天地が回転してどうすることも出来ないまま落下して行くのだ。

この操縦不能の状態を〈デパーチュア〉と呼ぶが、不規則な回転運動に陥るため、回復方法は状況により千差万別で、運悪く回復出来なければ、そのままの状態で海面まで行くことになる。

そんな状態になることは誰も望まないので、高空での格闘戦では、パイロットは互いに制限荷重以内のマニューバーを慎重に行ないながら、相手の後方についてミサイルかGUN（機関砲）を撃つ機会を狙《ねら》う。

（すれ違って巴《ともえ》戦に入ったら、アフターバーナーをうまく使ってマッハ〇・九を保つ――そうすればこの高度で、四・五Gの旋回が出来る。互いに相手の尻を取る旋回に入ったら、速度とGをキープすることに全神経を注ぐんだ……）

相手の菅野は、腕力でぶん回すタイプのパイロットだ。

巴戦に持ち込んで、互いの後尾を取るため旋回する機動に入れば、菅野のことだ――コンパクトに廻ろうとして、思わず操縦桿に力が入るに違いない。瞬間的に制限Gをオーバーして、デパーチュアに入り掛け、慌ててGを緩める、という操縦をするのではないか――？　その度に菅野機は速度を失う。この高度ではマッハ〇・九より多くても少なくても、制限Gは小さくなってしまう。速度を失えば、デパーチュアに入る制限Gも小さくなり、運動性が悪くなる。『マニューバー・エンベロープの袋小路』に入ってしまうのだ。

自分はそこで我慢強く、マッハ〇・九と運動荷重四・五Gを保てばいい。時間はかかるが、最後は菅野の後尾に食いつける。

レーダー画面で、〈赤編隊〉二機はまっすぐに近づいて来る。同高度の三〇〇〇〇フィートを保っている。訓練開始の高度は三〇〇〇〇と決まっていたが、その後は別に上がっても降りても構わない。だが敵は、高度をキープしている。そうだろう——風谷は考えた。相手よりも位置エネルギーを有利にしようとして上昇すれば、この高空では、制限Gが加速度的に小さくなる。たった五〇〇〇フィート上昇しただけで、制限Gは三・七Gに減ってしまう。よりデパーチュアに入りやすくなるのだ。一〇〇〇〇フィート上昇して高度四〇〇〇〇に達すると、制限は三Gを切る。そうなったらもう、格闘戦にならない。

かと言って、降下して下方へ潜れば、今度は位置エネルギーが不利になる。降下によって増速し、音速を超えてしまえば、機動特性が悪くなり高度を下げても制限Gは増えない。あまりいいことはない。

高空での格闘戦は、水平旋回戦に持ち込むのがセオリーだ。ならば自分にも、菅野に対してかろうじて勝機がある……。我慢強い、滑らかな旋回だ。自分と敵の一番機・菅野が旋回戦に入ったら、敵の二番機に後方から手を出されぬよう、こちらの二番機の鏡に後方から牽制《けんせい》させればいい。そのための打合せは、地上で済ませてある。

(……来い)

レーダー画面上の二つの白いターゲットは、まっすぐにさらに近づく。どちらかの方向へ機動する素振りは見せない。たちまち距離三〇マイル。二五マイル……。風谷は左手の中指で、スロットルレバー背面についた目標指示コントロール・スイッチを動かし、レーダー画面上で敵の一番機をカーソルで挟み、クリックした。ロックオン。ヘッドアップ・ディスプレーの中に、ターゲット・ディジグネータの小さな白いボックスがぱっ、と浮かび現われる。正面やや左。浮かび上がったその小さいボックスの中に、ロックオンした敵機が『いる』。まだ肉眼ではとても見えないが――

二〇マイル。さらに近づく。まだ兵装選択は〈SRM〉のまま。相手がどんな機動をするのか、まだ分からない。格闘戦に入り、間合いが三マイルを切ったら〈GUN〉に変えるつもりだ。近づく。一五マイル。すれ違いざま、互いに相手の後尾を取るための旋回に入るのだ――風谷はTDボックスを睨《にら》みながら、操縦桿を握る右手の指を開いて、また握る。

相手は、縦系の機動を使うだろうか――？

ふと思う。このまますれ違うのは確実だ。ただ、すれ違いざま菅野はセオリーを無視して、上か、下へ行くかも知れない……。用心だけはしておこう。ちらと、もう一度バックミラーに目を上げる。後方五〇〇フィート、やや高い位置に二番機の姿がある。今のところ、指示通りについて来ている。よし――視線を前方へ戻す。一〇マイル。来た……！

白い小さなＴＤボックスに囲まれ、何か小さな点が視野に現われた——と感じた瞬間、灰色の矢のような影は風谷の左肩のすぐ横をすれ違う。相対速度、音速の約二倍。

グォッ
ズドンッ
（——！）

ヘルメットを被《かぶ》った頭を、思いきり左へ捩《よじ》って振り返る。敵機のすれ違った先を見やる。どっちへ旋回して行った……!? 右か、左か。それによって追いかける旋回の方向が変わる。どこにいる？ 振り返るとき一瞬、目が離れた。敵の旋回方向は、どっちだ——

だが、

「……!?」

風谷は目をしばたく。

見えない。

いない。

まさか、見失った——？

今、すれ違ったばかりだぞ。

右後方、左後方、見回すがF15の姿はない。四・五Gしか掛けられないのだから、そんなに旋回が素早くコンパクトなはずはない。必ず見えるはずだ。右か、左か――

いや。

『下』

アルトの声がヘルメット・イヤフォンに響くのと、風谷がそれに気づくのは同時だった。

（……！）

し、下かっ……！

はっ、として風谷は操縦桿を倒す。視野が回転し、イーグルの機体はコントロールに従ってくるりと背面になる。頭の上に、三〇〇〇〇フィート隔てて遠く天井のように青黒い海面。自分のヘルメットとあの遠い海面との間のどこかに、菅野のF15がいるはずだ――

いた……！

目を見開く。

なんてやつだ、すれ違いざまに早技で背面にして、下向き宙返り――スプリットSに入ったのか……！　遥か下方、機首を真下に向け、こちらに上面を見せて『下向き宙返り』を行なう小さな影がある。そうか、ああやってすれ違いざま下方へ行けば、こちらの機体の下に隠れる形となり、こちらは相手を一瞬見失う。気づかずに、左右どちらかへあてずっぽうに旋回していたら下方の死角から突き上げを食らい、やられていた。

腕力ばかりのやつと思っていたら、トリックも使うのか……。

感心している場合ではない。

（よし、こうなれば）

こうなれば、こちらは高度を保ち、左水平旋回でやつの後ろ上方へ廻り込み、背後頭上からミサイル攻撃だ。兵装選択をまだ〈ＳＲＭ〉にしておいて正解だった……！

風谷は、菅野機の位置と軌道を頭にインプットし、機体を背面から水平に戻すと、操縦桿を倒して左旋回に入ろうとした。

四・五Ｇ旋回で左方向から菅野機の背後上方へ廻り込み、相手のノズルの排気熱にＡＡＭ３をロックオンして『発射』すれば、こちらの勝ちだ……。ミサイル攻撃に気づいて、無理やり対向して来たら、今度はまたすれ違って格闘戦に入ればいい。同じ騙《だま》しのテクニックは二度は使えない。上方から襲いかかる分、エネルギーはこちらが有利だ……！

だが、

『そっちへ行くな』

アルトの声が、また風谷の耳を打った。

『そっちへ行くんじゃない、馬鹿っ』

何……!?

ピーッ

風谷が操縦桿を左へ倒して、左急旋回に入るのと、計器パネル右上のTEWS／J脅威表示システムが『ロックオン警報』を鳴らすのは同時だった。

後ろ……!?

ハッとして目を上げると、左へ九〇度バンクを取るコクピットのバックミラーに、逆さまのF15の正面形が映った。距離一マイル半。

『フォックス・ツー!』

しまった、敵の二番機か……!　AAM3を放つのに絶好の間合いだ。いったい、どこから襲って来た……!?

フォックス・ツーとは、今そちらへ向けて短距離ミサイルを発射したぞ、という合図だ。

菅野は自分の派手な機動にこちらの目を一瞬くぎづけにして、その間に二番機を反対方向へブレークさせ、ハイGヨーヨーか何かを使って俺の後方からミサイル攻撃を仕掛けさせたのか……!?　ここでの左旋回は、敵の二番機にノズルを向ける、まさに餌食《えじき》になるような機動だったのか……。しかし待て、まだ距離はある。

「フレア、フレア!」

風谷は無線に叫ぶと同時に、左手の人差し指でスロットルレバー背面のフレア・ディスペンサーのスイッチを押す。カリッ、と押し込むと、現実には火の玉は出ないが、熱線追尾ミサイルをかわすための囮《おとり》の熱源（花火のようなものだ）が風谷の機体から放出された——と地上の演習評価システムにデータリンクで伝えられる。一マイル以上の距離があれば、『撃墜無効』と評価される。敵の二番機は後輩だ。うまく菅野の指示通りに、俺の背後に食らいついたが、ＡＡＭ３を『発射』するのがわずかに早かった。もっと引きつけてから撃たれていたら、やられていた。

（——くそっ！）

やられてたまるか。

胃の辺りが、カッと熱くなった。風谷は敵二番機の攻撃軸線から離脱し、第二撃をかわすため、切り返しの右急旋回に入ろうとするが、

『そのまま』

ふいにまた、アルトの声が言う。

いったい、どこにいるのか。鏡黒羽は、まるで天上からすべてを見下ろしているかのような言い方だ。

『まっすぐ、動くな風谷三尉。今やる』

「えっ」

『フォックス・スリー！』

「──!?」

バックミラーの中、敵の二番機のすぐ後ろに、上方から降って来るようにもう一機のF15が被さると、ぶつかるような近さから機関砲を『発射』した。フォックス・スリーという合図がそれだ。

『うぉっ、わっ』

敵二番機パイロットの、驚きの声。

敵二番機──あいつも、〈作戦〉に従って俺を追うのに夢中になり、背後頭上の警戒を怠っていたのか。あの驚きの声は──あるいは警戒していたつもりだったのに、後ろから突然やられてびっくりしたのか。

『スプラッシュ』

アルトの声は宣告する。

『ユー・アー・キルド。レッドアグレッサー・ツー』

『な、なんでそんなところ──』

『やられたらさっさと戦場を離れろ』

小松基地　第六航空団司令部地下・要撃管制室

『レ、レッドアグレッサー・ツー、撃墜されました。離脱します』

わけが分からないよ――という、驚きの息の混じった声が天井スピーカーに響く。

小松基地・司令部の地下。

第六航空団が、小規模ながら独自に持っている要撃管制室だ。

学校の教室サイズの地下空間に、黒板サイズの前面スクリーン。

常駐する要撃管制官も、一名か二名だ。府中の中央指揮所に比べれば、ずっと小振りだが、ここでも各防空レーダーサイトからの情報を集約して前方のCGスクリーンに映し出すという機能は同じだ。

府中と違うのは、CGの情況表示スクリーンに〈演習評価システム〉が組み込まれているところだ。日本海の洋上演習空域で模擬空戦を実施する各戦闘機は、それぞれがデータリンクでここと結ばれ、各機の位置・高度・速度・加速度・兵装の使用などがリアルタイムで画像表示される。

「――――」

「――――」

おう、と息を呑むような驚きが、スクリーンを見上げる人々の間にも走った。

今、スクリーン上を長方形の線で囲まれるＧ訓練空域において、青と赤の四つの三角形が、互いに尖端《せんたん》を相手に向けようとして絡み合うような軌道を描いている。じりじりとした動きに見えるが、実際は音速近い速さの機動だ。

その中の、青色の〈ＢＤ２〉と表示された三角形が、ほとんど止まったまま位置を変えずにくるりと尖端を回すと、赤色の〈ＲＡ２〉と表示された三角形に後ろから噛《か》み付くように被さった。一瞬後、『フォックス・スリー（機関砲発射）』そして『スプラッシュ（撃墜確実）』とコールして来たのだ。

評価：機関砲により撃墜。

いったい、どうやったんだ……？　という表情で『観戦』していた二名の要撃管制官が顔を見合わせる。

「……？」

管制卓の後ろで立って見ていた防衛部長の日比野《ひびの》克明《かつあき》も、突然の撃墜にわけが分からないという表情になる。

たった今、〈赤編隊〉の欺瞞《ぎまん》行動に引っかかり、〈青編隊〉の一番機が〈赤編隊〉二番機に後方に廻り込まれ、一マイル半後ろからAAM3を撃たれた。〈青〉一番機の『フレア散布』のシグナルによりミサイル攻撃は無効とされたが、その直後、戦場の真ん中でなぜか止まったように見えていた〈青〉二番機が、スクリーンの上でも瞬時に見えるくらいクルッ、と向きを変えると〈赤〉二番機の背後から嚙み付いたのだ。

「あれは、バーチカル・リバースだ」

日比野の後ろから、やはり立って見ていた飛行服の火浦暁一郎《きょういちろう》が言う。口髭《くちひげ》にサングラス。飛行服の袖《そで》には、二佐の階級章。三十代半ばと若いが、演習中の四機が所属する第三〇七飛行隊の隊長だ。

「おそらく鏡は、相手編隊とすれ違うと同時に機首を天に向け垂直上昇、同時にエンジン推力をアイドルまで絞った。機体は惰性で四〇〇〇フィート近くまで昇るが、やがて重力で宙に停止しようとする。そこですかさず機体を背面、戦場の様子を上空から俯瞰《ふかん》して把握し、後は機体がおちるに任せて真っ逆様に急降下しつつ、狙《ねら》った〈赤〉二番機の真後ろに被さるようにラダーを蹴《け》って軌道をねじ曲げ、嚙み付いて至近距離から機関砲をぶち込んだ」

火浦は、わけが分からないという様子の二名の管制官と、同じような顔をしている日比野にも聞こえるように解説した。

「スクリーンの上で、瞬時に向きが変わったように見えたのは、おそらく背面から自由落下に入る直前に、ラダーで機首の向きを無理やり一八〇度近く変えたんだろう」

「無茶な」

日比野が、唸《うな》った。

日比野も制服の胸にはウイングマークをつけているが、戦闘機には防衛大学校を出てから『現場を経験する』程度に乗っただけで、組織を統括するポストについてからはほとんどフライトしていない。資格維持のため月に一回飛ぶ程度だ。

「高度四〇〇〇でそんな真似《まね》をしたら、機体がデパーチュアするじゃないか」

「まぁ、普通の人間はやりません」

火浦はうなずく。

「もの凄《すご》く繊細で、滑らかなコントロールが必要になります」

「あれは編隊長と、事前に打ち合わせていたのか……？」

「とっさの行動でしょう。風谷が、そんな〈作戦〉を指示するわけがない」

ううむ――と日比野はまた唸る。

そこへ、

「〈赤〉一番機が、攻撃にかかるぞっ」

管制官の一人が、興奮した声を出す。

だが、もう一人の管制官が、卓上で赤ランプのついた受話器に気づき、取り上げる。

「はい、こちら要撃管制室──はい」

管制官は、腕組みして唸っている日比野に「防衛部長」と受話器を差し出す。

「部長、府中ＣＣＰから緊急連絡です」

日本海　Ｇ訓練空域

(……!?)

風谷は、バックミラーの中で起きたことに一瞬、目を奪われた。

ぶつかった──いや、撃墜したのか……!?

〈赤編隊〉二番機は、ほぼ一マイル後方にいたが、その背後に舞い降りて銃撃を食らわせた鏡黒羽のＦ15は、あまりに〈赤〉二番機に近かったのでミラーの中では重なってぶつかるようにしか見えなかった。

やられた〈赤〉二番機は『撃墜されました。離脱します』と司令部周波数に告げながら、左急降下でブレークする。その向こうに、ほとんど同じ大きさの鏡黒羽機。

「………」

おそらく鏡黒羽が『フォックス・スリー』をコールした時、鏡機と〈赤〉二番機との間合いは一〇〇フィート（三〇メートル）を切っていたろう……。ついさっき、ふいに自分の右後方に現われて見せた、鏡黒羽のF15を風谷は思い出す。

〈赤〉二番機を操る後輩のパイロットは、撃たれる瞬間まで、背後上方に忍び寄られていることに気づかなかったのだ。あの驚きの声の調子は――ひょっとしたら鏡は、射撃の照準にレーダーを使っていない。ロックオンされていなかったから、後輩は、狙われていることに気づかなかったのだ。レーダーなんていらないだろう、標的の真後ろ上方・一〇〇フィートにつけられれば……。

（あの闘い方は、まるで……）

だが、考えている暇はない。

〈赤編隊〉は、スプリットSで下方へ行った一番機の菅野一朗が生き残っていて、急上昇で突き上げるように襲いかかって来ていた。狙われたのは、風谷の後方にいる鏡機だ。

『うぉおおっ、鏡ぃっ！』

「――!?」

無線の声に、風谷はハッとして下方を見やる。

アフターバーナー全開で、翼端から水蒸気の筋を曳きながら急上昇して来るF15。〈赤〉二番機を『撃墜』した鏡機の、ちょうど腹の下の死角に入り、突き上げて来る。距離は詰まり、たちまち一マイルを切る。

『捕まえたぞ、フレアは無駄だっ』

菅野の声。体育会系らしい、威勢のいい叫びだ。AAM3をロックオンしたのか。捕まえたというのはロックオンしたという意味、フレアは無駄だというのは、すでに間合い一マイルを切っているから、囮熱源の放出で『撃墜無効』にすることは出来ない、という意味だろう。

やばい……！

「鏡、腹の下だ。左へブレーク。急げっ」

だが、

『――――』

無線の向こうで鏡黒羽は何も応えず、代わりに、

クルッ

風谷のバックミラーの中、グレーの双尾翼の機体が背面スピードブレーキを立て、いき

なり機首を上げてひっくり返るように回転した――と思うと、次の瞬間その姿が消えた。

き、消えた……!?

『フォックス――えっ!?』

同時に菅野も、無線に声を上げた。

一瞬、何が起きたのか分からなかった。

「く、くそ」

風谷は機体を背面にして、ヘルメットの頭を上げ、下方から突き上げて来る菅野機の動きを目で追った。水蒸気の筋を引っ張って、この高度で許される最大Gで引き起こして来る。だがその前方頭上にいた鏡機は姿がない。いや――

(――な、何……!?)

思わず、息を呑んだ。

風谷の見たもの――それは、糸の切れた凧《たこ》のようにクルクルと不規則に回転しながら落下して行く、双尾翼の機体だ。急上昇する菅野機と、それは宙で交差すると、すれ違いざま不規則な回転をパッ、と止めてまともな姿勢に直り、落下運動から急上昇に転じる。紅いアフターバーナーの火焔《かえん》。

鏡機だ――どうやったのか、下方から襲う菅野機にミサイルをロックされていたのに、瞬時に回転しながら落下して射線を逃れ、反対に菅野機よりも下へ出たと思うと、機体姿勢を立て直して後尾から食らいついて行く。

ば、馬鹿な……！

風谷は目を見開く。

あれは、わ、わざと――

『――――』

鏡黒羽は無言。

何も言わず襲いかかって行くところが恐ろしげだが、おそらく凄《すさ》まじい機動のGで、口はきけないのだ。

『う、うわっ、わっ』

ロックオン警報が鳴っているのか。菅野の声が「わけが分からない」という悲鳴に変わる。自分がロックオンしていたはずの標的が、目の前から突如かき消え、気づくと真後ろ下方から襲いかかって来るのだ。魔法でも見ているようだろう。

風谷にも、見たものが信じられない。

わざとオーバーGを掛け、機体をデパーチュアに入れて、ロックオンを外した……？

そんなことが――

そして自由自在に回復させ、敵の後ろを取った。

（そんなことが、出来るのかっ……？）

だが事実だ。

鏡機が、菅野機の後尾下方の死角から襲いかかって行く。あの間合いならミサイルだろう、今度はフレアが使えないのは、菅野の方だ。

『フォックス――』

アルトの声が、マスクの中で苦しげに言おうとした、その時だった。

『演習中止っ』

ふいに別の音声が、ヘルメット・イヤフォンに割り込んで来た。

『中止、中止。演習は中止。各機戦闘をやめよ』

3

小松基地　要撃管制室

「府中の中央指揮所から、緊急連絡だ」

要撃管制官に命じて『演習中止』をコールさせてから、日比野は言った。

「民間機が、G訓練空域に侵入しつつある。演習はいいところだが中止せざるを得ない」

「民間機……？」

火浦が聞き返すと、

「そうだ、旅客機らしい」

日比野は、赤い受話器を管制卓へ戻しながら舌打ちする。

「ほら、あそこだ」

「――？」

火浦が、前面スクリーンの指された方を見やると、確かに、新たに三角形が一つ、出現している。

西の方だ。

戦闘を中止した青・赤の四つの三角形の、ずっと左横――日本海の西側から、白い三角形が一つ、横向きに進んで来る。ズリ、ズリと、たちまちG訓練空域の長方形の枠内へ侵入する。三角形シンボルが白のままで、オレンジ色に変化していないのは、府中CCPが『防空上の脅威』とは判定していないしるしだが……。

便名の分かっている民間機か……。

表示された高度は三一〇〇〇――速度は、マッハ〇・八。

「ピースバード〇〇一というコールサインの、NGOのチャーター機だそうです」

情報を管制卓の画面に呼び出した管制官が、振り向いて告げる。

「目的地は新潟です。東京コントロールに無理を言って、計器飛行方式をキャンセル、『新潟へ直行する』と主張して航空路を勝手に外れ、あのように」

「何を考えているんだ」

火浦は眉をひそめる。

「空自の訓練空域へ無理やり入り込んだら、戦闘機にぶつけられる危険があるんだぞ？」

常識だ。

そんなことが、分からないわけはないが――

「おい、呼び出せ。国際緊急周波数だ」

日比野が管制官に指示する。

「一二一・五メガヘルツなら、一般の民間機もモニターしているはずだ。危険だから、自衛隊訓練空域から『ただちに出ろ』と警告しろ」

「はっ」

せっかくの模擬空戦が、中断させられてしまった――

火浦が前面スクリーンを見上げながら「ったく」とつぶやくと、背中で、フフと笑う、息のようなものが聞こえた。

「……？」

振り向いて、火浦はサングラスの下の目をしばたたく。

「……鷲頭《わしず》さん？」

「おう」

いつの間に来ていたのか。

のそりという気配と共に、大男が火浦に顎《あご》で会釈した。袖を捲《まく》りあげた飛行服の腕を組み、要撃管制室の後ろの暗がりで、壁にもたれている。

まるで夜の森で熊に出くわしたような感じだが……。

火浦は不思議に思って、訊《き》く。

「鷲頭さんが、ここを見に来られるなんて、珍しいじゃないですか」

「ふん」

大男は、腕組みをしたままで鼻を鳴らした。

「たまには、若い連中の仕上がりを見ないとな。フフ」

やはり、『観戦』に来ていたのか。

珍しい。

鷲頭三郎《さぶろう》二佐。間もなく四十に手が届く、ベテランだ。その毛むくじゃらの熊のような容貌《ようぼう》そのままに、若いパイロットたちには畏《おそ》れられる存在だ。

経歴も特異だ。新田原にあるエリート部隊の飛行教導隊で副隊長まで昇進しながら、現在は組織内のコースを外れ、一般の飛行隊パイロットとして三〇七空で飛んでいる。

「ここへ、演習を見に、ですか？」

「そうさ」

鷲頭はうなずく。

鷲頭は階級は火浦と同じだが、隊長の火浦よりも先輩で、腕が立つ。日常の隊の運営には、あまり協力的ではない。管理する側としては難しい相手だ。しかし戦力として、これほど頼りになるパイロットもいない。

「せっかくの模擬空戦ですが、この通り中止にされちまいました」

「構わん」

鷲頭は、不思議に満足げな表情で、にやりと笑った。

「だいたい分かった。ふん、三年前ここへやって来た時には、単なる〈広告塔〉と思っていたが……」

「?」

「ところで」

鷲頭は、火浦の当惑をよそに、暗がりを見回す。

「俺が〈広告塔〉とか口にすると必ず怒る、あの活きのいいのはどうした」

「あ、月刀《がとう》ですか」

火浦の片腕として働く飛行班長の月刀慧《けい》と、鷲頭との反目は知られている。何かの理由で、数年越しで喧嘩《けんか》しているらしい。

「今日は届けがあって、半休です、昼から出て来ます」

「半休……？」

「知り合いが、小松へ来るんだそうです。民航のターミナルへ迎えに――」

火浦がそう言いかけた時、

「ピースバード〇一、応答しませんっ」

管制卓で、無線に呼びかけていた要撃管制官が報告した。

「G空域の真ん中を、まっすぐ横切ります」

府中　中央指揮所

「G空域の演習、中止させました」

連絡調整幹部が、赤い受話器を手に振り向いて告げると、先任席で葵はうなずいた。

「よし」

情況表示スクリーンを見上げる。

入って来たか……。

こ、い、つは――

巨大な前面スクリーンに、ぽつんと一つ、白い三角形として表示された飛行物体。

今のところ『脅威』ではない。しかしシンボルが菱形から三角形に変えられたのは、『追跡すべき飛行目標』としてシステムに認識されたしるしだ。

〈ピースバード〇〇一〉――非政府組織のチャーター機で、機種はボーイング767旅客機だという。

白い三角形は尖端を真東へ向け、スクリーンを左から右へ――日本海洋上に横向きの長方形として描かれた〈G訓練空域〉の真ん中を、堂々と横切って行く。ゆっくりに見えるが、表示された速度はマッハ〇・八――F15の空戦機動速度と、同じくらいのスピードだ。

「ピースバードには、小松基地から『空域退去』を勧告させろ」

「すでにやっているようです」

連絡調整幹部は、受話器を握ったまま言う。

「しかしPB001は、国際緊急周波数による勧告を無視し、東へ直進し続けています」

「――ううむ」

葵は、うなった。

いったい、何を考えている……。いや、ひょっとしたらこいつは素人《しろうと》のように、危険も何も考えていないのか。

近道をしたいから、演習真っ最中の自衛隊訓練空域を横切るなんて――

その葵の左肩を、誰かが、背後から叩《たた》いた。

「大変だな」

「――？」

葵が振り向くと、紙コップを手にした制服が、先任席の横で見下ろしている。

同じ二佐の階級章。同僚だ。

「――和響《わきょう》か」

「交代の時刻だ、葵」

「もう、そんな時間か」

和響一馬《かずま》は、葵の防衛大学校の同期だ。

同じ航空自衛隊の要撃管制官コースに進み、現在では二人とも、ここ総隊司令部中央指揮所の先任指令官を務めている。

将棋が趣味の葵と少し違い、和響は防衛省のオーケストラに所属している。楽器はチェロを弾くらしいが、時には指揮棒を振ることもあるという。

「しかしちょっと今、取り込み中でな」

「構わんよ。替わる」

葵が『まだ替わらなくていい』と意思表示しても、和響はコーヒーの紙コップで後方の席を指す。

「さっきからあそこの空席の端末を使って、情況は見ていた。把握してるよ」

「そうか、済まん」

二年前であれば、こういうシチュエーションでは『今俺が対局しているんだ』みたいに席を譲らなかった葵だが、最近は夜勤明けがきつくなって来た。四十が近くなって来たせいか。

ありがたく、替わらせてもらうことにした。

「だが」

替わって先任席につき、頭にヘッドセットを付けながら和響は言う。

「あのピースバードという767、挙動がおかしいのは、まさか何者かに乗っ取られているんじゃないだろうな」

「俺も、それは考えたが――」

立ち上がった葵は、スクリーンを仰いで言う。

「乗っ取って、何か悪さを仕掛けてくるのなら——隠岐ノ島のようなあんな遠くで、こんなに目立つ行動を取るわけがない。Ｇ空域に押し込んで来るなんて、『自衛隊機来て下さい』と言わんばかりだ」

「それも、そうだな」

もしも、７６７のような旅客機が操縦席を乗っ取られた場合。

パイロットは、航空交通管制用のコードを使って、犯人に分からぬよう管制機関へ通報することが出来る。やり方は何通りかあるので、そのどれか一つがうまく行けば、東京コントロールや、ここ府中ＣＣＰの情況表示スクリーンにも自動的にその信号が出る。スクリーンに何も信号が出ていないということは、あそこのピースバード〇〇一——７６７チャーター機のコクピットでは、別段異常事態は起きていない、と見ていいだろう。

「それでも、念のためエスコートはつけよう」

交替した和響は、早速連絡幹部に指示をした。

「演習を中断した小松のＦ《エフ》に、ＰＢ００１を新潟までエスコートさせろ。名目は訓練空域内での安全確保だが、本当の目的は、どこかに突然突っ込まないかの監視だ」

「はっ」

日本海上空　G空域

『ブルー・ディフェンサー・ワン、こちらオフサイド。小松コントロールだ』

「――?」

風谷は、ヘルメットのバイザーの下で眉をひそめた。

何だろう……。

中止が命じられた後、しばらく指示がなかった。

鏡黒羽のF15が、菅野一朗の〈赤〉一番機に真後ろ下方から襲いかかろうとした時。突然、演習の中止――『戦闘中止』が命じられた。

指示に従い、その場で機動を止めた三機〈赤〉二番機は『撃墜』された後、すぐ戦闘空域を離脱していた）であったが。

理由はすぐには知らされず、代わりに小松の要撃管制官が、どこかに向かってしきりに『訓練空域から退去せよ』と警告する声ばかりが聞こえた。

相手のコールサインは――ピースバード……?　そんなふうに言ったか。

民間機が、訓練空域に迷い込んだのだろうか。

ここは、陸岸からはだいぶ離れた洋上だが——

考えていると、

『ブルー・ディフェンサー・ワン、こちらオフサイド。火浦だ』

ヘルメット・イヤフォンに入って来たのは、隊長の火浦二佐の声だ。

『聞こえるか、風谷三尉。残燃料を申告しろ』

オフサイドというコールサインを使うということは——小松基地の地下の、要撃管制室から呼んでいるのか。

小松の要撃管制官でなく、三〇七空の隊長が、演習中の機を直接地上から呼ぶのは珍しい。ブルー・ディフェンサー・ワンは風谷の機のコールサイン、残燃料申告という指示は、お前があとどれくらい飛べるのか報告しろ、という意味だ。

何が起きたのか、分からないが——

「ブルー・ワン、フユエル、ワン・シックス・ゼロ」

風谷は、とりあえず無線に簡潔に応える。

ワン・シックス・ゼロは、一六〇〇〇ポンドの燃料を持っている、という意味だ。

燃料計によれば、機体内両翼タンクに計一三〇〇〇ポンド、胴体中心線下の増槽に三〇〇〇ポンド残っている――というか、自分はほとんど空戦機動らしい機動をしていないから、小松からここへ飛んで来た分を消費しているだけだ。

『分かった風谷。新しい命令を伝える』

無線の向こうで、火浦は言った。

『お前のペアで、空域に侵入して来た民間機に会合し、退去を命じろ』

「――?」

風谷は、一瞬、言われていることが分からない。

民間機に、会合――?

『訓練空域に無許可で侵入した民間機のせいで、演習が出来なくなった。お前たちの5オクロック、レンジ三〇マイルだ。東へ進んでいる。右旋回で会合出来る。有視界飛行方式で飛んでいるボーイング767だ』

小松基地　要撃管制室

「府中は、新潟まで横について、お客さんをエスコートしろとか言って来たが。悠長なことをしていたら、こっちは次のラウンドの訓練にさしつかえる。ただちに針路を南へ向けさせ、Ｇ空域から出て行ってもらえ」

火浦は、管制室の前面スクリーンを見上げながら、マイクに言った。

三機のＦ15を示す、青と赤の三角形。

空戦を中止させた時、三機とも機首が右下――南東を向いていた（もう一つの赤は、すでに訓練空域を離れて帰投しつつある）。

火浦は、横で見ている日比野に「二機で行かせます」と小声で断わる。

「いいだろう」

日比野もうなずく。

「〈対領空侵犯措置〉のようなものだ。二機編隊でやらせるのが、うまく行くだろう」

スクリーン上の白い三角形は、三つのＦ15のシンボルの背後――北側を、西から東へ向けて横切ろうとしている。長方形のＧ空域を、端から端までこんなふうに横向きに飛ばれたら、あと十分くらいは空域が使い物にならない。

次にＧ空域で演習をする順番の編隊が、基地のエプロンで出発準備に入っている。このままでは、離陸を遅らせなくてはならなくなる――

防衛部長の日比野の了解を得て、火浦はマイクに繰り返す。

「よし風谷、鏡を連れて、二機で行け。追い出すんだぞ。菅野は戻っていい」

『了解』

スピーカーから、風谷が応える。

『767と会合し、連れ出します』

「鏡、いいな」

『ツー』

『隊長、俺は仲間はずれですかっ』

「菅野、お前の二番機は、すでに帰途についている。三機で張り付く必要もない、帰って来ていい」

『りょ、了解』

日本海上空　G空域

『レッド・ワン、RTB』

菅野機が、左九〇度バンクで腹を見せ、機首を南へ向けて離脱していく。

RTBとは、リターン・バック——帰投するという意味だ。

『後でな、風谷』

「ああ」

風谷は菅野機を目で見送り、ヘルメットの頭を回して、右方向を見やった。

空域の西側――右の後方から、民間機が侵入して来るという。

「鏡」

無線に訊く。

「鏡、いるか――う」

次の瞬間、思わず声を詰める。

二番機の鏡はどこにいるのか、編隊を組ませなくては――そう思いながら右後ろを見た時、いつの間にかピタッ、ともう一機のイーグルが間隔一メートルでそこに浮いている。

い、いつ密集編隊を組んだ……!?

風谷は目を見開く。

まただ――

全然、気配がしなかった。バックミラーにも挙動が映らなかったし――

「あぁ、鏡」

風谷は『こいつが、もしも敵機だったら――』と、ちらと思いながら、いつの間にか自分の右後方に占位していた二番機のパイロットに訊く。

「残燃料を、申告」

風谷も編隊長として、行動にかかる前に僚機の手持ち燃料を把握しておかねばならない。

すると、

『ツー、ワン・シックス・ファイブ』

アルトの声が、無線の向こうで応える。

「……!?」

また軽く驚く。

一六五〇〇ポンド……?

あんなに空戦機動しておいて――俺より燃料が多いって……。

いったい、どんな飛び方をしているんだ――

だが、考えている時ではない。

「鏡、行くぞ。続け」

『ツー』

二番機を従え、右へ旋回して行く。

一八〇度ターンする少し手前で、レーダーのディスプレーに白い菱形が一つ、ぽつんと現われた。

こいつか……。

現われた標的を正面に置くように、ロールアウトする。

距離、二五マイル。

どんどん近づく。

斜めに対向している。肉眼ではまだ見えないが、近い……。

無許可でG空域へ侵入した民間機が、こんなに近くまで入り込んでいたのか——

空戦を続けていたら、気づかなかったかも知れない。F15のレーダーは、スーパー・サーチモードで相手を射撃のためにロックオンすると、索敵範囲が狭くなる。パイロットも、敵機に集中してしまう。背後に侵入してきた民間機に、気づけたかどうか分からない。

白い菱形は、ほぼ機首方位〇九〇——真東へ向けてまっすぐに進んでいる。パルス・ドップラーレーダーが測定した相手機の高度は三一〇〇〇。速度マッハ〇・八、加速度一G。

（こちらより、三〇〇〇フィート高いな……）

空戦をするうちに、いつの間にか高度が下がって、風谷は今二八〇〇〇フィートにいる。

このままでは、すれ違う。

（すれ違うと同時に、もう一度一八〇度ターンして、高度を上げて真横へ並ぼう）

これはほとんど、〈対領空侵犯措置〉と同じじゃないか……。

「鏡」

バックミラーに目を上げ、風谷は無線に言う。今度はミラーの中に、その姿は見えている。いったいさっきは、どうやって俺の横に忍び寄ったのだろう……? いや、そんなことを考えている時ではないが――

自分のすぐ右後ろについている二番機に、風谷は指示する。

「鏡、スタガード。一〇〇〇フィート離せ」

すると、

『ツー』

あいかわらず、最小限の言葉で短く応え、二番機はフワッ、と浮くようにして後方へ離れて行く。たちまちミラーの奥へ小さくなり、間隔を取る。

小松基地　要撃管制室

「あの767について、さらに情報を検索しました」

要撃管制官の一人が、管制卓の情報画面から顔を上げて言う。

「ピースバード〇〇一は、日本の非政府組織〈NGO平和の翼〉がチャーターして、上海から呼んだ機体です。新潟空港から、新型インフルエンザ用のワクチンを積んで、北朝鮮へ向かう予定とのことです」

「北朝鮮……？」

火浦が聞き返す。

「北朝鮮へ、ワクチンを運ぶっていうのか」

「そうか」

同時に日比野が、何か気づいたようにつぶやく。

「そうか。あの767が、それだったか――」

「ご存じなんですか」

火浦の問いに、

「うむ」

日比野は、うなずく。

「実は、つい昨日のことだ。国土交通省の小松空港事務所宛に、その〈平和の翼〉とかいうNGOから突然『臨時寄港』の申請があった。小松空港で北朝鮮向けの支援物資を積み込んで、出発したいと言う。ワクチンとははっきり言わなかったが――」

「ここで、積み込みをですか」

「そうだ。ここの貨物ターミナルでだ。だが小松は、空自の基地に民間が間借りをしている、軍民共用空港だからな。空港事務所からわが第六航空団に『目的地が微妙だが、寄港を許可してよいか』と訊いて来た」

「それで」

「もちろん、断わった」日比野は腕組みをしたままスクリーンを見上げる。「調べたら、〈平和の翼〉というNGOは、日本の学生を中国や北朝鮮へ『戦跡見学旅行』に連れて行ったり、そういう交流活動をしている団体だ。旅客機をその都度チャーターして、しょっちゅう向こうと行き来しているらしい」

「そうですか」

「そんな連中を、日本海の防空の要《かなめ》である小松基地に、入れるわけには行かんだろう。万一のことがある」

「それは、そうです」

小松空港は、実は『国際貨物ターミナル』として実績を伸ばしつつある。

東京・名古屋・関西圏から等距離にあって、高速道路も整備され、日本から海外——特に欧州向けの物流出荷集積所として好位置にあり、利用価値が高い。

すでに、ルクセンブルクの貨物専門航空会社が貨物機による定期路線を開設している。

しかし日比野の言う『万一』というのは、非政府組織のその飛行機が小松空港に来て、民間貨物ターミナルで支援物資を積み込む間に、ひそかに基地の電子情報を収集したり、何事かをしないか――？　という危惧《きぐ》だ。

航空団の責任者として、考慮するのは当然だろう。

「〈平和の翼〉というNGOについては、俺も調べたが……。そうか、あの〈ピースバード〉というのが、そのチャーター機だったか」

「我々が断わったので、連中は寄港地を新潟へ変更した、というわけですか」

「たぶんな」

「〈青〉編隊、767にインターセプトします」

要撃管制官が報告する。

見上げると、スクリーン上で、青い二つの三角形が白い三角形と斜めに進路を交差するように接近し、いったん後尾を通過してから向きを変え、左側へ並ぶように追いついて行く。

亜音速の航空機同士の接近だ。

「念のため、〈青〉一番機にATCトランスポンダーを作動させるよう言え」

日比野が管制官に指示する。

「767の衝突防止システムに、こちらの機影を表示させて接近を知らせるんだ。『自衛隊が後ろから脅かした』とか、後からNGOに文句を言われたらかなわん」

「はっ」

4

JR新潟駅　駅前ロータリー

「夏威《なつい》課長補佐」

夏威総一郎《そういちろう》が、東京からの新幹線を下車して、中央口から降りて行くと、駅前ロータリーに停《と》まったタクシーの後部ドアが開き、眼鏡の男が手を上げた。

「夏威課長補佐、こちらです。お待ちしていました」

「どうも」

出迎えに、来てくれたか――

助かった。新潟に着いたら、空港まではどうやって行こうか――と、バスの時刻表を新幹線の車内で検索していたところだ。

今日の出張先の新潟空港は、それほど便のいい場所ではないらしい。調べたところ、定期便の発着する時間に合わせてしか、バスが出ない。

「出迎え、助かります」

夏威は会釈を返し、スーツの長身を早足で運んだ。手にはアタッシェ・ケース一つ。

昨夜、突然に決まった出張だ。宿泊の予定はない。

夏威の出迎えに現われたのは、〈新潟交通タクシー〉という色付きの通常タクシーだった。黒塗りの公用車でないのは、出迎えた眼鏡の男も、新潟の地元官庁の人間ではないからだ。

聞けば昨日、夏威と同様に霞が関から急きょ出張してきたらしい。

請じ入れられるまま、後部ドアから乗り込むと、すぐに車は走り出す。

「いや、急に新潟までお出で頂き。こちらこそ助かります」

出迎えにやって来た眼鏡の男は、夏威と同様、スーツの上着をきちんと着こんでいる。同類の人間――中央省庁の官僚だと、匂《にお》いですぐ分かる。

「早速ですが。私は昨夜も電話でお話しました、経済産業省・貿易経済協力局管理部の佐々木《ささき》です」

後部座席で、眼鏡の男は名刺を出す。役職は夏威と同じ課長補佐。年齢も近いようだ。

「〈立ち会い〉にご協力を頂き、感謝します」

「こちらこそ」

夏威も名刺を出して交換した。

昨夜、電話では話したが、初対面だ。

佐々木と名乗った眼鏡の男――この経産省の官僚は、東大法学部の同期まわりには見ない顔だった。経産省なら、出身は一橋か……？

「外務省アジア大洋州局、地域政策課の夏威です。空港へは、どのくらいで着きますか」

夏威の所属する外務省アジア大洋州局に、経産省から協力を求める電話が入ったのは、昨夜のことだ。

地域政策課・課長補佐として、夏威が電話を受けた。

〈協力依頼〉は、あるＮＧＯがチャーターした飛行機への積み込み貨物の検査に、外務省として立ち会って欲しい、ということだった。

それによると。

現在、朝鮮半島で新型インフルエンザが流行しつつあり、猛威を振るっているらしい。そこで『人道支援物資』として、ある日本のＮＧＯが緊急にワクチンを輸出する、という。

そのワクチンの積載検査の、立ち会いを頼みたいと言う。

「この夏に、ですか」

夏威が驚いて訊くと、

「この蒸し暑いのに不思議なんですが、北朝鮮でだけ流行しているらしいのです。防疫態勢が良くないらしく――同じ朝鮮半島でも、韓国の方は何ともないらしいのですが」

電話をかけてきた経産省の官僚は、佐々木と名乗り、自分自身も戸惑っているような口調で夏威に事情を説明した。

「それで、この事態を受け、与党の主権在民党の〈北東アジア平和協力議員連盟〉というグループが後押ししまして、急きょ〈平和の翼〉という非政府組織が飛行機をチャーターし、新型インフルエンザ用のワクチンを大量に北朝鮮へ空輸することになったのです」

「そうなのですか」

この蒸し暑いのに……？

北朝鮮は、現在『核ミサイルを開発している』という疑惑が持たれ、その他にも様々な問題があり、日本からの物資の輸出は緊急立法で止められている。

確かに、政治家のグループが後押しをしなければ、ワクチンなどの緊急空輸は難しいだろうが……。

夏威は、違和感を覚えながらも、訊き返した。

「それで、そのワクチンを運ぶＮＧＯのチャーター機の運航は、いつです」

「明日です」

「明日……？」

「そうです。新潟から出ます」

そんなに、急なのか。

「夏威課長補佐」佐々木という経産省の官僚は続けた。「ご存じの通り、現在わが国は様々な事情で、北朝鮮との間の物資の輸出入、送金を禁じています。〈特定船舶入港に関する特別措置法〉、〈外国為替および外国貿易法に基づく輸出入の禁止措置〉など、経済制裁を継続しているわけです」

「承知しています」

「しかし『人道支援物資』だけは例外で、その都度検査を行なって、輸出を許可しているのです。この輸出検査は、私たち貿易経済協力局管理部で行ない、許可証を発行して通関させますが、その手続きには外務省の立ち会いが必要です」

・

「本来なら、『そんな急な輸出検査には対応しない、手続きに従って申請書を出して待て』とつっぱねるところです」

タクシーの後部座席で、経産省の官僚はハンカチで汗を拭《ふ》いた。

「しかし、急を要するワクチンだと言いますし──今や政権与党となった主権在民党です。うちの副大臣も〈北東アジア平和支援議員連盟〉の一員とあっては、対応しないわけに行きません」

「そうですか」

「夏威課長補佐には、急にご足労を頂いて──」

「いや、それはいいのですが」

夏威は、ひざに載せた黒いアタッシェ・ケースの表面を叩いた。

「新幹線の中で、情報を検索してみたのですが。今回のチャーター機を飛ばす〈平和の翼〉という非政府組織──ずいぶんと目立つ活動をしていますね」

日本海　上空

（いた。あれか……）

風谷の視界の右前方、やや高い位置に、白い点がぽつんと現われると、たちまちコクピットの右上をすれ違った。

一瞬見えたシルエット――双発の旅客機だ。

「――！」

今だ。

風谷はすれ違う瞬間、操縦桿を右へ倒した。イーグルの機体を右の垂直旋回に入れた。水平線がぐうっ、と左へ傾き、機体は向きを変えて行く。風防の枠のミラーにちらと視線を上げると、二番機もポジションを保ってついて来る。

マッハ〇・九の速度が出ている。バンク九〇度でも、旋回半径は大きい。反対方向へ向きを変え終わると、白い機影が小さく、遥か右の前方に見えていた。風谷のイーグルはすれ違った旅客機の航跡をいったん向こう側へ横切り、相手機の左側後方へ出た。

左斜め後ろから、追いつく形だ。五〇ノットの速度差がある。双発旅客機の後ろ姿との間合いはぐんぐん詰まって行くが――高度は向こうが三〇〇フィート高い。真横へ並んで警告を行なうなら、上昇しなくてはならない。

（後方乱気流に、注意しないと――）

先週、沖縄でジャンボ機のすぐ後ろから離陸しなければならなくなり、大型機の翼端が引っ張る〈渦〉につかまって、ひどい目に遭ったばかりだ……。

後方乱気流は、重量の大きい大型機の主翼翼端が造り出す、一種の渦巻きだ。それも目には見えない。いかにイーグルでも、機体は小さいから、この〈渦〉につかまると宙でひっくり返されてしまう。

翼端の真後ろは、避けよう……。

横方向の間隔を一〇〇フィート取り、並行に追いついて行く。

その時、

『ブルー・ディフェンサー・ワン、オフサイドだ。ATCトランスポンダーを作動させよ』

小松の要撃管制官が、指示して来た。

そうか――

風谷は思った。

管制官は、地下の要撃管制室で、レーダー画面を見ているのだろう。

航空自衛隊の戦闘機は、民間機との異常接近を防止するため、ATCトランスポンダー――航空交通管制用自動応答装置を装備している。これは軍用のIFF（敵味方識別装置）と似たもので、地上の管制用レーダーの質問波に対して自動的に応答し、自分の機の識別コードと、高度・速度などを知らせる。すべての民間旅客機はこのトランスポンダーを装備し、働かせて飛行している。

自衛隊機も、基地と演習空域の行き帰りなどには、管制機関に位置を知らせるため、このトランスポンダーを働かせている。

現在では、すべての民間旅客機には、ATCトランスポンダーを利用した衝突防止システム（TCAS）が装備され、トランスポンダーを持った機体同士が接近すると、互いにデータをやり取りして、コクピットのナビゲーション・ディスプレーに相手機の位置を菱形のシンボルで表示するようになっている。

戦闘機のレーダーが、探知した空中目標をディスプレーに表示するのと似た感じだ。そして接近率が高く、衝突の可能性があると判定されると、相手機のシンボルがオレンジ色に変化して、コクピットに音声で警告をする仕組みになっている。

戦闘機の索敵レーダーよりも一つだけ優れたところがあり、互いのデータのやり取りで位置を表示するため、全方位——後ろから接近する他機も探知することが出来る。

(——いきなり後方から近づいて、驚かせることもない)

民間機のパイロットは、すぐ横に別の航空機が並んで飛ぶなどということに、慣れていないはずだ……。あらかじめ、ＴＣＡＳに『接近』を知らせた方がいいだろう。

風谷は、７６７の機体を見上げて接近率を維持しながら、左手をスロットルから離し、通信パネルの〈ＡＴＣ　ＸＰＤＲ〉と表示されたスイッチを『ＯＮ』にした。

それから慎重に、横へ並ぶように機首を上げてゆっくり上昇した。

「三一〇〇〇フィートを飛行中の民間機」

上昇しながら、無線に呼びかけた。

国際緊急周波数の一二一・五メガヘルツだ。

「Ｇ空域を飛行中の民間機、こちらは航空自衛隊だ」

白い機体が、頭上から近づいて来る。

これは——

成層圏の陽光に、きらきら光っている。フランクフルト・ソーセージを想わせる、太く丸っこい胴体。その主翼下に双発のエンジン――ボーイング767だ。

(――言われたとおり767か)

小松空港にも、多く飛来しているのと同じ旅客機だ。

しかし、エアラインのロゴ・マークのようなものは何もない。殺風景にも見える白い機体の表面に、赤く文字だけが描かれている。

〈PEACE BIRD〉

応急的に、ペンキで文字だけ入れた――そんな印象だ。

(――――)

風谷は、上昇して横へ並びながら、その文字を読んだ。

ピースバード……?

何かの、チャーター機か?

そう思った瞬間。

767の太い機首がぐうっ、と上を向くと、双発の機体は突然上昇した。

ざぁあああっ
「……!?」

真横に並ぼうとしていた風谷のF15は、あおりを受けて左へ傾き、宙に押しのけられた。

うっ、と反射的に操縦桿で姿勢を保つ。

何だ……!?

(しまった……!)

風谷は、酸素マスクの中で舌打ちする。

ゆっくり接近したつもりだったが――767のコクピットで、TCASが『衝突警報』を作動させてしまったか。

『――※◎●X△~!』

無線に、早口のわめき声のようなもの。

凄く近い声だ。

「……?」

何だ。この音声は、中国語か……?

新潟市内　国道

「空港へは、二十分です」

タクシーは、JRの新潟駅前から続く中心街をすぐに抜け、国道に入った。

国道は、日本海を望む海岸に出ると、岸壁沿いに立ち並ぶ化学プラントを右手に見ながら、西の方角へ走る。

「新潟国際空港は、海岸沿いの工業地帯に隣接しています。ちょうどあのプラントの、向こう側です」

経産省の佐々木課長補佐は、窓の外を指しながら説明した。

工場群は立派に見えるが、人けの少ない感じだ。通り過ぎた中心街にも、暑いせいもあるだろうが人通りが少なく、閑散としていた。

「定期便の発着は、多くないのですか」

夏威が訊くと、

「多くないですね」

佐々木は、頭を振る。

「首都圏との連絡は、新幹線がありますし。小松のように、関西や中部圏とも連絡が良いわけではない。物流ターミナルとしての役割も、小松に取られてしまっています。新潟空港の特色としては、ハバロフスクとの国際定期路線があるくらいです。後は北朝鮮のチャーター機が、時々来ていたくらいですか」

「そうですか」

「車の中で、申し訳ありませんが」

佐々木は、自分の抱えたブリーフケースの中から、書類の束を取り出す。

「今日、これから検査をするチャーター機と、積み荷の資料です。ご覧ください」

「どうも」

「お訊《たず》ねの、〈平和の翼〉に関するデータもあります」

夏威は、ファイルを受け取って、ぱらぱらとめくった。

一見して、書類の量が多い。

「ワクチンと聞いたから、段ボール数箱かと思ったが――」

「いえ。航空機用貨物コンテナで、十二個分です」

「貨物コンテナ十二個……？」

「はい」

佐々木はうなずく。

「チャーター機の機体は、上海のチャーター専門会社から借り、積み荷のワクチンは一か所には大量にないので、全国から余っているものをかき集め、トラックに載せて新潟へ運ぶと言っています」

「飛行機の機種は何ですか」

この辺りは、月刀のやつの専門か——と思いながら夏威は訊く。

そう言えば——新潟と、旧友の月刀慧が勤務する小松は距離も近い。しかし今回は、予定の詰まった日帰り出張だ。ついでに空自の小松基地へ寄っている暇など、ないだろう……。

「貨物コンテナ十二個を載せて北朝鮮まで飛ぶのなら、大型機ですか」

「ボーイング767です。便名は〈ピースバード〇〇一〉。そこにありますが、操縦士は日本人と中国人のNGOメンバー。定期航空操縦士免許でなく、事業用操縦士免許で飛ぶらしい。しかも、日本で取ったライセンスではありません」

「チャーター会社のパイロットでは、ないのですか」

「〈平和の翼〉のメンバーです。本職の旅客機パイロットではありません。何でも、中国には小型機とシミュレーターを使って、パッケージで大型ジェット機までのライセンスを取らせてくれる会社があるらしい」

「そんな操縦士に、上海の会社はよく機体を貸しますね」

「今回が、初めてではないらしいです」

佐々木はうなずく。

「彼らは、これまでも同じようにして、日本の青少年をアジアの各地へ『研修旅行』に連れて行っています。国土交通省に問い合わせましたが、定期運航でないチャーター便で、料金を取らない無償飛行なら法的に問題はないらしい」

「この〈平和の翼〉の活動資金、どこから出ているんでしょう?」

「分かりませんね。ちょっと」

佐々木は頭を振る。

「私どもとしては、とにかく検査を今日中に終えることで頭が一杯で——主民党の議院連盟が強力に後押ししていますし、今朝、霞が関のうちの局長のところに、咲山《さきやま》総理から『よろしく頼む』と電話が入ったそうです」

「——総理から……?」

夏威が聞き返そうとすると、
ボトボトボトボトッ
叩きつけるような爆音が、タクシーの屋根の真上を追い越した。

「……!?」

窓から見上げると、ヘリコプターが低空で飛んで行く。

それも、一機だけではない。

二機、三機。競って、化学プラントの向こう側へ廻り込んで、降りようとしている。

「昨日は、閑散としていたんですが――」

佐々木が前方を見て、つぶやいた。

「空港のあたりが、やたら騒がしいな」

日本海　上空

中国語らしきわめき声は、すぐ近くから聞こえた。

（――？）

風谷は、いったん衝突を避けるように上昇したボーイング767に下から追いつくと、その丸っこい機首の左横に並び、操縦室の窓を見やった。

左右の操縦席に、人影は見える。

今の声は、767のコクピットからか……？

中国語のように聞こえたが――

「ピースバードと表示した民間機」

風谷は、呼びかけた。

わめき散らして来たのだから、この国際緊急周波数を聞いているはずだ。

「ピースバードと表示した民間機、こちらは航空自衛隊。貴機は、自衛隊訓練空域に侵入している。ただちに進路を南へ変え、空域を離脱せよ」

聞こえたろうか。

操縦しているのは、中国人か……？

白い、殺風景な印象の機体塗装。

胴体に赤く〈ＰＥＡＣＥ　ＢＩＲＤ〉と描かれた文字だけが目立つ、ボーイング７６７。

いったい、どこから飛来した機体なのだろう。目的地は、どこなのだろう……？

この辺りの航空路を飛行していたのに、まさか空自のＧ空域の存在を知らなかった――

ということは無い。航空図に、ちゃんと『飛行制限空域』として図示されている。

「ピースバード、聞こえているか。ただちに右旋回して進路を南へ――」

すると、

『その必要はないっ』

いきなり、日本語が返って来た。

(……!?)

見やると、大きな窓の操縦室の中で、人影がこちらを手で指している。左右の操縦席と、その後ろのオブザーブ席にも一人乗っているのが分かるが——顔までは見えない。

『我々は、有視界飛行方式で飛んでいる。どこを飛ぼうと、自由だっ』

大声で、強く主張するような言い方。

変だ——

違和感を持った。

この人物……。

しゃべっているのは、パイロットか……?

まるで——

『こっちのTCASが真っ赤だ、そこを離れろ、憲法違反の自衛隊っ』

このしゃべり方は、本当にパイロットなのか。

勘ぐっていても始まらない。

出て行かせなくては。

「——ピースバード、繰り返す」風谷は警告した。「ここは、航空自衛隊の訓練空域だ。この進路をこれ以上飛行するのは危険だ。ただちに」

だが、

『そちらこそ、出てお行きなさい』

今度は、女の声がした。

一〇〇フィート（三〇メートル）の間隔をあけ、767旅客機の操縦室が風谷の右の真横に見えている。

その中で、オブザーブ席にいる人影が、コード付きのマイクを引っ張って口に当てているのが分かった。

こちらを向いて、しゃべっている。顔までは分からないが――

『私たちは平和の翼・ピースバード。この東海《とうかい》は平和の海、友愛の海です。憲法違反の間違った悪い自衛隊が、飛び回って荒らしてはなりません。あなたたちこそ、出てお行きなさい』

「……？」

何を――言っているんだ……？

5

小松基地

一時間後。

小松基地へ帰投した風谷は、司令部前のエプロンにイーグルをパーキングさせ、燃料をカットしてエンジンを止めると、機体を降りた。

装具類を外すと、管制塔の下にある第三〇七飛行隊のオペレーション・ルームへ戻った。

「飛行班長は？」

オペレーション・ルームは、エプロンと滑走路を見渡す、ガラス張りの大部屋だ。

すでに午後の訓練ラウンドへ向けてのブリーフィングが始まっており、打合せ用の小テーブルが並んだ室内は、出発前のパイロットたちでがやがやとした雰囲気だ。

「報告をしたいんだが――」

結局。〈ピースバード〉を名乗るボーイング７６７は、警告に一切応じず、風谷のＦ15

を横にくっつけたままG訓練空域を端まで飛んだのだった。

国籍不明機というわけでもない（日本のＮＧＯのチャーター機であるらしいことは、戻ってから知らされた）し、領空侵犯というわけでもないから、横に並んで呼びかけるくらいしか、出来ることがない。女性の声（若い感じだった）で『あなたたちこそ出て行きなさい』と変な主張をする７６７は、そのまま洋上を新潟方向へ飛び去った。

風谷は、７６７が新潟空港の進入管制とコンタクト（無線連絡）するところまで見送って、司令部の指示によって帰投したのだった。

ところが、報告をしようと直属上官の月刀飛行班長を捜したが、姿が見えない。

「お前、知らないのか。月刀一尉は半休を取って、民航のターミナルへ行ったぞ。隊には午後から出て来るとさ」

先に戻っていた菅野一朗が、ポカリスエットをラッパ呑みしながら教えてくれた。

「あの朴念仁《ぼくねんじん》が、半休取るなんて。東京から彼女でも出て来るんじゃないかって、みんな噂《うわさ》をしてるぜ」

「そうなのか」

風谷は、拍子抜けしたようにオペレーション・ルームを見渡す。

「隊長は」

「フライト。お前と入れ違いに、出て行った」

「そうか——」

たくさんの小テーブルで、編隊ごとのペアになり、飛行前のブリーフィングをするパイロットたち。

今朝のラウンドの『演習中止』は、アンノンが出現したわけでもないから、午後から飛ぶ連中には関心も無いようだ。

「NGOの機体、大変だったらしいな」

菅野が言う。

「あ、あぁ」

大変は、大変だったが——

あの767……。

いったい、何が目的であんな強情を張ったのか。なぜあんな〈主張〉をしたのか。

それが分からない。

「新潟から北朝鮮まで、ワクチンを運ぶらしいぜ」

「え?」

「ほら、あれだ」

菅野が、手にしたペットボトルで休憩コーナーを指す。
大部屋の、くたびれたソファの置かれた一角にTVがあって、画面が点いている。
昼前のワイドショーか――何かの報道番組の、中継らしい。
画面にテロップが見える。『ワクチン緊急空輸機　今日新潟から出発』
続いて『女子中学生訪問団も同乗』。

新潟空港

小型機用のエプロンを全部潰《つぶ》して、ずらりとヘリコプターが駐機している。すべて東京からやって来た報道各社の取材ヘリだ。

「早く」

ヘリの群れを縫うように、沢渡有里香《さわたりゆりか》（26）はマイクを手に走った。

貨物ターミナルのエプロンで、会見用の仮設ステージが組み上げられた、と知らされたからだ。

ヘリの横で待機していた報道各社の取材チームが、一斉に走り出していた。

すでに、北朝鮮行きのチャーター機――白いボーイング767は、三十分程前にここ新潟の滑走路に着陸し、貨物機専用スポットに丸っこい機首を突っ込むようにして駐《と》まっていた。

〈PEACE　BIRD〉

赤い胴体の文字が、小型機エプロンからでもよく見えた。

767が到着すると、待ち受けた支援グループらしきメンバーが機体に取りつき、搭乗ドアにタラップを付け、貨物室扉《カーゴ・ドア》を開いて慌ただしく作業にかかった。しかし一方で、揃《そろ》いの赤いジャンパーを着た支援グループ・メンバーたちは横一列になって『防壁』を作り、東京からやって来た報道陣を一切、機体に寄せつけなかった。

準備が出来たら〈平和の翼〉代表者が会見を開くので、それまで待て、と言う。

その横で、組立式の仮設ステージがみるみる組み上げられて行く。

北朝鮮へ向けて、ワクチンを載せたチャーター機が運航されるという計画は、昨夜になって報道各社へ告知された。

主権在民党の議員グループの後押しで、NGOが767旅客機をチャーターし、新型インフルエンザ用のワクチンを北朝鮮まで緊急空輸するという。

さらにチャーター機には、二十名の女子中学生からなる〈青少年平和訪問団〉が同乗する、と今朝になって知らされた。

「よく承諾したわよね、中学生たちの親」

沢渡有里香は、日の照りつけるエプロンを急ぎながら、横の道振《みちふり》カメラマンに言った。

「どういうツアーなのか知らないけど、向こうは伝染病が流行中なんでしょ」

「それも、訊きましょう」

バンダナを頭に巻き、長身に、カメラを肩に担ぐ道振哲郎《てつろう》（25）は、沢渡有里香ともう三年もチームを組んでいる。

二人は、地方UHF局の西日本海TVに契約スタッフとして雇われていた頃からの付き合いだ。二年前のある〈事件〉を機に、東京のキー局である大八洲《おおやしま》TVに二人揃ってヘッドハントされた。

石川県で官官接待の現場に突撃取材した『戦績』を買われたのだが、東京のキー局の報道部へ移ると、収入は数倍になったが忙しさは数十倍になった。商店街の惣菜《そうざい》のレポートなんて、まずやることは無い。二人のボスである報道部チーフ・ディレクターの八巻貴司《やまきたかし》は、腕は買ってくれているが、有里香のことを〈噛ませ犬〉だと思っている節があり、何かあると縄をほどいて『そら噛み付けっ』とばかりに取材現場へ放り出す。

わたしは、一応『お嬢様学校』って言われているミッション系の出身なんだけどなぁ

――沢渡有里香は、地方U局へ行く前は、都内の大手商社で受付をしていた。親の敷いたレールでお嬢様生活を続けるのに疑問を持って、自分の力で何かやろうと、跳び出したのである。

ミッション系の出身云々を口にすると、いつも道振が笑う。一週間風呂なしで、マニラ国際空港のロビーに張り込んだりとか、そういう姿を見られているからだ。

「おい、どうなっているんだ」

ところが、貨物ターミナルの指定された場所へ行ってみると、仮設ステージの手前に人垣が出来て、押し問答になっている。

真っ先に駆けつけた他社のスタッフと、それを押し止めている赤ジャンパーの支援メンバーたちだ。赤ジャンパーたち（二十代らしい青年が多い）が、ステージ前の取材席ベンチへ入ろうとする報道陣を「待ってください」「入らないでください」と止めている。

どうしたのだろう。

「行くよ」

有里香は、道振に言い置くと、マイクを手に小柄を利して人垣に潜り込み、するりと最前列へ出る。スタート・ダッシュで出遅れることはあっても、いつもこの手で最前列ポジションへ出て〈取材対象〉に直撃をする。得意技だ。

「待ってください、待ってください」

赤いジャンパーの青年が『防壁』の先頭で両手を広げ、声を張り上げる。

「席はもう、決まっています。ええと、中央新聞の記者の方、いらっしゃいますか」

「おい、どういうことだ。仮設ステージが出来たら案内すると、言ったじゃないか」

帝国ＴＶの報道スタッフが、青年に詰め寄った。

「ですからまず、中央新聞の方に一番前に入って頂きます。続いて、ＴＶ中央の取材チームの方」

「ちょっと」

有里香は、一週間前の北京でも似たような応対にあったので、ムッとしてマイクを突き出した。

「どうして、中央新聞とＴＶ中央だけ先に通すのよっ」

だが青年はそれには応えず、汗を浮かべた顔で「ＴＶ中央さん、どうぞ、どうぞ」と大声で呼ぶ。

報道陣の後ろの列から、走りもせずにやって来た記者らしき男と、カメラと音声係を従えた取材チームが人垣を割って先に会見場へ入って行く。

「はい、他社の皆さんは、TV中央さんの後ろから取材してください。なお、大八洲新聞さんは間違った報道しかしないので、出入り禁止ですっ」

揉《も》めても、始まらなかった。

TV中央スタッフが先に入って、会見場の一番前の真ん中に場所を占めると、赤ジャンパーたちの『防壁』が解かれ、残りの各社の取材スタッフたちがわっ、と会場内に殺到した。

貨物ターミナルのスポットを、一つ潰して設営された会見場には仮設ステージが設けられ、白地に赤で〈平和の翼〉という文字が一面に無数にプリントされたボードを背景に、テーブルとマイクが置かれている。

さらにその背後には、隣接するスポットに白い767の見上げるような機体が駐機し、航空機用貨物コンテナがトレーラーから次々に降ろされて、フォークリフトで運ばれて行く。

コンテナは、機体の向こう側のブルーシートで囲われた一画へ、まず運び込まれる。

767の機体は、報道席からはちょうど反対側になる機体右側面の貨物扉を、跳ね上げるように開いていたが、なぜかその周囲にはブルーシートがカーテンのように掛けられ、コンテナを積載しようとするところは見えない。

「みなさん、これより会見をしてあげます」

赤ジャンパーの一人が、立てたマイクに言った。

司会のようにステージ脇に立ったのも、二十代の若者だが――話すときのイントネーションが、どこか変だ。妙にゆっくりで普通と違う。

「紹介します。〈平和の翼〉代表、参議院議員の水鳥《みずとり》あかね先生です。失礼のないように」

ぱちぱちぱちぱちぱち
ぱちぱちぱち
急に拍手が沸き起こったので、沢渡有里香が驚いて見回すと。

いつの間にか、報道陣の席を包囲するように数十人の赤ジャンパーたちが立ち並び、一斉に手を叩いている。暑さのせいか、どの顔も頬《ほお》から汗を滴らせ、直立不動で一心不乱に拍手している。

ぱちぱちぱちぱち
「水鳥先生ぇっ」

「先生っ」

すると、隣のスポットの767旅客機の、タラップの付けられた左側前部ドアに、ほっそりした人影が現われた。こちらを見下ろして両手を振った。

わぁあああっ

大げさな動作。歓呼の声に応えるシルエットは、女性だ。髪は短い。水色のスーツ姿。

「せ、先生」

「水鳥先生」

「お帰りなさいっ」

あれは――

あの、若い女は……。

(……!)

有里香は、そのシルエットを目にして、すぐ思い出した。

先週の、北京だ――

小松基地　オペレーション・ルーム

『まず、抗議がありますっ』

第三〇七飛行隊のオペレーション・ルーム。

エプロンを見渡すガラス張りの大部屋の隅に、ソファの置かれた休憩コーナーがあり、古いＴＶが点いている。

画面は、昼前のワイドショーだ。

二十代後半と見られる、細い女性の上半身がアップにされ、その下に『〈平和の翼〉代表 水鳥あかね議員 緊急会見』とテロップが出ている。

『これを見てくださいっ』

女性の国会議員は、画面に登場すると、いきなり声を張り上げた。

水色のスーツ姿が背後を指すと、カメラが申し合わせたようにフレーム・バックして、会見用のステージの後方までを画面に入れる。

白い７６７が、駐機している。その胴体に赤く〈ＰＥＡＣＥ ＢＩＲＤ〉。

「……！」

風谷は、その機体の姿に目を奪われた。

さっきまで、俺が随伴していた機体だ……。訓練空域から、退去させようと――

あの７６７。

中継は、新潟空港か。

丸っこい旅客機の機体は、貨物専用スポットらしき場所に駐機して、横腹のカーゴ・ドアを上向きに開いている。開口部にはブルーシートが掛けられ、積み込みの様子は直接には見えないが――銀色の航空機用貨物コンテナが機体の脇に並べられている。

『これを見てください。コンテナが、予定の半分しか集まっていません。あとの半分は、現在トラックに載せて各地から新潟へ急送中です。全国から集められる善意のワクチンです。でも今日中の出発に間に合うか、分かりません。出発が遅れるかも知れません。これは全部、自衛隊が悪いのですっ』

「……?」

「?」

何気なく、立って見ていた風谷と菅野一朗は、いきなり『自衛隊が悪いのです』と画面から睨み付けられ、顔を見合わせた。

いったい、何の話だ――

『いいですか』

画面の、若い女性議員は続ける。

『今、共和国では新型インフルエンザが流行し、たくさんの子供たちが死の危険にさらされているのです。一刻も早く、ワクチンを届けなくてはならないのです。そのために、全国からワクチンを集めるのに便利な小松空港で集荷をするはずだったのに、直前になって自衛隊が邪魔したのですっ。やむを得ず新潟からの出発になったのです。アジアの平和を乱す、憲法違反の間違った悪い自衛隊のせいで、共和国の子供たちの生命が——あぁっ。私はそれを考えると、いてもたってもいられません！』

質問の手が、いくつか挙がった。

「——」

「風谷、どうした」

画面に目を奪われている風谷を、菅野が覗き込んだ。

「ああいうの、好みか？」

「あ、いや」

まさか。

風谷は、画面で主張をする細身の女性議員を目で指した。

「あの声だよ。767のオブザーブ席にいて、俺に『そっちこそ出て行け』って言った」

「自衛隊が悪い、とかすぐ口にする奴はいるさ」

「——あぁ」

会見の中継は続いていたが、二人は連れ立って、オペレーション・ルームを出た。

訓練が中断になってしまい、午後は演習の研究会をするはずが、非番になってしまった。

昼飯にも、少し早い。

「そう言えば、風谷」

向こうでコーヒーでも飲もう、ということになり、食堂などがある司令部棟への渡り廊下を歩いた。

歩きながら菅野は言う。

「お前、最近よく組まされるみたいじゃないか」

「え」

「あいつとだよ」

菅野は、顎で渡り廊下の外を指す。

「ほら、あそこ」

「え？」

何のことだ……？

見やると、司令部エプロンを前にした芝生《しばふ》の植え込みに、飛行服の後ろ姿が立っている。

風谷や菅野より小柄だが、すらりとしたシルエット。

（…………）

その姿を見るなり、風谷は『しまった』と思った。

「……あっ」

「どうした？」

「あ、いや」

しまった……。

鏡黒羽だった。

こちらに背を見せ、ポケットに手を入れ、列線に並ぶ機体を眺めていた。いや、眺めているように見えた。

風谷は、菅野に「すまん」と断わると、渡り廊下からエプロン前の植え込みへと走った。

しまった。

「どうした風谷？」

「すまん。忘れてた」

「何を」

あいつのことを、忘れていた……！

「デブリ」

航空自衛隊では、編隊を組むパイロット同士は、フライトが終わると必ずデブリーフィングと呼ばれる『反省会』をする。

デブリーフィングは、フライト前の打合わせであるブリーフィングと、対になるものだ。その日の飛行内容はどうであったか。計画通りに、うまく行かなかったところはあるか？　あるとしたら原因は。何がいけなかったか。どうすればよいのか――

五分で簡単に済ます時もあれば、込み入った訓練フライトの後では、一時間以上かけて検討をする場合もある。

先輩と後輩とで飛ぶ場合、主に先輩が後輩に教えてやる――という形を取る。

どんなに簡単でも、編隊を組むペア同士は、機体を降りたら必ずこれをやる。空自のすべてのパイロットが、習慣にしていることだ。

「鏡」

風谷は、機体から降りた飛行服姿のまま、エプロンを眺めている後ろ姿に駆け寄った。

そうだ。

さっきは、新潟の近くまで767をエスコートして戻った後、機体を降りてから「俺は班長に報告して来るから、ちょっと待っててくれ」と言い置いて、一人でオペレーション・ルームへ向かったのだ。

月刀一尉に簡単に経過を報告して、それから二番機の鏡と、デブリーフィングをするつもりだった。

それが菅野と変なTVの中継を見たせいで、引っかかってしまい、鏡黒羽に言い置いたことをすっかり忘れてしまった。

「鏡。すまん」

「別に」

鏡黒羽は、横顔でちら、と風谷を見た。

だがすぐに、猫を想わせる切れ長の目を向こうへやって、アルトの声で言った。

「暇だから、いいですけど」

目の前のエプロンで、並んだイーグルが次々にエンジンをスタートする。

風谷と、鏡黒羽が朝から飛ばしていた二機も、別のパイロットが搭乗して、次のラウンドの訓練へ向け出発する。

熱風が吹きつけ、猫のような鋭い目の横顔をなぶって、肩までの黒髪を舞わせた。タクシーアウトしていく機体のエンジンのブラストを浴び、鏡黒羽は少し目を細める。

（…………）

最近、俺はどうかしている……と風谷は思った。

大事なことを、気を取られて忘れたり……。

いや——実は俺は、ぼろぼろの状態でイーグルの操縦席にしがみついているだけなのかも知れない。二年前から、ずっと——

「特にないでしょ。デブリ」

横顔のまま、黒羽は言う。

あいかわらず、風谷を先輩とも思っていない口調だ。

「あ、あぁ」

風谷は、うなずく。

訓練が中断したから、ないと言えばないし——あると言えば、凄くある……。

特に今朝は、空戦訓練中、二番機が事前に打ち合わせたことと全然違う機動を行なった。いかに敵に勝つためとはいえ、それは注意して、とがめなくてはならない。編隊長の予測しない動きを突然にされては、フライトの安全にもかかわる……。

しかし、

「では。鏡三尉、休憩に入ります」

ピッ、と一瞬だけ敬礼の姿勢を取ると、鏡黒羽は、しなやかな動作でクルリと背を向け、行ってしまう。

ヘルメットを右手に下げ、猫科の動物を想わせるような足取りで、歩み去る。


「………………」

見送っていると、後ろから肩を叩かれた。

「風谷」

菅野だ。

「何を背中で雰囲気だしてるんだ、この野郎っ」

いきなり、後ろからコブラツイストを掛けられた。

「わっ、やめろ。痛い」

航空学生時代から、こいつはいつもこうだ。

三日に一度は、これをやる。

酒を呑ますか、プロレスの技を掛けて来るかだ。

「でも妙だな」

しかし菅野はふいに技を解くと、小さくなる鏡黒羽の後ろ姿を見やった。

「あいつ、お前と飛ぶ時には、なんか素直じゃないか？」

「――え」

「だって、言うこと聞くだろ。フライト中も、言うこと聞いてたし」

「えっ」

「そうなのか」

あれで……？

「お前が待ってろって言えば、ああやって待ってるし」

「待ってた、のかな」

「ああやって、ここで待ってたんだろ。お前のこと」

「――――」

「漆沢《うるしざわ》二尉が、ＣＳに行ったろ」

菅野一朗は、手をぱんぱん、とはたきながら言った。

「鏡のやつ、これまでずっと漆沢二尉と女二人でペアを組んでたのが、漆沢さん、居なくなっちゃってさ」

「――そう言えば」

そうか……。

二年前の、あの〈事件〉以来。ずっと鏡黒羽は、主に同じ女性パイロットの漆沢美砂生《みさお》二尉とペアを組んで、訓練していた。

アラート待機だけは、ばらばらだったようだが。

「そう言えば、美砂生さん、二尉に昇進してCSへ入校したんだっけ……」

「漆沢さんがCS課程を終わって、隊の組織幹部として戻って来るのは、だいぶ先だろう。その間、誰があの跳ねっ返りの面倒を見るんだって」

菅野は、猫のような足取りの後ろ姿が消えた方を、顎で指した。

「アラートで先輩と組んじゃ、言うこと聞かなくて嫌われて」

「――――」

「それをさ、この間の沖縄で、お前と組んで中国機を追い返したろ」

「あ、あぁ」

「どうも火浦隊長が、それを見て言ったらしいぜ。『鏡は、風谷を忠実にバックアップした。相性がいいみたいだ、しばらく組ませて見よう』」

「えっ？」

「嫌か」

「だって――」

「ま。いつもいつもフィックス（固定）というわけじゃない」菅野は笑った。「取り合えず、今夜のアラート待機は、俺とお前でペアだ。心配するな」

6

小松空港　旅客ターミナル

『――今回の空輪を機会に、とても足りませんが、わずかでもアジアの人々へのお詫《わ》びと罪滅ぼしが出来るならば、私は本望です』
到着ロビーに据えられた一〇〇インチの大型ＴＶに、女性議員の顔が大写しになっている。その下にはテロップ。『ワクチン緊急空輪機　今日出発』
ざわざわざわ

小松基地とは滑走路を挟んで反対側に位置する、小松空港の民間側旅客ターミナルだ。

頭上の運航標示板に『東京からの便が着いた』という表示が出て、到着ロビーの中は出迎え客で混み始めている。

「――――」

月刀慧も、出迎え客の一人だ。

さっきからすることがなく、大型モニターの中継に目をやっていた。

画面にアップになった、女性国会議員らしき顔。

見覚えはあるが、月刀は名前までは知らない。

どこかで、記者会見に応じている様子だが――

『私たちは、アジアの人々に心から謝罪し、間違った悪い自衛隊を廃絶し、米軍を追い出して一日も早く日本を軍備のない平和な国にしなくてはいけません』

アップになる顔の下に、テロップが出ている。

主権在民党・水鳥あかね議員。

『議員。質問です』

「――――」

月刀は柱の横で、TVに目をやりながら長身を持て余すように立っていた。落ち着かない。さっきから中継の内容は、見ているが頭に入っていない。

　腕時計を何度も見やった。

　その横顔に、ＴＶの音声が重なる。

『議員。今回、あなたが北朝鮮に送ったワクチンが、軍の兵士のために使われ、いわゆる軍需物資になってしまうという危険性はないのですか』

『何が危険なのですか』

『危険でしょう』

『人の生命に、兵隊も子供もありません。あなたは何を言うのですか。あぁっ』

「――？」

　月刀は、モニター画面から聞こえて来る声に、サングラスの眉をひそめた。

　しかし何を騒いでいるんだ……？　さっきから、いったい――

『わ、私は恥ずかしいっ。ううぅ、そんなうがった見方しか出来ない記者と、自分が同じ民族であることが恥ずかしいっ』

　画面にアップになった若い女性議員は、いきなり大声で泣き始めた。

『あぁぁ、恥ずかしい。私は侵略者の子孫に生まれてしまったことが恥ずかしい』

『先生』

『先生っ』

支援者らしい若者たちの声が、周囲から集まると、画面の議員は、ぱっと泣くのを止めてカメラ目線に戻る。

『とにかく。この場を借りて私は何度でも言います。私たちは謝らなくてはいけません。戦争で迷惑をかけたアジアの人々に謝らなくてはなりません。素晴らしい憲法九条を護り、自衛隊を廃絶しなくてはなりません。憲法違反の間違った悪い自衛隊が、平和を愛する諸国民を脅かし続けるかぎり、地球に平和はやって来ないのですっ』

『議員、質問です』

女性記者の声が、フレームの外側からした。

『大八洲TVの沢渡です。だったら議員、あなたは謝罪ではなくて、あなたの言う素晴らしい憲法九条を北朝鮮や中国にも広めて、「一緒に軍隊や核のない平和な世界を築こう」と説得して廻るべきではないのですか？』

『…………』

視線が、集まる。

『…………』やおら水鳥あかねは、テーブルにつっ伏した。『あぁぁっ。私は恥ずかしい。侵略者の子孫に生まれてしまったことが恥ずかしいっ』

『先生』

『先生っ』

『ちょっと、答えになってない――』

『うるさい下がれ、下がれっ』

『大八洲TVは出ていけっ』

『お前たちも出入り禁止だ!』

TVモニターの画面は乱闘のようになったが、同時に手荷物を引き取った到着客がロビーにどっと出て来始めたので、注意を向ける人はいなくなった。

「――――」

ざわざわざわ
月刀も、手荷物受取場の出口を見やった。

午後からは飛行隊へ出勤するつもりだった。月刀はそのまま行けるようにオリーブグリーンの飛行服姿だ。

長身に、野生味のある彫りの深い顔は、飛行班長を務めている第三〇七飛行隊では、後輩のパイロットたちから一目置かれる存在だ。しかし到着ロビーの空気の中では所在なげで、少し猫背になっているようにも見える。

小松では、自衛隊の制服や飛行服が周囲から奇異の目で見られることはない。

しかしこうして到着ロビーに出迎えにやって来たこと自体が、月刀は何か自分に不似合いな感じがして、落ち着かない。

（……！）

その人影を、東京からの到着客の群れの中に見た瞬間、反射的に横を向いてしまったのも、そういう気持ちのせいだった。

「月刀君」

向こうがすぐに気づいて、手を挙げた。

新潟空港　貨物機用スポット

「間違った悪い質問をする大八洲ＴＶめ、お前たちは今後一切、会見に出入り禁止だっ」

赤ジャンパーの青年たちに五人掛かりで羽交い絞めにされ、沢渡有里香と道振は会見場から外へ引きずり出された。

「ちょっと、何するのよっ」

「うるさい、間違った悪いマスコミはこうだっ」

えっ——!?

有里香は、息を呑んだ。

あろうことか、三十センチも体格差のある赤ジャンパーの一人が、有里香をまともに前蹴りして来たのだ。

がつっ
一瞬、頭の中に星がちらつき、次の瞬間にはエプロンのコンクリートに背中をしたたかに打ちつけた。

「きゃっ」

「うわっ」

同時に道振も隣に転んだ。

「な——」有里香はマイクを握り締めたまま、赤ジャンパーたちを睨み上げた。「何するのよっ。道振君、今の撮った!?」

暴力行為だ。放映してやる。

だが、

「わっ、何をする」

道振が叫んだ。

赤ジャンパーたちが二人掛かりで道振の肩からVTRカメラをもぎ取ると、コンクリートに叩きつけて中の録画テープを取り出し、ズルズルッと引き出してしまう。

「悪い報道をしようとする者は、こうだ、出て行け」

目が微妙に寄っている、普通でない目つきの赤ジャンパーが、向こうを指さした。

「出て行け」

「あ、あんたたちっ」

有里香は、目を剝《む》いた。

頭に来た。

このわたしを、足で蹴った……!?　こいつら——

沢渡有里香は小柄で、色が白く人形のように小作りな顔だちをしている。だから外見から気性の荒さが分からない。おとなしいお嬢様に見えてしまうので、勘違いした人間が時々痛い目に遭わされる。

「あんたたちっ——！」有里香はコンクリートに倒れたまま、赤ジャンパーたちを睨み付けて怒鳴った。左の肘《ひじ》が痛い。コンクリートで擦《す》り剝《む》いたか。「何よっ、あんたたち。わけの分からない団体の信者みたいになって。あの国会議員を教祖みたいに祭り上げて！　あんたたち、きっと、もてないでしょ。もてないからやっているんでしょっ」

「さ、沢渡さん」

道振が『また始まった』という表情で、腰をさすりながら止めようとするが、有里香のけんまくは納まらない。スピッツが怒って吠《ほ》えるみたいに、会見場へ戻ろうとする五人の赤ジャンパーの背中に怒鳴る。

「あんたたち、どうせ学校でも会社でも『ださい』とか『暗い』とか言われて周りから相手にされなくて、友達も出来なくて寂しくて、こういう団体だけは相手にしてくれるから、救いを求めて集まっているんでしょっ⁉」

「な、何」

赤ジャンパーの一人が、堪《たま》りかねたように振り向いて、有里香を睨み返す。

「な、な、何っ」

「あの水鳥あかねだけは、優しくしてくれたわけ？　良かったわね。こき使われて利用される代わりに、優しくしてもらえて」

「き、貴様っ」

赤ジャンパーの一人は、地面に転がったままの有里香を踏みつけに戻ろうとするが、隣のもう一人が「おい、よせ」と止める。

「これ以上はやめておけ。大怪我させると証拠が残る」

「しかしっ」

「ふんっ、何が『先生』よ、あの女、北京じゃ中国のお偉いさんにぺこぺこ土下座してたじゃないっ」

「この――！」

有里香に揶揄《やゆ》された一人は、顔を真っ赤にした。

「――き、貴様っ。貴様は、水鳥先生がどんなに慈悲深い、大きな心をもったお方か、知らないのだっ。先生は、先生は孤児となった共和国の子供たちを十万人も――」

「おい、よせ」

激昂する一人をなだめ、引きずるようにして、赤ジャンパーたちは会見場へ戻って行く。

仮設ステージの方では、会見が続いているようだ。ＴＶ中央の女子アナだろう、明るい声が聞こえて来る。「北朝鮮の子供たちも、待ち望んでいるでしょうね。日本海を越えた、大きな愛の贈り物ですね」「あなた、北朝鮮ではありません。朝鮮民主主義人民共和国です。正確な言葉を使いなさい。それから日本海という呼称はやめましょう。この海には東海という正しい呼び方があります。日本のマスコミの皆さんも東海と正しく呼びましょう」

マイクの声が、顔をしかめて起き上がろうとする有里香の頭上を通り過ぎる。

「……うっ」

「大丈夫ですか、沢渡さん」

「道振君」

有里香は、助け起こそうとする道振カメラマンの手を振り払うようにして訊く。やはり左の肘を擦り剝いた。血が出ているようだ――

「ヘリに――」

「救急箱はあります」

「そんなんじゃなくて。ヘリに、予備のカメラはあるよね?」

「ありますけど」

「ようし」

「よ、ようし――って」

小松空港　到着ロビー

「月刀君」

手荷物受取場の出口から、その人影は手を挙げた。

近寄って来る人影――女性は、ジーンズに白のシャツブラウスという簡素な服装だったが、白い顔が光るように目立つ。

「…………」

月刀は、サングラスの下で目を見開いた。

昔より、顔が小さくなったんじゃないか……？　そんなことを、瞬間的に思った。

シャツブラウスの女性は、ジーンズにショートブーツでカツカツと近づく。

その姿。

この人は、何をしている人だろう――？　と、すれ違う人間はみな気になって、振り向くのではないだろうか。

数年前であれば、若い女の子たちから『あっ、森崎若菜《もりさきわかな》だ』と小声で言われ、小さく指さされていたかも知れない。でもスターは別格として、一時期だけ売れた芸能人が忘れ去られるのは早い。

「変わらないね月刀君、すぐ分かった」

森崎若菜は、カラカラとキャスター付きスーツケースを引っ張って来ると、飛行服の月刀の前に立って見上げた。

「うん。確かに月刀君だ」

「………………」

月刀は、すぐには声が出なかった。

「……お、俺は。すぐには分からなかった。すまん」

思わず、嘘《うそ》を言った。

森崎若菜から『ロケで小松へ行きます。会いませんか』と突然メールが入ったのは、昨日のことだ。

月刀は、嬉《うれ》しさよりも困惑していた。

いったい、どんな顔をして、会えばいいのだろう……。

ものすごく、顔は見たいが——

「いいよ」

月刀と同い年の女優は、立ったままクスリと笑った。

「久しぶりね。高校を出て以来ね。じかに会うの」

「あ……あぁ」

月刀は、長身を少し折るようにした。

会釈ではなく、思わず相手の顔を、確かめようとする動作だった。

顔をよく見ようとした。

「大丈夫よ」

森崎若菜は、笑った。

「お酒のにおいなんか、しないでしょ」

「そ……そうだな」

「ごめんね。一杯心配かけて」

「いや、こっちこそ……すまん」

「メールでも伝えたけど。今日からこっちで、ドラマのロケなの」

「ああ」

「二時間ドラマ。わたしは最後に能登半島の崖《がけ》から飛び降りる、犯人の役」

クスッ、とまた笑った。

犯人……。

「あ——あの、荷物持つよ」

「ありがと」

「マネージャーの人とかは？」

サングラスの目で、見回すが、

「来ないよ」

女優は笑う。

「社長一人に、タレント四人の事務所だもの。地方のロケになんか、ついて来ないよ。身の回りのことは、全部自分でするの」

「そうか」

「社長は、東京で仕事を取るのが仕事。最近はね、ＴＶショッピングも競争率たかいの」

「——そうか」

「ドラマのスポンサー企業も、パチンコのメーカーばっかりになっちゃったし。ＴＶ業界も、様変わりしたよ」

「そうか」

小松空港　ターミナル前

「なんか、イメージ通りの車に乗ってるね」

ロケの集合場所までは、送る約束だった。

荷物を持ってやり、ターミナル向い側のパーキングに歩いて行くと、若菜がまた笑った。

「ワイルドな感じ」

「いや。いつもは、もっと小さいのに乗っているんだ」

月刀は、火浦から借りて来たトヨタのランドクルーザーに、スーツケースを載せた。愛用しているホンダS２０００では、２シーターだし、荷物も大して載らない。

「スタッフの人もいるかと思って、先輩から借りた」

「そう」

「ロケは、崖なのか」

「ううん。崖は明日の夕方。今日は、市内のホテルで殺人」

「殺――」

月刀は、荷物を載せたテールゲートを閉める手を止め、息をついた。

森崎若菜に向き合うと、顔からサングラスを外した。

「――若菜」

「何」

「すまん」

月刀は、頭を垂れた。

「何が？」

「何が――って。君が、あの頃一番苦しい時に、俺は何もしてやれなかった。すまん」

「いいよ」

森崎若菜は、困ったように笑顔を作った。

「もう、大丈夫だよ」

「いや。俺が、若菜を護ってやるとか、昔は偉そうに言っていて、結局何も出来なかった」

「月刀君に出来たことは、たぶん何もなかったよ。たとえ、そばにいても」

「…………」

「歌が売れなくなって、女優にかわって。それで宗教団体の〈広告塔〉みたいにされたのは、わたしの中に弱さや迷いがあったせいだよ。全部わたしのしたこと。わたしの責任」

「…………」

「あの頃、千歳の飛行隊にいたんだよね？」

「……ああ」

「あなたは飛行機が大事で、わたしは表現の仕事が大事で。おたがいに、そういう人生じゃない。おたがい遠くで応援するしか、出来ないし」

「…………」

「それでいいよ」

「……すまん」

「さっきから、すまん、すまんばっかり」

「……すまん」

固まっていると、ふいに道路を挟んだ向こうで、嬌声《きょうせい》が上がった。

（……？）

何だろう、と視線をやった月刀の目が、見開かれる。

あれは――？

到着ロビーの出口に、人垣が出来ている。若い連中が携帯で、何かに向かって盛んに写真を撮っている様子。地元のTV局らしい取材班もいて、VTRカメラを構えている。

人垣が割れて、サングラスをかけたほっそりしたシルエットが現われ、脇のスーツ姿の男にガードされるようにして、黒塗りのハイヤーに乗り込んで行く。

月刀の目を引いたのは、その猫を想わせるようなシルエットの娘だった。サングラスをして目は隠していたが――

（……鏡？）

まさか。

月刀は瞬きをする。

あいつか？　あいつが何で、こんなところに……。

「どうした」

若菜が、通りの向こうに気を取られた月刀を、面白そうに見上げる。

「初めて見た？　秋月玲於奈」

「え」

「スターは、最後に降りて来るから。一緒の飛行機だったのよ。東京から」

「秋月……？」

「知らないの」

「いや……ちょっと知り合いに」似ているかな――と言いかけた月刀の前を、ハイヤーは滑り出して行ってしまう。

「秋月玲於奈。今度のドラマの、主演女優よ」

若菜は腕組みをして、走り去る車を顎で指す。

「オーラがあるから。演技ははっきり言って大根だけど、魅力のある子にはかなわないわ」

「……そうなのか」

「前のシリーズで当たった〈女刑事〉を、またやるらしいけど。本人、大変でしょうね。台詞が多いし」

7

小松基地　独身幹部宿舎女子棟・個室

午後。

「——ヘッドオン・パス……今だ」

個室のライティングデスクの前に座った鏡黒羽は、姿勢をただし、瞑想《めいそう》するように目を閉じて、右手を何かを握るように動かしていた。

同時に、左手も何かを握るかのように、脇に置いている。右手が握っているのは、空想上の操縦桿だった。左手を置いているつもりなのはスロットル・レバー。

デスクの前の壁には、ポスターのようにF15Jのコクピット配置図が張りつけてある。計器やスイッチ類が、現物と同じように配置されている。

目を閉じた黒羽は、肩までの黒髪。ヘルメットを被る時には後ろに縛っている髪を、今は解いている。服装は飛行服のまま。左胸にウイングマーク。

(——バーチカル・リバース……機首を上げる……ピッチ九〇度——スロットルをアイドル、減速……。失速速度手前、ピッチアップ、さらに九〇度——)

黒羽のほっそりした、しかしあざだらけに見える指が、見えない操縦桿を引いて行く。

(——背面。視線を上——敵機を発見、右ラダー、軸線合わせ……今だっ)

心の中でつぶやきながら、右脚を机の下でぐっ、と踏み込み、操縦桿をさらに引く。手首をこじる。脇を締める。左手でスロットルを全開。脚を踏み替える。ぐっ。

まぶたの下では、眼球が激しく動いているが、外からこの様子を見ても、他の人には黒羽が何をしているのか分からないだろう。

想念飛行――イメージ・フライトと呼ばれるトレーニング法だ。

二十五歳の、きつい目をしたイーグル・ドライバーは、早朝からのフライト訓練が終わって、デブリも済ませ、非番になると、すぐ基地内の宿舎の部屋へ戻った。それからずっと、私服に着替えることもなく、机の前でこのイメージ・トレーニングを繰り返している。

想念と、手足の筋肉に再現しているのは、今朝〈G空域〉で行なったばかりの格闘戦だ。

黒羽の左手の人差し指と、親指が動く。

(――兵装選択〈GUN〉、フォックス・スリー、キル……!)

カチリ

右の人差し指が、空想上のトリガーを引いた。

直撃。

撃墜。

「……駄目だ」

目を閉じたまま、舌打ちする。

（まだだ……）

今のは、あと二秒早く捕捉《ほそく》出来る。そうだ、こうすれば――

猫のような切れ長の目を開くと、黒羽は、デスクに広げたノートに何か書き加えた。

A4の大判ノートには、シャープペンでのたくるような曲線が描かれ、その各所に英語表記の注釈や、数字や記号が書き加えられている。

のたくるような曲線は、その日に黒羽が飛んだフライトの軌跡――空戦機動の軌跡だった。気象条件、敵の動きと位置関係についても描き込まれている。

殴り書きだが、黒羽にしか読めない字で、アイディアらしきものが書き加えられて行く。

鏡黒羽が、毎日の自分の時間をほとんど、この想念練習に注ぎ込んでいることは誰も知らない。

毎日。夜も、週末も、飛行隊の他のパイロットたちが小松の飲み屋街に繰り出して憂《う》さを晴らしたり、家族を連れて遊びに行ったりしている間も、一人部屋で黙々とこのイメージ・フライトを繰り返している。

それでも時間が余ると、独りで構内を走ったり、基地内の温水プールで泳いで肉体を絞るのに使った。

イメージ・フライトが、野球選手に喩《たと》えればバットの素振りのようなものであり、操縦の上達に良いということは、パイロット訓練生ならば誰でも最初に教わる。だが一人前になると、だんだんやらなくなるのだった。

黒羽はＦ15飛行隊の実戦要員となり、二機編隊長資格を取得した現在でも、その日に自分が飛んだフライトの軌跡はすべてノートに再現して、描き出していた。必ず目を閉じてもう一度『飛び』、思いつくことがあると書き加えて行った。

それらはノウハウの蓄積となって、すでに大判の大学ノート数十冊に達し、現在では黒羽は上空で操縦席に座っていると、その先に起きることがだいたい想像で分かるようになった。

でも、

（──まだまだだ。わたしは……）

黒羽は、ふと目を上げる。

「………」

机上の本棚に、焦茶色のノートの背表紙。

ひどく古い、その分厚いノートを黒羽は見やった。ノートというより〈帳面〉と呼んだ方がいいような代物だ。糸綴じがばらけかかったのを、丁寧に補修した跡がある。

その焦茶色の背表紙が、F15Jのテクニカル・オーダー性能編と、システム編に挟まるようにして置かれている。

茶色く変色した背表紙のラベルに、かすれて染みのようになった文字。

帝国海軍　鏡龍之介
「――――」

黒羽は、きつい目をしばたかせた。

まだまだだ――

「バーチカル・リバース、もう一度」

つぶやくと、また目を閉じて、操縦の姿勢を取った。

その時、
ブーッ
ベッドの上に投げ出したままの、携帯が振動した。

「……？」

無視しようとしたが、震え続ける電話の面に、発信者が表示されている。

いまいましげに舌打ちして、イメージ・フライトを中断すると電話を手に取った。

小松市内　ホテル・アーリーバード

小松市中心街にある、ホテルの一階。

ロビーと同じフロアの化粧室。

個室の扉を閉じて背にして、それでも携帯を片手で隠すようにして、秋月玲於奈はすがりつくような声を出した。

「お姉ちゃん、助けて」

「お姉ちゃん、どうしよう。台詞、入らないよ。助けて」

『────』

物憂げなため息が、携帯の向こうでした。

『頑張って憶えな』

独身幹部宿舎　個室

ベッドに座り、携帯を耳に当てて黒羽は苦笑した。

台詞が入らない、か──

「──」

妹──双子の妹なのだから年齢は変わらないのに、甘えて頼ってくるのは昔からだ──が、小松へ来ているらしい。数日前に、ドラマのロケ地が能登半島に決まった、とメールで伝えて来た。スポンサー企業からの要望で、小松市内のスポンサー系列のホテルも『事件現場』として使うという。そして犯人が主人公の女刑事に追い詰められ、罪を告白して飛び降りるのは、能登半島の海岸の崖だ。お決まりの、二時間ドラマだが……。

『それが、尋常じゃないのよ』

携帯の向こうで、周囲をうかがうような声音で、妹──露羽《つゆは》は訴えて来た。

きっとまた、撮影現場を抜け出して、トイレの個室の中からでもかけているのだ。

尋常じゃない、などという大人くさい言い回しが出て来るのは、前にも刑事ドラマで主役を演じて、そういう台詞をたくさん口にしたせいだろう……。

黒羽が〈秋月玲於奈〉という芸名を、双子の妹に押しつけるように譲って、もう何年になるか。姉妹が入れ替わったことは、世間には秘密だ。

『監督が、すっごい気の入れ方で。ホテルの殺人現場へ駆けつけるシーン、パトカーを降りるところからあたしの背中にカメラをひっつかせて、後ろから追いかけながら五分間の長回しで撮るって言うの』

「――そうか」

黒羽は、ふと懐かしさを感じて、唇を緩めた。

確かに、演出家が俳優の技量を見ずに、カット割りを決めてしまっているようだが……。

いや。今でも『秋月玲於奈は天才』という評判が残っているのなら、初めて組む演出家は、そういうことをさせて見たくなるかも知れない。

十七歳当時の自分なら、面白い、と受けて立ったかも知れないが……。

『お姉ちゃん、どうしよう』

妹は訴えて来た。

せっかく小松へ来るのだから、もし可能なら、撮影の合間にどこかでこっそり会おう――

そう言い合ってはいる。

公然と妹とは会えない。

レストランなどに二人でいれば、『秋月玲於奈が二人いる……！』と周囲を驚かせてしまうだろう。携帯で写真でも撮られて、ネットに流されでもしたら面倒だ。今はスマートフォンで鮮明な動画まで撮れる。〈女優〉を双子の妹に押しつけ、独りで芸能界を抜けて来たことが、ばれてしまう。

ばれても、今となっては自分は別にかまわないのだが。

でも妹は、妹なりに頑張って来た。ここで立場を危うくさせたくはない――

『お姉ちゃん、あたし台詞考えながら言っていると身体が動かないし、身体動かしていると台詞が出て来ないよ』

「――」

苦笑する黒羽。

五分間長回しか――そうだろうな……。

『しかも鑑識の説明に、こっちから質問もするのよ。専門用語ばっかりで、長台詞』

「――」

『ねぇ、お姉ちゃんお願い』

妹は懇願した。

『お願い、今回だけ代わって』

「――え？」

『これから、夜まで暇？』

「フライト、終わったから非番だけど」

『お願い。今度だけ。このシーンだけ。お姉ちゃん、あたしと代わって。一生のお願い！』

独身幹部宿舎前　ガレージ

「――――」

黒いジーンズと半袖シャツに着替え、階段を下りた。

黒羽は幹部宿舎の女子棟を出ると、共用のガレージまで歩いた。

まだ、日が高い。

〈G空域〉に闖入《ちんにゅう》してきた変な767のために、演習が中断され、その変な旅客機を新潟付近までエスコートしただけで、この日のフライトが終わってしまった。

本当なら、まだ飛行隊で演習後の検討会をしている時刻だ。本当なら妹からの電話にも、出られなかったはずだ。

カチッ

雪よけの屋根の下に止めてある黒いＢＭＷのドアを、解錠した。

その古い3シリーズには、カンバス地の幌がかけてあり、手動で屋根をオープンにすることもできる。ナンバーは品川だ。

「出かけるのかい、鏡三尉」

背中から、声をかけられた。

振り向くと、ひょろりとした作業服姿が、こちらを見ていた。胡麻《ごま》塩頭。

「――班長」

「珍しいな。あんたが外出か」

「用事です」

「そうか」

班長、と黒羽が呼んだ胡麻塩頭の男は、第三〇七飛行隊整備班長の中島《なかじま》一曹だ。五十代の後半。隊歴は長く、整備隊の主だが「幹部試験を受けるくらいなら整備マニュアルを読む」と言って、いくら火浦が勧めても幹部になろうとしないらしい。

中島は、風呂敷に包んだ保温弁当ジャーを手に、格納庫へ出勤する途中のようだ。これから夜勤なのだろう。黒羽の乗ろうとしている３２０ｉの車体を見やると、目を細めた。

「よく手入れされてる。永射《ながいり》の車か」

「はい」

「丁寧に乗っているな」

「最近は、手抜きです」

「これなら、車も喜ぶ――」そう言いかけ、五十代の一曹は、ふと口をつぐんだ。

空しさ。

これ以上、何を言う意味があるのか――そう考えているような顔つきだ。

それは、猫のような切れ長の目をした女性パイロットも同じだった。

「………」

ただ、キーを手に握って、目を伏せた。

「永射省吾《しょうご》は」

一曹は、ふいに思い出したように口にした。

「あいつは、繊細な奴だった。戦闘機パイロットとしては、見ていて危なっかしい。ちょうどあんたと正反対だな。鏡三尉」

「……そうだったんですか」

「飛行隊時代のあいつを、知らないのかね」

「わたしは、その頃はまだ――」言いかけて、黒羽も口をつぐむ。

「そうか。よく、あいつと付き合ったものだな」

「……はい」

切れ長の目を、黒羽は苦笑させる。

この定年近い老練な整備士は、黒羽が自分のことを話せる、数少ない人物の一人だ。

なぜ空自の戦闘機パイロットになろうとしたのか――

その動機となったある〈事情〉について、偶然だが、記憶を共有している。

「ま。気をつけて、行っておいで」

「………」

会話はそれで終わってしまい、五十代の一曹は「じゃぁな」とだけ言うと、背を見せて行ってしまう。

わたしがここへ来た三年前より、お瘦《や》せになったか……。

後ろ姿を見送って、ふと思った。

「――――」

黒羽は、古いＢＭＷのドアを開けると、運転席のシートにするりと身体を滑り込ませ、キーを差し込んで回した。

整備状態は良く、六気筒のエンジンは一瞬で始動し、小柄な外見に似合わない太い排気音がガレージに響く。

何も置かれていない、簡素な印象の車内をちらと見渡して、ミラーに鋭い眼を上げ、黒羽はＢＭＷを発進させた。

小松基地　防衛部オフィス

「これは、まずいなぁ――」

デスクに載せたノートパソコンの画面を見やって、日比野はつぶやいた。

つい数分前のことだ。今日は非番の防衛部員が、宿舎からわざわざ日比野の携帯に、知らせて来たのである。

〈ＮＧＯ平和の翼〉のホームページで、大変な画像が公開されています――

何事かと訊くと、とにかく見て下さい、と言う。

要撃管制室で、午後の演習も視察しようと思っていた日比野だったが、言われるまま地上の防衛部オフィスへ戻ると、自分のパソコンを開いて見た。

『――これを見て下さいっ』

いきなり始まったのは、動画だった。

ホームページは〈NGO平和の翼〉。組織名そのままだ。

このNGOは、午前中に〈G訓練空域〉へ無理やり突っ込んで来て演習を中止させた、あの767をチャーターした団体だ。

先ほど『北朝鮮へワクチンを緊急空輸する』と発表し、記者会見を開いて中継されたから、国民の関心は集まっているはずだ。

その団体のホームページに、日比野を困惑させる動画がアップされていた。

四角い枠の中で、騒がしさが動く。

『操縦席の〈衝突回避警報〉が、このとおり鳴りっぱなしです！　自衛隊機が、このピースバードに異常接近して、嫌がらせをしていますっ』

767の、コクピットで撮影したものらしい。

動画は、携帯電話で撮ったような粗い画像だが、撮影者の視点でコクピット内部から、ぶれるようにパンして操縦室側面窓の視界までを映し出す。

『トラフィック、トラフィック』

合成らしい音声が、けたたましく警告《アラート》を発する。

画像はまたパンして戻って、左側操縦席の肩越しに計器パネルをアップにする。機体姿勢や高度・速度を表示する液晶式プライマリー・フライト・ディスプレーに、真っ赤な台形のような表示が出て、機を上昇させるようパイロットに促している。

日比野も、ウイングマーク所持者だから計器の示す意味は分かる。

TCASと呼ばれる、民間機用衝突回避警報システムだ。

『クライム、クライム、クライム』

『ご覧下さい、大変危険な状態ですっ』

撮影者――カメラモードにした携帯電話を、操縦席の後ろのオブザーブ席で構えているのだろう――が金切り声を出す。女だ。

『自衛隊の戦闘機が、平和な海であるはずの東海上空をわが物顔に占拠し、平和のために飛んでいるこのピースバードを、追い出そうとしているのですっ』

「か――」

日比野は、思わずパソコンの画面に向かって言い返しそうになる。

勝手に訓練空域へ侵入してきたのは、そっちだろう――！

だが、

『見て下さい、あの日の丸を付けた危険な戦闘機を！　こうやってぶつける寸前まで接近し、私たちを脅かしていますっ』

携帯のカメラは、また側面窓から外へ向けられる。

雁行《がんこう》して飛行するF15が映し出され、ぐうっ、とぎりぎりまでアップにされる。

（――風谷の機か）

機首ナンバーから、今朝日比野が指示してエスコートに向かわせた、風谷三尉機であることが分かる。同高度で並んで飛んでいる。〈対領空侵犯措置〉の規定に準じて、きちんと横間隔を取って随行しているが――こうもカメラでアップにされると、見ている一般の人たちの目にはぶつかる寸前のように映るだろう。

まずいな……。

日比野は眉をひそめる。

『ピースバード、繰り返す』

操縦室のスピーカーに、無線を介した声。

『ここは、航空自衛隊の訓練空域だ。この進路をこれ以上飛行するのは――』

酸素マスクを介した声。風谷三尉の警告だろう。

しかし、

『あぁっ、何という横暴でしょう。誰のものでもないはずの友愛の海を、自分たちのものだと言い張って、私たちに「出て行け」と要求するなんて！』

撮影者が、スピーカーからの警告を覆い隠すように声を上げ、カメラの視界が急にぐるりと回った。声を上げる〈本人〉が、アップになる。

「……！」

水鳥あかね……⁉

パソコン画面に、急に大きく映し出された顔に、日比野は目を剝いた。

さっきTVの会見に出ていたのと、同じ顔。水色のスーツは、トレードマークか。

『ここは私が、諭してあげましょう。通信マイクを貸してっ』

水鳥あかねは、自分の手で自分の顔にカメラを向けたまま、操縦席からコードで引っ張ったマイクを手に、息を吸い、決然と言い始めた。

『あなたたちこそ、出て行きなさいっ』

「その画像のアップされた時刻、調べてみたのですが」

ふいに声がして、目を上げると。

日比野のデスクの前に、制服の若い幹部が立っている。三尉。ついさっき、日比野の携帯に連絡をくれた地上職の防衛部員だ。

「どうも７６７の機上から、自分たちのホームページにアップさせたらしいです。部長」

「君は」

日比野はパソコン画面の粗い映像に目をこすると、言った。

「君は今日は、非番じゃなかったか」

「こんな時に、宿舎でごろごろなんかしていられません」若い三尉は、頭を振る。「〈平和の翼〉の喧伝《けんでん》行動は、まだしばらく続くでしょう。今日は、私がネットを監視します。部長は、本来の業務に戻られて下さい」

「うむ。すまん」

日比野は立ち上がると、自分のデスクを三尉に譲った。

「今は、ウォッチしているしかないが――何かあったら、知らせてくれ。地下にいる」

「はい」

「今、７６７の機上から画像をアップさせた、と言ったな？」

少し気になり、日比野は三尉に訊いた。

「そんなことが、出来るのか」

「可能です。時刻から判断すると、新潟に着いてからパソコンを使って動画をアップしたのではありません。あの767チャーター機は、機内にネット環境が備わっているのでしょう。最近の装備のよい旅客機はだいたいそうです。機内で携帯で撮影した画像を、衛星経由でそのままネットに流せるのです」

「ふん」

日比野は鼻を鳴らす。

「便利な時代に、なったものだな」

「このままでは、これがユーチューブなどの一般向け動画サイトにコピーされて出回るのも、時間の問題です」三尉は、少し得意げに説明する。「空中の空自のF15の飛行姿を、インターセプトされた側から撮影した画像、なんてマニアの間では貴重でしょう。かと言って、我々にはどうすることも出来ませんが――」

「そ、そうか」

お前もマニアじゃないだろうな――とちらと思うが、若い幹部が休日返上で出てきてくれたのは、正直助かる。

「とにかく、モニターは頼む。助かる」

8

小松市　中心街　ホテル・アーリーバード

十分後。

表通りから直接、〈来泊客用駐車場〉という表示に従ってスロープを下り、地下のパーキングへ入ると、鏡黒羽はがらんとした空間をそのまま奥へ進み、空いている一画の白線に合わせ、BMWを停めた。

ヴォロロンッ――

六気筒のエンジンを止めてしまうと、地下の空間は人けもなく、静かだ。

「――――」

黒羽は、携帯を取り出すと、ひざの上で無言でメールを打った。

［今、下に着いた］

すると。

すぐにブーッ、と振動して返信が届く。

［ありがとうお姉ちゃん。すぐ抜ける。一階の東の化粧室の一番奥に来て］

デコメールで、歓喜が表現されている。

（――――）

ため息をつき、キーを抜いて、黒羽は運転席を出た。持ち物は小さなバッグが一つ。

ばんっ、とドアを閉じる音が辺りに響く。

「――――」

車を降りた黒羽は、それでも慎重に周囲を見回す。水銀灯に照らされ、コンクリートの空間が広がる。車は数台駐まっているが、人の気配はない。

地方都市のホテルだ。結婚式や、会合の開かれる週末でもなければ、閑散としたものだ。

しかし、

（『出待ち』のファンでも潜んでいると、面倒だからな――）

上では、ロケの行われている真っ最中だ。

人けのない地下空間を、それでもバッグで顔を隠すようにして、早足で行く。

エレベーター、と表示されたプレートが前方にある。

ホテル・アーリーバード 二階

がやがやがや
ホテルの客室階のフロアが一つ、撮影のために提供されて完全にブロックされ、廊下の床にケーブルが這《は》っている。

大勢のスタッフが、廊下の天井に照明を取りつけ、セッティングを調整している。

「ねぇ。照明さんの準備が出来るまで、まだ十分くらいはあるよね」

折り畳み式のディレクターズ・チェアに掛けた秋月玲於奈は、ひざに置いた台本の下に携帯を隠し、背後から髪をいじっているメイク係に訊いた。

すでに衣装は替えて、女刑事役の黒のパンツスーツ姿だ。中に着ている白いシャツブラウスのボタンを、二つ外している。

現場は、騒然としている。

今日一日で、ホテル内の『殺人現場』シーンを撮り終えなければならない。

姉が『下に着いた』とメールをくれた時、幸い、現場を仕切る演出家は〈死体〉のできばえをチェックしに別室へ行き、玲於奈のマネージャーもスポンサー企業の宣伝部だという背広姿の男に名刺を渡して、挨拶《あいさつ》しているところだった。

いい感じだ。

今は誰も、自分に注意を向けていない――

チャンスだ。

「そうですね。照明さんたち、たぶんもっとかかるんじゃないかと思いますけど」

メイク担当の女性は、新しく事務所に雇われて、ここ数か月、玲於奈の髪を専属で扱っている。腕はいい。

「ね。頼みがあるんだけど。あたし、ちょっと独りになっちゃ駄目かな」

「え？」

「トイレ。独りで座って、台詞を完全に入れたいの。ここでは騒がしくて、集中出来ないわ。ちょっと抜けさせて」

上目遣いに、玲於奈は頼み込んだ。

ここには鏡がない。顔を見て、話は出来ないが――

懇願する表情は、伝わったはずだ。自分が台詞を覚えるのが苦手で、腐心している様子は、これだけ一緒に仕事をしていれば理解してくれているだろう。

「えっと――そうですね……」

メイク係は数秒間、考える素振りだったが、頭上でうなずいた。

「髪は、だいたい終わりましたから、いいですけど」

「ごめん。じゃ、一階のロビーの奥の化粧室まで行って、最後の台詞、入れて来る。入れたら戻るし、それより早く準備出来たら、お願いだけど、呼びに来て」

「……ええと、一階のロビーの奥の化粧室、ですか？　この階ではなくて」

メイク係は、玲於奈の行き先を復唱するようにして確かめる。

秋月玲於奈はどこへ行った……？　ということになった時、責められるのは嫌なのか。

玲於奈の行く化粧室の場所を、口で繰り返した。

「一階のロビーの、化粧室、でいいんですね」

「そうよ、奥の東側って書いてあるところ。さっき通りかかって、ちらっと見ておいたけど。人がいなくて、おちつけそう」

「分かりました」

地下 駐車場

チン

エレベーターがやって来て、ドアが開く。

黒羽は、音もない動作でするりと乗り込むと、〈1F〉のボタンを押す。

「――――」

ドアが閉まる。

（……？）

その時。

切れ長の目を、黒羽は不審そうに細めた。

何かを感じた。

ドアが閉まる直前、エレベーター乗り場のすぐ向かいのスペースに停められた暗色の大型のバンが目に入ったのだ。

すべての窓にフィルムが張られ、内部を覗き見ることは出来ない。ナンバーを見ようとしたが、その前にドアは閉じてしまった。

ぐん、と箱が上昇し始める。

何だろう。

今の、この感じは……。

ホテル　一階

しかし考える暇もなく、エレベーターは一階に着いて、再びドアが開く。

チン
「――――」

黒羽は、今度はもっと用心深く、ドアの外の空間に目をやる。

ロビーも閑散とした印象だ。ドラマの撮影スタッフたちは、残らず撮影現場へ上がってしまったのだろう。ファンらしい人影も、うろついていない。やはり地方都市だ。昼間から暇な人間は、あまりいない。

（よし）

今度も念のためバッグで顔を隠すようにして、ジーンズにシャツブラウスの黒羽は猫のように壁際を移動し、〈東側〉と表示された化粧室へ滑り込む。

化粧室も、人けがない。

早足で入って行くと、気配に気づいたか、一番奥の個室のドアが薄く開いた。

「――お姉ちゃん？」

「露羽」

赤ちゃんのおむつが替えられます、とプレートの出た大きめの個室だ。

黒羽がするりと滑り込むと、黒いパンツスーツの玲於奈は、背中で押すようにしてぱたんとドアを閉じる。

「お姉ちゃん、久しぶり」

「脱ぎな」

挨拶もそこそこに、二人は衣装を取り替えにかかる。

露羽――玲於奈は刑事役のための黒いパンツスーツの上下と白いシャツブラウス、その下の下着もすべて、てきぱきと脱いでしまう。

黒羽も同様だ。着ているもののアイテム数が少ないから、速い。壁から引き出したベビー・ベッドの上に、衣類の小山が出来ていく。

たちまち、すべて脱いでしまう。

お互い、何もまとわない全裸になると。

向き合った双子姉妹は、瓜《うり》二つだ。

背丈も同じ。姉の方がわずかに日に灼《や》けて、腕と脚に筋肉がついている。しかし見た目ではほとんど、見分けがつかない。

二人は下着まですべて交換すると、今度は下から上まで、言葉も発せず黙々と身につけた。衣装を完全に取り替え終わるまで、三分とかからない。

「お姉ちゃん。台本、これ」

「ん」

「問題のシーン、ページ折ってあるとこ」

玲於奈は姉に、分厚い台本を手渡す。

「照明のセッティングが済んだら、すぐカメラテストなんだけど――」大丈夫？　という意味を込めて、玲於奈は目で訊く。

しかし、

「分かった」

事もなげに、玲於奈となった姉――黒羽はうなずく。

数分前まで女刑事の姿をしていた秋月玲於奈、そのものに見える。

（助かる――）

黒羽は台本を受け取りながら、妹の髪の長さを見て、思った。

役作りのために、肩の高さに切り揃えてくれていたか……。髪の長さだけはごまかしようがないが、これならばばれない。ヘアメイクがいじったら、違うと分かるかも知れないが、どうせワンシーンだけの『代役（正確に言えば復帰）』だ。台詞に没頭する振りをして、待ち時間にも髪に触れさせなければいい――

「台詞は、一度読めば全部憶えるから。それより感心した」

「え」

「身体」

「あぁ――」妹は、恥ずかしげに自分の両肩を手で抱くようにする。「バレエのレッスン、ちゃんと行ってるもの。お姉ちゃんのアドバイス通り」

「うん」

「バレエの先生が言ってた。刑事の役でアクションをやるなら、空手なんかよりバレエやる方がいいって。一流の舞踊家の動きは、一流の格闘家の動きに勝るんだって」

「そう」

「お姉ちゃんが、渋谷で無敵だったのは、バレエやってたせい？」

「余計なことはいいから。行くよ」

黒羽は、広げたページで折り返した台本を脇に挟み、個室のドアを薄く開けて化粧室の内部をチェックした。

誰もいないようだ。

「今日の演出家の名前と、メイク係の名は」

小声で、訊いた。

「ええと――」

露羽が小声でそらんじる名前を、外を覗きながら黒羽は頭に入れた。

撮影中に言葉を交わす、最小限の人間の名前くらい、知っていないといけない。

「あんたの――つまりわたしの、今のマネージャーは」

「秋山」

「よし分かった。行く」

黒羽は、薄く開けた個室のドアを、左肩で少しずつ押し開けた。左肩は、黒い上着の下に、小道具のリボルバー拳銃を革製ホルスターで吊《つ》っている。腋《わき》の下がごつごつして、重い。

「あんたは、ここか、どこかで隠れて待機。シーンが済んだらメールで連絡」

「はい、お姉ちゃん」

頼もしそうにうなずく妹を残し、キィッとドアを開けて化粧室の内部へ出る。すぐ後ろ手にドアは閉じる。ぱたんという手応えを確かめ、タイルの上を歩み出す。

鏡の前で、一瞬立ち止まって自分の姿をチェックする。

何だ――と思う。

何だ。女刑事というのは、いつものフライトの時と同じ目つきで演《や》ればいいんだな……。

（あとは台詞――）

撮影現場は、二階だという。

エレベーターを使わずに、階段で行こう。歩いて行く間に読んで、覚えてしまおう。昔から台詞はそうして来た。問題は一字一句暗記するより、その〈人物〉になり切って、その人間が言うだろうことを言えばいいのだ――

ホテル一階　廊下

（――乗ってきた覆面パトカーを降りて、ホテルのエントランスから駆け上がって来て）

黒羽は、歩きながらシーンの内容を頭に入れた。

五分間、後ろからカメラに張り付かせて長回し——か……。

面白い。


鏡黒羽は、十代の女子高生時代に秋月玲於奈としてデビューし、たちまち売れ始め〈天才〉などと言われていた頃、頭の中には実は飛行機の『ひ』の字もなかった。

演技が面白くて、熱中していた。

ところが、ある〈出来事〉をきっかけに、空自の戦闘機パイロットになろう、と思い立つ。すると不思議なことが起きた。

自分の先祖に、戦闘機パイロットとして闘った人物がいた——そう判明したのだ。

航空学校をひそかに受験して合格、それまでに築いた女優のポジションは取り合えず双子の妹に押し付け、半ば家出のようにして入隊しようとした時。

もう初老に達する父が、黒羽に一冊の古びたノートを渡してくれた。

お前の、お祖父ちゃんだ。

お祖父ちゃん……？

聞き返す黒羽に、父はうなずいた。

そうだ、お祖父ちゃんだ。

父は、四十を過ぎてから若い二度目の妻をもらい、双子の娘をもうけた。それが黒羽と露羽だった。事業経営に忙しくて普段は顔も合わせず、会ってもほとんど口をきかないその父が、十八歳の黒羽を送り出す時に、こう言った。

お前には、お祖父ちゃんの話はしたことがない。遠い昔にこの世を去って、写真もほとんど残っていない。これまで、話す機会もなかった。

お前が突然、そっちの道へ進もうとしたことに、母さんも露羽も驚いているようだが……。でも父さんは、意外とは感じない。お前には実は、こういう〈血〉が流れているのだ。

帝国海軍　鏡龍之介

古い、分厚いノートの表紙に、その名前があった。

お前のお祖父ちゃんだ。鏡龍之介。ニューギニアの上空で、この人が二十一の若さで散った時、父さんはまだ母親の腹の中だった。

このノートは、遺品だ。戦死するまでは『帝国海軍のトップ・エース』と呼ばれていたらしいお祖父ちゃんが、出撃の度に詳しく書き記した空中戦闘の研究ノートらしいが――

父さんには読んでもまったく意味が分からない。お前になら、何かの役に立つかも知れない。持って行きなさい。

それが七年前のことだ。

だが、

（……階段を駆け上がって、二階フロアに着く――ここで所轄巡査に案内させて、現場の客室へ駆け込んで、台詞。ちっ、やってくれたか。これで二人目じゃないの――死体から目を離さずに、そばの鑑識に説明させて、質問。死亡時刻は？　ちょっと、それおかしくない？）

黒羽はシーンの内容に、思わずのめり込んでいた。久しぶりにドラマの台本を手にして、演技に熱中していた時代の気持ちが、蘇《よみがえ》る感じだった。

面白い、このシーン――

ぱらぱらと、台本の前後を見る。一見、凡庸な二時間ドラマだが……。

（………）

わたしに、全編やらせてくれたら。同じ台本でも、全然違うドラマにして見せるのに

――

ふとそう思う。

飛行機の操縦と演技は、どこか似ている。こうあるべき、というイメージを頭の中に強く持ち、イメージに沿って身体を動かす。イメージ通りになっているか、外からの視点で継続的にモニターする……。下手なパイロットは、高度や速度の数字ばかり追いかけてしまい、機体が空気中で『こういう姿勢になって欲しい』というイメージがない。だから、きれいな軌跡を描いて機体が運動しない。イメージ通りに『なれ』と念じて操作すると、不思議に機体はその通りに動くものだ――

操作手順の暗記なんて、振りつけそのものだし。

黒羽は、初級課程でT７練習機に乗り始めた初日から、操縦訓練を『辛《つら》い』と感じたことがほとんどない。

「秋月玲於奈さんですか？」

黒羽は、歩きながらシーンの内容を頭に浮かべることに、つい集中した。

普段なら、特に空中であれば周囲への油断を怠らない黒羽であったが。

本当ならば、妹が『正体の分からない何者かに監視されている気がする』と訴えた事実に、もっと関心を払うべきだった。それが数年ぶりに台本を見て、頭が〈女優モード〉にでもなってしまっていたか。

背後から声をかけられた時。

「……はい？」

思わず、右前方への注意を忘れた。

声をかけられ、背後を振り向こうとした時。

右前方の廊下の角の死角から、暗色の人影のようなものがぶぉっ、と跳び出して来て、何かを黒羽の腹部目がけ突き出した。

（……!?）

視神経が視野の隅にそれを捉え、まずい、と感じる瞬間。

ズバッ
右の脇腹に、しびれるような凄まじいショックを受け、身体が一瞬宙に浮いた。

「うぐっ」

何だ。

電気ショック……!?

だが小さく悲鳴を上げるのが、やっとだった。

天地が分からなくなり、宙に浮き、次の瞬間床に叩きつけられる衝撃を感じながら、黒羽は意識をなくしていた。

9

新潟空港

夕刻。

「いったい、いつまでかかっているんですかっ」

新潟空港の貨物機専用スポットでは、紫色に暮れて行く空を背景に、７６７旅客機の機体の右横に並べられた銀色の貨物コンテナが端から開封され、積荷の検査が行われていた。〈平和の翼〉によってブルーシートで囲われ、報道陣から見えないようにされた一画で検査作業を行なっているのは、経済産業省の専門係官たちだ。

経産省課長補佐の佐々木と、立ち会いとして外務省アジア大洋州局を代表してやって来た夏威総一郎も、作業を監督する立場だったが、係官たちの作業を手伝った。

それでも、航空機用貨物コンテナ一個の中身をすべて検査するのに、一時間では足りない。一辺が二メートル弱の立方体を、飛行機の腹の丸みに合わせて一部分切りおとした形のコンテナは、開けてみると容積が意外と大きく、ぎっしり詰め込まれた茶色い紙製の箱をすべて開封して調べようとすると物凄く手間が多くなる。

日が傾く頃に、五人掛かりで手袋をして一個目のコンテナの検査を終え、ようやく二個目に取りかかっていた。

機体の横に並べられたアルミ合金製のコンテナは、今のところ全部で十個。

「今晩中には、終わりそうにないね」

佐々木課長補佐が、そばにつきっきりで急《せ》かす赤ジャンパーの一人に宣告すると。

赤ジャンパーは「大変だ、大変だ」とわめきながら『先生』を呼びに走って行った。

そして、

「あなたたちは、いったい、いつまでかかっているんですかっ」

水色スーツの新人女性議員が、ブルーシートで囲った767のカーゴ・ドアの下まで怒鳴り込んで来たのだった。水鳥あかねである。

「もう出発時刻が迫っています。あなたたち官僚は、どうして平和のための活動を妨害するのっ。今この時にも、共和国では大勢の子供たちが——うぅっ」

「先生」

「先生っ」

抗議しながら泣き崩れる水鳥あかねを、赤ジャンパーの青年たちが助け起こす。

「悪い日本の官僚めっ。お前たちはどれだけアジアの人々を苦しめれば、気がすむんだっ」

わけの分からないことを、佐々木と夏威に向かってわめいた。

「何を言っている」

佐々木課長補佐は、水鳥あかねと、取り巻く青年たちに反論した。

「もともと北朝鮮への物品の輸出、現金の送金は緊急立法で禁止されている。人道支援のための例外措置を適用する場合でも、荷物の中にぜいたく品、現金、大量破壊兵器開発に貢献する物品などが仕込まれていないか、検査しなくてはならないのだ」

「それは前の自由資本党政権がでっちあげた、間違った悪い法律よっ」

水鳥あかねが叫んだ。

「平和を愛する共和国を、悪者に仕立てあげようとする米帝と日本資本主義の陰謀よっ」

「だが、国民世論の支持を得て、政権が変わっても依然有効な法律だ」

佐々木課長補佐は、当選したばかりの一年生議員を相手に、キャリア官僚として堂々と主張した。

「我々経産省は、国民を代表して、検査しなくてはいけない。外務省の協力も得て、今日ここに集荷されたコンテナの中に、ぜいたく品や現金や——」

「ぜいたく品だとっ」

若者が、遮って怒鳴り返した。

「ぜいたく品とは、何だっ」

「ぜいたく品とは、牛肉、まぐろ、キャビア、酒、煙草に香水、化粧品、革製品にバッグ、衣類、毛皮、絨緞《じゅうたん》、貴金属に宝石、携帯用情報端末と映像ソフト、車、バイク、モーターボートにヨット、カメラ、楽器、美術品などだ」

「今まで調べたどこに、ぜいたく品が紛れ込んでいたんだ。全部ワクチンだろうっ」

「そうだ」

「そうだっ」

赤ジャンパーたちは奇声を上げた。

「どこに牛肉やまぐろがあるんだっ」

「確かに、今のところは、そのようだが——」

「融通のきかない、頭の悪い官僚めっ。一個調べて、疑いもなくよかったんだから、残り十一個も全部いいことにしろっ」

「そうだ、そうだ！」

「いや、そういうわけには――」

貨物機専用スポット前　格納庫

「何を揉めているんでしょう」

貨物機専用スポットの前には、整備用の格納庫があり、地元の事業航空会社の機体だろうか、双発のセスナや、ヘリコプターなどの数機が格納されている。

ピースバードの出発騒ぎで、東京から多数の報道ヘリが飛来し、燃料補給やら整備の依頼が急に増えたのだろう、格納庫の中は出払った印象で、人けがない。

大きな体育館のような格納庫には、外側の壁に沿って階段があり、中二階の位置に洗面所があった。仮設ステージ前の報道席を蹴り出された有里香が、擦り剝いた肘を洗おうと、〈関係者以外立入禁止〉のプレートを無視してずんずん上がって行くと、女子トイレの二つある個室の片方に、小さな空気抜きの窓が空いていた。そこから外を覗くと、ちょうど貨物スポットの767を斜め上から見下ろすアングルが取れた。

ブルーシートで囲われた内側が見える……！

蹴飛ばしてくれてありがとう――と、空気抜きの窓を覗きながら有里香は思った。ここだわ。有里香はうなずいて、肘の痛みも忘れ、道振を呼びに戻って予備のカメラを用意させると、個室の中にひそかに立て籠《こも》ったのだった。

それから数時間。

隣の男子トイレには、数回、人の出入りする気配があったが、新潟の事業航空会社には幸い女子の整備士など居ないらしい。女子トイレにはまったく来訪者はなかった。

有里香と道振は交代で、狭い個室の蓋《ふた》をした便器の上に立ち、空気抜きの窓から767の様子を監視し続けていた。

「何か、揉めています」道振が知らせる。「赤ジャンパーたちと、水鳥あかねがいる――手前は積み荷検査の係官たちかな」

「見せて」

床に座り込んでいた有里香は、ジーンズの砂粒を手で払うと、便器の蓋の上にぴょん、と跳び乗った。

小さな空気抜きから、二人で見下ろす。

ブルーシートで、報道陣からは見えないようにされたカーゴ・ドアの脇の様子が見える。先ほどから上着を脱いだワイシャツ姿で、透明の手袋をして、コンテナの中身を横に出しては調べていた男たち。その男たちが水色スーツの女性議員と赤ジャンパーたちの群れに、激しく詰め寄られている。

「『検査に時間がかかり過ぎる、さっさと終わらせて出発させろ』――ってとこかな」

予備の小型ＶＴＲカメラを望遠にして、アイピースを覗きながら道振が言う。

「道振君、撮って」

有里香が小声で指示する。

「撮るのはいいですけど……立入禁止を無視してここへ入って、隠し撮りしたテープなんて、オフィシャルには使えませんよ？」

「後でここの所有者には、本社から話をつけさせるわよ。撮って」

「はい、はい――おっ？」

うなずきながらカメラをスタートさせ、同時に道振は「おっ」と意外そうな声を上げた。

「どうした」

「大物が、来ました。どうやって新潟入りしたんだろう」

「えっ」

つま先立ちして、有里香が狭い窓から見やると。

ブルーシートの内側に、銀髪のスーツ姿の人物が後方から現われ、水鳥あかねよりも前へずいと出る。その銀髪の人物の取り巻きだろうか、続いて背広の男たちが後方から何人も何人も現われ、たちまち検査官らを人垣のように取り囲む。

「――あれは、経済産業副大臣……!?」

有里香は、息を呑んだ。

「どうして、こんなところに」

貨物機専用スポット

「課長補佐、いい加減にしたまえ」

経済産業副大臣・先島終太郎《さきじましゅうたろう》（52）は、銀髪にダブルのスーツというTVで見かけるままの姿で、佐々木と夏威たち官僚の前にずかりと立った。

「聞けば、経産省の官僚どもがくだらん法律をたてに、善意のワクチン積み込みを邪魔していると言うではないか。私は顔から火が出る思いだっ」

「ふ、副大臣――」

佐々木課長補佐は、眼鏡の下の目を見開く。

「今日の国際会議は、どうされたのです」

「そんなものはどうでもいい。いいかっ、私は〈北東アジア平和協力議員連盟〉の理事だぞ。我々の議員連盟で後押しして実現した善意のワクチンの緊急輸送を、私の配下の官僚の愚かな手続き主義で、遅らせるなんてもってのほかだっ」

銀髪の人物は、太い眉を上げ、ワイシャツ姿の五人の官僚を睨み付けてきた。

（……こいつは）

夏威は、外務省の所属だから直接に顔を合わせたことはない。しかし、その人物はTVではよく見て顔を知っている。先島終太郎――主権在民党の若手リーダーと呼ばれている中の一人だ。夏威の覚えている討論番組では、『日本の法人税が高いせいで正社員が雇用出来ない』という話題の中で『それならば正社員を雇用しない経営者の企業は、罰則として法人税をもっと高くすればよい』と発言して、夏威に「何だこいつは」と思わせた。

それでも、主民党の次の世代を担う中核メンバーと目されている。

「いいか。ワクチンはデリケートな製品で、パッケージを開けて空気に触れさせたり、汚い手で触ったりしたら駄目になると言うじゃないかっ」

先島終太郎は、バリトンの声で主張した。

「一つのコンテナを開けて、問題ないと分かり、手続き上も十分に調べたのだ。残り十一個も同様に『問題なし』として、積載させてよいはずだ。そうだな課長補佐っ？」

「は、はぁ――」

格納庫　洗面所

「何か、動き出しました」

アイピースを覗きながら、道振が言う。

「先島副大臣の指示でしょうか、係官たちが折れたようです。調べるために外へ出した小箱をコンテナへ戻し始めてる」

「初めにプレス・リリースで配られた〈日程〉だと、ピースバード〇一の出発予定時刻は、十九時ちょうどか。あと――」

有里香は腕時計を見た。あと三十分もない。

〈平和の翼〉側は、どうやってか経産副大臣まで担ぎ出して、積荷検査を省略させ、定時に出発しようというわけか……。

「あっ」

道振が一方を見て、言う。

「トレーラーがまた来た。今になって、もう一つ。コンテナが到着です」

貨物機専用スポット

「わ、分かりました」

佐々木課長補佐は『副大臣命令だ』と言われて譲歩したが。

「そ、それでは、全量検査に代わり、残りすべてのコンテナの封印を切って蓋を開け、目視で内部を確認することで、ＯＫということにしたいと思います」

代わりに目視による〈略式検査〉を行なうことは明言した。

（――――）

夏威は、やむを得ないだろう、と思った。

副大臣が『検査の省略を命ずる』と口にした以上、佐々木に対しては正規の命令系統だ。議員連盟の理事として、時間通りにチャーター機を出したい思惑があるのだろうが――

一つ目のコンテナが、すべて申請通りのワクチンのパッケージだけで、確かに問題はなかった。残りのコンテナを、蓋を開けて内部を目視点検するだけの〈略式検査〉に変えるのも、やむを得ないだろう……。

「よし、みんな。略式検査だ」

佐々木は係官たちに指示をする。

「ただちに、残り全部の蓋を開けて――」

だが、

「開ける必要はないっ」

「ないっ」

その時、副大臣につき従って現われた十数人の背広たちが、突然係官の動きよりも速くばらばらっ、と散り、残りのすべてのコンテナの前に両腕を広げて立ち塞《ふさ》がった。

「中身は、すべてワクチンだっ」

「開ける必要はないっ、検査はすべて終了だ」

「な――」

「し、しかし」

係官たちは戸惑うが、

「その通り。検査はすべて、問題なく終了したっ」

先島終太郎は低い声で宣言した。

「終了だ。問題ないな、佐々木課長補佐？」

「あ、う――」

格納庫　洗面所

「積み込みが、始まりました」

道振がカメラを回しながら、興奮したように言った。

「ローダーに載せられて、コンテナがカーゴ・ドアから床下貨物室へ搭載されます」

「…………」

有里香は、道振と一緒に見下ろしながら、新たにトレーラーで届けられた一個のコンテナに注目をした。

つい今し方届けられたそれは、順番に767の床下貨物室へ搭載されて行くコンテナの列の最後尾に並べられた。

形状も見た目も、同じコンテナだが……。

「……怪しいね。あの十一個目」

「え」

「だって、副大臣が現われて、検査を中止させるのを待っていたかのように届いたじゃない」

「全国各地から、ばらばらに届くからじゃないんですか？」

「………………」

それには応えず、有里香は黙って考える。

三秒考えてから、言った。

「……道振君。あれ、何とかして中身を写そう」

「えっ」

思わず、という感じで道振はカメラから目を離す。有里香の横顔を見る。

また始まった――と言いたげな表情。

「あのコンテナの、中身を開けて見るんですか？」

「蹴飛ばされて、黙って帰れないわ」

有里香は、左肘をさすりながら素早く目を走らせ、『侵入経路』を検討する。

ブルーシートで囲われ、搭載作業が行われているのは、７６７の機体の右サイドだ。

乗降用タラップと、報道陣の席は、それとは反対側――機体の左サイドにある。

機体の周囲には、十メートルほどの間隔で赤ジャンパーが立ち、歩哨《ほしょう》のように警戒に当たっている。暇そうではあるが――

見つからないで、ブルーシートの内側へ侵入出来ないか……？

「……ちっ」

だが有里香は舌打ちする。上から見た限りでは、自分とカメラを担いだ道振が、見つからずに機体側面へ接近出来る適当な経路は、ない。

（……駄目か──）

だがその時。

暮れかけた飛行場のエプロンをライトの光芒《こうぼう》が払って、四角いシルエットが近づいて来た。ディーゼルエンジンの音。大型バスだ。

バス──？

有里香が見ていると、窓に灯りの見えるバスは767の機首の前をゆさゆさと廻って、乗降タラップの下に停止した。

ドアが開き、たちまちそこへ報道陣の照明が集中した。真っ白になるほど明るい。

何だ……？

貨物機専用スポット　タラップ前

「来ました、来ましたっ。〈青少年平和訪問団〉の到着です」

ＴＶ中央の女子アナが、機体左サイドのタラップの下で待ち構え、中継を始めた。

バスの前は撮影用の照明に照らされ、ステージのように白くライトアップされた中に、制服の少女たちが次々と降りて来る。

少女たちはバスの車体を背に、横一列に並んでいく。カメラが集中する。

「ご覧ください、全国から選ばれた二十名の女子中学生が、平和のメッセージを携え、いま出国手続きを終えてピースバードの下に到着しましたっ。これから水鳥議員と共に、北朝鮮・朝鮮民主主義人民共和国へ、旅立ちます」

昼間、水鳥あかねにクレームされたＴＶ中央の女子アナが、舌を嚙みそうにしながらマイクで紹介する。

格納庫　洗面所

その声が、中二階の洗面所まで聞こえて来る。

有里香は、騒然とするタラップ下の様子に、目を見開く。

（――！）

やった……。

大型バスが到着して、真っ白になるくらい照明を浴びせられているせいで、反対側の機体の右サイドは、ひどく暗くなった。

「――制服がまちまちだから、確かに『全国から選ばれた』っていうのは本当ですね」

道振が望遠にしたＶＴＲカメラを覗きながら言う。

「どうやって選んだのか、知らないけど――まじめそうな子たちばかりだな……あっ、でも中に一人だけ、凄く可愛《かわい》い子がいる」

「道振君、行くよ」

有里香は、カメラのアイピースを見続ける道振の袖を引っ張った。

見下ろす機体の右サイドでは、歩哨のように暇そうに立っていた赤ジャンパーが、女子中学生たちの降りて来る様子に気を取られて、背中ががら空きになっている。

突破するなら、今だ。

「東京の子かな。オーディション受けてもいいくらいの子だな」

「ほら、行くよっ」

「あ、すいません」

貨物機専用スポット

「走れっ」

格納庫の外側階段を降りると、パーキングする７６７の丸っこい機首の下まで、暗がりを一気に駆け抜けた。

そのまま、機体の右サイドへ。

息を切らせて走る。

前方に、見張りの赤ジャンパーが立っている。

しかし照明に照らされるバスの方へ、気を取られている様子の赤ジャンパーは、有里香とカメラを担いだ道振がすぐ背中を通過しても気づかない。

そのままブルーシートに辿《たど》り着き、下の方をめくり、まるで鉄条網のフェンスをくぐり抜ける特殊部隊員のように二人は囲われた内部へ転がり込んだ。

ずざざっ

「はぁっ、はぁっ」

すぐに、並べられたコンテナとブルーシートの隙間《すきま》に身を隠す。

タラップの下では、中継が行われている。

ちょうど民放は夕方のニュースの、ヘッドラインが済んでトピックスの時間だ。

ここでもＴＶ中央が、代表取材のように前へ出ている。

「それでは、今回のワクチン輸送を実現するため力を尽くされた、〈北東アジア平和協力議員連盟〉理事でいらっしゃる、経済産業副大臣の先島終太郎議員に挨拶を頂きましょう」

女子アナが、イベントの進行を務めるように言った。

「副大臣、どうぞ」

「あぁ、〈青少年平和訪問団〉のみなさん」

促され、ダブルのスーツの銀髪の議員が、並んだ少女たちの前に立つ。

「みなさんは、小さな外交使節だね。国民を代表して、国交のない国の人々と、どうか仲良くして来てくれたまえ」

各局のカメラが集中する中、短い挨拶をした。

すると、二十人の少女たちの中から、髪の長い一人が歩み出た。ストレートの黒髪の中から白い耳がとび出して見える。するすると副大臣へ近づく。

女子アナが、「え?」という声を出した。

少女は、予定になかった行動らしい。副大臣の身辺警護も兼ねていたのか、両脇の背広二人が「!?」という感じで身構えるが、気にせずに黒髪の女子中学生ははっきりした顔だちに微笑を浮かべ、先島終太郎に歩み寄るとスーツの袖を摑《つか》んだ。

「副大臣、ご一緒に、写真を撮ってもいいですか?」

照明を浴びて、少女はにこりと笑った。

大人びた笑顔。

フラッシュが炊かれ、TVカメラが集中する。

「う? あ、おぅ」

副大臣は一瞬戸惑った様子を見せたが、すぐ笑顔を作って応じた。

「い、いいとも。いいとも」

「ありがとうございます。副大臣、お会い出来て嬉しいです」

黒髪の少女は、本当に嬉しそうに笑って、先島終太郎のスーツの袖を両手でわしと掴んだ。それから紺色の短いスカートのポケットに手を入れ、白いスマートフォンを取り出すと、列で隣に並んでいた子に『おいでおいで』をして手渡した。

「ねぇ、撮って」

隣の子はまじめそうな顔を緊張させ、無言でうなずいて白い携帯を受け取ると、下がって撮影をした。

「ねえ道振君」

有里香は、並べられたコンテナとブルーシートの隙間で姿勢を低くし、アルミ合金製のコンテナ表面を手で触っていた。

「これで全部でコンテナ、何個？」

「十一個です」

道振も、声を低くして言う。

「さっき到着した、こいつも含めて」

「おかしいよね」

「だってワクチンって、アンプルとかに入ってるんでしょう。このでっかい貨物コンテナに十一個なんて、いったいどれだけ大量に持って行くつもり――」

「しっ」

道振が、声を制した。

誰か来る。

赤ジャンパー数人が、コンテナの列の向こう側から近づいて来る。

「何か物音がしなかったか？」

険しい声。

「走り込む人影らしきものを、見たって言うぞ」

「先生が、不審者は見つけ次第捕まえろと言われた」

「コンテナの裏も捜せ」

まずい……。

有里香は、道振と共に姿勢を低くして、固まった。

ブルーシートの内側では、コンテナの裏側以外に、身を隠す場所はない。

どうする……!?

「捜せ」

「もし不審者がいたら？」

「その時は小屋に連れ込んで『修正』だっ」

手持ちライトの光の棒が、有里香の頭上をかすめ始めた。

まずい、見つかる……！

（……！）

だがその時。

「おい、凄い可愛い子だぞっ」

別の声が、興奮したように一方から聞こえた。

「〈訪問団〉の子が、副大臣と写真を撮ってる。凄く可愛い子だ。あれなら秋葉原に出しても最前列だ」

「なんだって」

「見る」

「俺も見る」

「早くしないと、飛行機に乗り込んでしまうぞ」

「俺にも見せろ」

赤ジャンパーたちは鼻息を荒くすると、たちまち捜索を中断して行ってしまう。ばたばたっとスニーカーの足音。

「では、〈青少年平和訪問団〉のお一人に、話を聞いてみましょう」

予定にはなかったらしいが、副大臣に厚かましく近寄って写真撮影をねだった女子中学生が美貌《びぼう》だったので、取材ディレクターが指示したらしい。

ＴＶ中央の女子アナが、その黒髪の少女にマイクを向けていた。

集中する照明とカメラ。

「お名前は？」

「岩谷美鈴《いわたにみすず》です。三年生です」

「そう。岩谷さんは、どのような動機で〈訪問団〉に参加したのですか？」

「はい。わたしは」美少女は、大人びた口調で微笑しながら応える。「わたしは、水鳥あかね先生の講演のＤＶＤを拝見して、感動しました。それで、〈青少年平和訪問団〉に応募しようと思い立ちました」

「応募作文が、採用されたのですね」

「はい。学校の担任の先生の指導も頂いて、書きました」

「北――ええと朝鮮民主主義人民共和国へ行ったら、向こうで何をしたいですか」

「はい。日本が過去にした残虐な悪いことを、おわびしてきます」

女子中学生は、笑顔ではきはきと応える。

インタビューのマイクの声が、機体の右サイドまで聞こえて来た。

「――なんなのよ。あの子……」

声を聞いて、有里香は眉をひそめる。

〈青少年平和訪問団〉の女子中学生の一人が、見栄えのする子らしく、普段もてなさそうな赤ジャンパーたちは残らず見に行ってしまった。

マイクの受け答えだけ聞いていると、有里香にはひどく不自然に感じるが――

それは置いておいて、コンテナの中身をひそかに撮影するなら、今だ……。

「道振君、これ、開けよう」

有里香は、列の最後に並べて置かれた航空機用貨物コンテナ（十一個目のもの）に取りつくと、蓋を開けるハンドルを捜した。

あった。

封印がされているが――構うものか。本来中身を監督官庁が点検する時、封印は破ってしまうのだ。
だが有里香がハンドルに手をかけた時。
ドルルルッ
大型トレーラーの近づく地響きがして、ライトが頭上の空間を嘗《な》めた。
「沢渡さん、もう一台来たっ」
道振が小声で叫ぶ。

十二個目のコンテナが、到着した。

黄色いフォークリフトが、トレーラーから銀色のコンテナを降ろし、ブルーシートの内側へ運んで来る。

十一個目のコンテナの背後に隠れた有里香と道振のすぐ目の前へ、どさりと降ろした。

（……！）

そのまま、フォークリフトは後退し、並べたコンテナをローダーに載せる作業を続けるためか、行ってしまう。

有里香は、自分たちのすぐ隣の地面に降ろされた、一番最後らしいコンテナを見やった。

「……道振君」

「はい」

「何か、軽そうじゃなかった？　これ」

「そうですね」

「何が入ってるんだろう」

10

「何が入ってるんだろう」

有里香は、ずらりと並ぶ他のコンテナと同じように封印された、十二個目のコンテナの蓋の部分を見やった。

フォークリフトによって、エプロンのコンクリートの上に降ろされた時の感じが、軽そうに見えた。他のものとは違う感じだ。

何が入っているのか——？

同じワクチンなのか。

「道振君、こっち先に見よう」

官僚たちが開けて調べていた最初の方のコンテナと、もしも中身が違うとすれば——

　今、北朝鮮向けには、さまざまな物品が輸出禁止にされている。

　だから監督官庁の係官が、あれだけ厳しく検査していたのだ。

（スクープの匂いがする……）

　有里香は、手をかけていた十一個目のコンテナ（これも『匂った』のだが）のハンドルを放して、エプロンのコンクリートに膝《ひざ》をついて最後に並べられた一個――十二個目のコンテナに取りついた。

　見ると、

（……やはり）

　蓋の部分に、他とは違う紅い封印がされている。紙製の封印だが、ハングル文字が見える。何と書いてあるのか――

　しかし、なぜハングル……？

「〈最重要〉、ですよ」

　追いついた道振が、ハングルを見て言う。

「読めるの？」

「ちょっとだけですが」

「開けてみよう。カメラ用意」

「この暗さじゃ、中はどうかな」

「破るよ」

有里香は構わず、シールのように貼《は》り付けられた紙製の封印を、手で摑んで破る。

蓋の開放ハンドルに、手をかける。

人のことを、蹴転がして怪我させて。このくらいの仕返しは、覚悟しろ……。

ぐっ

だが、

ガチリ、と内部でロックの外れる手応えがしたのと同時に、ブルーシートの外側で複数の大声がした。

「こら！」

「こらお前たち、何をしているかっ！」

（……！）

一瞬『見つかったか!?』と身を固くしたが、大声は、どこか他の誰かを叱咤《しった》していた。

「お前たち、さっさと戻れっ」

「持ち場を離れるとは、何事だっ」

有里香がハンドルを手に摑んだまま、音を立てないよう固まっていると、さっきの赤ジャンパーたちの声が「すみません」「すいません」と謝りながら戻って来る。

シートの外で怒鳴ったのは、〈平和の翼〉の幹部たちだろうか。年齢の高い感じだ。

美貌の女子中学生がいる、と言い合ってみんなで見に行ってしまった赤ジャンパーたちを、咎《とが》めているのか。

「すぐに水鳥先生が、出国手続きを終えて戻られる。コンテナ積み込みの警備は万全だろうな。先生は搭乗前にすべてのコンテナの状態を確認されるそうだぞ」

「あ、はい」

「はい」

「十一号と十二号の特別コンテナは、どうなっている。命令通りに、誰か張り付いて見張っているのだろうなっ？」

「あー」

「あ、はいはい」

「いい加減な返事をするなっ。万一のことがあれば、お前たちを『修正』するぞっ」

声が叱《しか》りつけると、赤ジャンパーたちは急に「ひぃ」「ひいぃっ」と震え上がるような反応をして、駆け出す気配がした。

ブルーシートの内側へ、急いで戻って来る。

（まずい……！）

見つかったら、さっきよりもやばいことになりそうだ。

まだ肘を擦り剝いた傷が、ひりひりする。報道記者の〈勘〉のようなものが有里香に『ここは逃げろ』と教えた。有里香はハンドルから手を放すと、慌てて紙製の封印を元通りにぺたぺた貼り付け直した。破ったことは——ばれるか。いや、この暗がりならすぐには分かるまい……！

「道振君、退却っ」

「そうですね、逃げましょう」

新潟空港　管制塔

十五分後。

『ニイガタ・タワー。ピースバード〇一、レディー・フォー・タクシー。リクエスト、ATCクリアランス』

新潟空港の管制塔。

暗くなった飛行場のフィールドを見下ろす、ガラス張りの管制室に無線の声が入った。

貨物機専用スポットから牽引用トラクターにプッシュ・バックされ、誘導路へ押し出されたボーイング767が、赤色の衝突防止灯を明滅させ、エンジンをスタートさせる様子が展望窓から見下ろせる。

出発準備の出来た767が、目的地への管制承認（ATCクリアランス）を要求して来たのだ。

管制承認は、計器飛行方式で航空路を飛行する場合の『目的地までの通行許可』だ。出発する旅客機は、この航空路の通行許可をもらった上で、空港の滑走路から離陸する際は別途、管制塔から『離陸許可』を受けなければならない。

「ピースバード〇〇一、クリア・トゥ・アンドル・ウェイポイント。バイア・ニイガタ・リバーサル・ディパーチャー、リマ・ファイブワンツー。メインテイン・フライトレベル・スリーツーゼロ」

要求を受けた主任管制官が、展望窓を見下ろしながら、所沢の東京コントロールからデータリンクで送られて来たATCクリアランスを読み上げる。

あらかじめ提出されたフライト・プランに基づいて、東京コントロールが交付した『通行許可』だ。

ピースバード〇〇一便には、洋上ポイント『アンドル』まで航空路L５１２の通行を許可。新潟からの出発方式は『ニイガタ・リバーサル』、高度は三二〇〇〇フィートを維持せよ。

『ラジャー、ピースバード〇〇一――』

７６７の操縦士が、交付された管制許可を復唱して来る。

「――何で、許可が途中までなんです？」

横から、もう一人の若い管制官が聞く。

「クリアランスは、普通、目的空港まで出すものでしょう」

「国交がないからさ」

管制承認を交付した主任管制官は、双眼鏡を取りあげて誘導路上の７６７を見やる。

７６７は、牽引用トラクターを外し終り、垂直尾翼を照らすロゴ・ライトを点灯させる。

ぱっと白い垂直尾翼が、真っ暗なフィールドの中に浮き上がる。

次に、前方を照らす着陸灯を点灯。左右の主翼付け根から、光の棒が前方へ伸びる。

「国交がないので、我々は日本海の洋上の途中ポイントまでの通行許可しか出せない。やっこさんたちは、取り合えずそこまで行って、その先は北朝鮮のレーダーにコンタクト

（探知）してもらい、目的地まで続きのクリアランスを受けるんだそうだ」

「途中までの通行許可で、海の真ん中まで行って、そこから先は北朝鮮のコントロールですか……？　あっちでは航空管制用のレーダーって、運用されているんですか？」

「知らん。停電していなければ、働いているんだろう」

『タワー、ピースバード〇〇一、リクエスト・タクシー』

英語を母国語としていない、でも明らかに日本人でもない操縦士が、滑走路への地上走行を要求して来た。

主任管制官は、マイクを取る。

「ラジャー、ピースバード〇〇一。タクシー・トゥ・ランウェイ28」

空港フェンス横　一般道

金網のフェンスの内側に広がる、暗い飛行場のフィールドを、着陸灯の光芒で照らしながら白い767が動き始める。
海沿いの第一滑走路――ランウェイ28への地上走行を開始したのだ。
キィイイイィ――

「――今、出発した」

誘導路の様子が見渡せる、空港の外側のフェンス沿いの一般道に、ハザード・ランプを点滅させて一台の黒塗りリムジンが停車している。

リムジンの後席では、銀髪のダブルのスーツの政治家が、動き出した767を目で追いながら手にした携帯に告げた。

「そうだ。あれは無事に全部載せた。十万人分の、一年分だ。それに例の貢ぎ物」

『〰〰〰〰』

早口の電話の相手の反応に、銀髪の政治家も唇を歪《ゆが》ませた。笑いにも、皮肉の表情にも取れる歪ませ方。

「――その通りだよ。そうお伝えしろ」

767　コクピット

767〈ピースバード〇〇一〉は、滑走路へ進入した。

『ピースバード〇〇一、タワー』

ボーイング767の操縦席は、左右に機長席、副操縦士席がサイド・バイ・サイドに並び、液晶ディスプレー式の飛行計器、エンジン計器などがコンソールに配置されている。

操縦桿は、両手で握るホイール式だ。左右の操縦席の間のセンター・ペデスタルには、左右の双発エンジンをコントロールする二本のスラスト・レバー（スロットル）が一組配置され、そのほかの面はすべて補助的な計器類や機器、スイッチ類で埋めつくされている。

並んで座る操縦士の頭上から、スピーカーの声。

『ピースバード〇〇一、タワー。ランウェイ28、クリア・フォー・テイクオフ。ウインド、ツーエイトゼロ・ディグリーズ・アット・セブンノッツ』

ピースバード〇〇一、こちら管制塔。ランウェイ28からの離陸を許可する。風向は二八〇度、風速は七ノット。

管制塔から離陸の許可が出た。

「――――」

「――――」

左右の操縦席に座る二名の操縦士は、左席の機長が日本人、交信を担当する右席の副操縦士は中国人だった。いずれも〈NGO平和の翼〉のメンバーで、よくあるエアラインのような肩に線の入った制服シャツではなく、普通のシャツの上に揃いのジャンパーを羽織っている。支援メンバーの青年たちとは違い、ジャンパーの色は濃紺だ。背中に〈PEA

CE BIRD〉と刺繍《ししゅう》がされている。

コクピットの正面窓には、前方に向けて光の遠近法のような、照明された滑走路が伸びる。

「――――」

「――――」

二人の操縦士は、無言でうなずき合うと、左席の機長が右手を操縦桿から離してスラスト・レバーを握り、握りの下についたトグル・スイッチを中指で押し下げた。

カチリ
『T／O』

左右の操縦席の計器パネルのプライマリー・フライト・ディスプレーの上辺に『T／O』という表示がパッ、と現われ、オート・スロットルがエンゲージされて二本のスラスト・レバーがするするっ、と離陸推力位置まで自動的に進められて行く。

キィイイインッ
中央計器パネルのエンジン・ディスプレーで『N1』と表示された二つの扇形が、ぐうっ、と開いて行く。

離陸重量三〇万ポンド――一五〇トンを超える機体が、双発エンジンの最大推力に押され、加速を開始する。

光の遠近法が、手前に吸い込まれる。

東京　永田町　首相官邸

『――ご覧くださいっ』

総理執務室。

ＴＶ中央に合わせた一〇〇インチモニターの画面の中で、中継の女子アナが叫んでいる。

『〈平和の翼〉が、今出発です。離陸ですっ。新型インフルエンザ用ワクチンと、無垢《むく》な女子中学生たちの友愛の心を載せて、不幸にして国交のない国へ、今旅立ちですっ』

画面の奥を、赤と緑の標識灯を点け、自分の垂直尾翼を白く照らした丸っこいジェット旅客機が夜の大地を離れ、上昇して行く。

カメラは追うが、たちまち洋上の夜空へ吞み込まれ、消えて行く。

「――――」

そのモニターを、ワイングラスを手にした長身の男が、立ったままで眺めている。

「総理」

四十代の秘書官が、背後から声をかけた。

「総理。予定通りです」

すると
「――――」

総理、と呼ばれた長身の男は、片方の手をポケットに入れ、こくりとうなずいた。

第Ⅱ章　黒羽　生還せよ

1

日本海　上空

「……！」

黒羽は、目を覚ました。

とたんに、脇腹《わきばら》と後頭部に痛覚。

「……うっ」

思わず顔をしかめ、目をしばたたく。

頬《ほお》が冷たい。身体《からだ》は、横になっている。自分が鉄板のようなものの上に、横たわっているのが分かる。
だが、
よく見えない――
真っ暗だ。
ごぉおおお
目を上げる。
（――目が……見えないのか？　いや）
黒羽は、床の鉄板に手をつき、上半身を起こす。
いや、違う。
暗い。
（…………）
ひどく暗いのだ。真っ暗闇の中にいる。
目は、ちゃんと開いている。
「……ここは」
埃臭《ほこりくさ》い。
ほかにも身体のあちこちに残る痛覚に、顔をしかめながら黒羽はつぶやく言葉を呑み込む。

ここは、どこだ……？

ごぉおお――

意識を回復して、一分間ほど経ったが。

（――――）

目は暗闇に慣れても、ほとんど何も見えなかった。すぐ目の前に金属の壁がある――と分かるだけだ。周囲は、手で探るしかなかった。

狭い……。ここはどこだ。わたしは、閉じ込められているのか……？　手で探ると、一辺が二メートルに満たない金属製の立方体のような箱の中に、自分は閉じ込められている――ということだけ分かる。

ここは何だ。

「――わたしは……うっ」

ふいに、記憶が蘇《よみがえ》った。

そうだ――わたしは、ホテルの一階の廊下で、階段を捜して歩いていて……。

——『秋月玲於奈さん？』

歩いていて、背中から声をかけられ——

手にした台本に、つい熱中していた。不覚だった。背中に気を取られ、前方への注意を一瞬忘れた。物陰から、スタンガンのようなもので、電撃——

「——くっ」

痛み。襲ってきた眩暈《めまい》に、黒羽は頭を振り、歯を食い縛る。

襲われた。

あれは、妹を最近『監視』して、付け狙《ねら》っていた連中なのか……？

もっと周囲に注意すべきだった。妹と間違われ、襲われたのか——？　脇腹に電気ショックを食らって、わたしは床に吹っ飛ばされ、叩《たた》きつけられ意識を失って……。

そして——

「くそ」

眩暈は、一時的なものだった。

あちこち打ちつけて、打撲はしているようだったが。

黒羽は、眩暈が去ると、自分の身体のあちこちを服の上から触ってみた。

（――――）

身長一六四センチ。贅肉《ぜいにく》のない、脂肪も少ない引き締まった肉体。飛行服を着ると、『シルエットが少年のようだ』と女子の整備員たちによく言われる。黒羽の身体には、それ以上の損傷はない。

あの時、妹と入れ替わって、秋月玲於奈として女刑事役のパンツスーツを身につけていた。その服もそのままだ。ただし、上着の中を探ると内ポケットに入れていた携帯は無い。財布類も無い。

（――――）

舌打ちする。やはり、取り上げられたか。

肩から革のホルスターで吊《つる》していた小道具の拳銃も、無い。

あっても、仕方がないが――

（わたしは、拉致《らち》されたのか……？）

立つことは出来ない、小さな立方体の中に、自分は閉じ込められている。外部とは遮断されている。

ホテルの中の、地下室かどこかに、監禁されてしまったのだろうか。この空調の音――

（しかし誰《だれ》が、何のために……。いや、考えても仕方がない）

よし、おちつけ。

腰を下ろし、ひざを抱えるようにして自分を閉じ込めている立方体を見回す。

ここはどこだ。

あの襲撃に遭ってから、どのくらい時間が過ぎた……？

左の手首を返すが、小道具として身につけていた女刑事のごつい防水時計も、なくなっている。くそっ……。

だが、

（……？）

黒羽は、座った身体に微《かす》かに動揺を感じて、目を上げる。

この揺れ方は――

ここは。

ひょっとして、乗り物の中か……？　耳を澄ます。空調の、もっと強いような感じの音。

ごぉおお、という単調なバックグラウンド・ノイズが、さっきからこの立方体を包んでいる。

「まさか」

黒羽は、どこかに隙間《すきま》はないか、と壁の一方を再び手でていねいに探った。これは輸送用のコンテナか何かかも知れない。どこかに、開閉する蓋《ふた》があるはずだ。

さっきも探ったが、内側から開くためのハンドルのような物は無い。しかしわずかな隙間でもあれば、外の様子が――

だが次の瞬間。

手で探りながら押した一方の壁が、急にばくっ、と外側へ開いた。

「――あっ」

突然抵抗が無くなり、黒羽は勢い余って外側へ転がり出た。

ずだだっ

転がった。外側の金属の床におちた。しかし高低差は無い。湾曲した壁面に押し返され、冷たいレールの這《は》う床面に、転がって止まった。

767　床下貨物室

ごぉおおお――

湾曲した壁面に囲われた、もっと広い空間に出た。平らな低い天井。

「――う」

まぶしく感じたが、弱々しい赤い非常灯だ。辺りを、真っ暗闇よりは物の見える空間にしてくれている。

出られた……。

目をしばたき、黒羽は自分の眼球を、まぶたの上から指でしごいて慣らした。

慣れろ。

視覚が、完全になると、

（――）

初めてそこが、どこであるのか分かった。

ここは。

大型輸送機の、床下貨物室……!?

直感した。

Ｃ１という輸送機に、客として何度か乗ったことがある――中はこんな感じだった。

また昔、Ｅ７６７という早期警戒管制機の内部を見学したこともある。その時の床下の様子にも似ている……。

パイロットだから分かる。ごぉおおお――というこのノイズは、エンジン音と、機体が希薄な空気中を突き進む時の摩擦音の合成だ。

飛んでいるのか。

この床面の微かな動揺は、大型機が大気の中を高速で進んでいるしるしか……。

黒羽は油断なく、床に転がったままの姿勢で身動きをせず、自分のいる位置の前後、左右を目を動かして観察した。

スタンガンを持って襲って来た連中の、顔や姿は覚えていない。一瞬の手際だった。

だが、この空間に人けはない。見える範囲には、誰もいない――

（――これか）

黒羽は、自分を閉じ込めていた立方体を見上げた。

アルミ合金製の、航空機用貨物コンテナだ。ハンドルがオープン位置に上がって、正面の蓋が上下にぱくりと開いている。内側から開ける機構は無かったが――ハンドルのロックが甘くて、わたしが何度か押した拍子に、開いたのか……。

紅いシールのような封印も、蓋が上下にオープンしたせいか、ちぎれている。

飛行機で、運ばれて行く途中なのか。

いったい、誰が、何の目的でわたしを——秋月玲於奈を拉致して、そしてどこへ運んで行こうとしているのか。

情況が知りたい。

戦闘機パイロットは、まず周囲の情況を観察して摑《つか》み、取るべき対策を選ぶ。

情況チェックだ。

「————」

黒羽は、注意深く身を起こすと、低い姿勢のまま湾曲した壁に沿って移動した。

見回す。

自分を閉じ込めていたのと同じ形状のコンテナが、貨物室の床のレールに固定され、前後に並んでいる。

自分の入れられていたコンテナは、列の一番端だ。

目測で、空間の大きさを測る。貨物室の長さ――そして幅。高さ。

(貨物室の広さからすると――この機体はC1よりは大きい……。警戒航空隊のE767と、同じくらいの胴体サイズか)

隣のコンテナに、手で触れてみる。

中身は、分からないが中で何かが動く気配はない。

普通の貨物か――

「――開閉ハンドルは、これか」

自分のコンテナはロックが甘かったか、外れていたのか。どういう仕組みなんだ……。

ハンドルを握って、少し動かしてみた時。

ズズンッ
(……!)

ふいに貨物室全体が、上下に揺れた。

ズンッ
乱気流……!?

あっ、と思う間も無く、思わず体重がかかり、黒羽の握るハンドルが弾みで動いた。

ガチッ

一方の面が、上下に開く仕組みの蓋が、内側からぱんぱんになった内容物の圧力に押され、開きかかった。

「あっ」

黒羽は元に戻そうとしたが、一杯に詰め込まれた内容物の圧力で、蓋はばくっ、と全開してしまう。

どさどさどさっ

「わっ」

とたんに中から雪崩《なだれ》を打ち、何かが『噴出』した。ブロック状の、大量の小物体だ

……！　黒羽は小物体に仰向《あおむ》けに押し倒され、埋まりそうになった。

どささっ

「うぐ」

な、何だ、これは……!?

顔をしかめ、起き上がりながら、自分をうずめようとした小物体の一つを掴む。重い……。固いが、金属ではない。表面はビニール・パックされている。本か、書類やカードのようなものの束か――

（……!?）

赤い非常灯の下で、摑んだものをよく見ると、

「い——」

黒羽は目を見開く。

これは、

（——一万円札……!?）

コンテナから、雪崩のようにこぼれてきたもの。

それは、建築に使うブロックのような大きさにビニール・パックされた、一万円札の札束の塊だった。

「ば——」

馬鹿な……。

思わず目を上げ、蓋の開いたコンテナを見上げる。白っぽいブロックのように隙間なく積み上げられ、貨物コンテナはぎっしりと、一万円札の『塊』で満杯にされている。

（いったい）

いったい、この塊一つで、いくらあるんだ……。

ただの札束ではない。札束をビニール・パックして、塊にしている。

黒羽は、一万円札のブロックに埋まりかけた身を起こすと、立ち上がって周囲を見た。

この飛行機は、何だ……。

767　機内

ごぉおおお

「―――」

莫大な現金（いくらあるのか見当もつかない）を、普通の貨物コンテナに詰め込んで運んでいる飛行機。

この床下貨物室には、監視カメラがあるかも知れない。動き回るのは、得策じゃない

――

考えた黒羽は、貨物室をそれ以上動き回るのをやめ、機首方向とおぼしき貨物室前方へ移動をした。

微かに床面が上り坂になっていたから、『機首はこっち』と分かる。飛行機は、どんな機種でも巡航中はわずかに機首上げの姿勢で飛ぶ。

ごぉおおお――

貨物室の最前方に着くと、さらに前方の空間とは目の粗い布製ネットで仕切られ、空気が通るようになっている。

風が来る。

ネットの向こう側――さらに機首側の空間は、暗がりに無数の緑の小さなランプが、息をつくように明滅する。

電子機器類を収める、ラックの集合体か……？　見ると床面から低い天井まで、黒い機器類を収めたラックが積み重なっている。

そうか。

（――この向こうは、床下電子機器室か……）

そうだ――

黒羽は、昔、浜松基地で警戒航空隊のＥ７６７を見学した時のことを思い出した。

（――あの時は、確か）

黒羽は、空自の保有する早期警戒管制機・Ｅ７６７の内部を見たことがある。

まだＴ４練習機で操縦を習う、訓練生だった頃。

同期のクラスでまとまって、見学をしに行ったことがある。まだ新しい部隊だった警戒航空隊は『優秀な新人が欲しいから』という理由で、戦闘機志望者ばかりのパイロット訓練生に、最新鋭機を見学させてくれたのだ。

Ｅ７６７は、いつも乗っている複座の練習機に比べれば、かなり大きな機体だった。

その時は、乗降タラップは使わず、丸っこい機首下面の前車輪の後ろにある床下電子機器室のアクセス・ハッチを開き、潜り込むようにして機内へ入った。そこを通った理由は簡単で、タラップを使わずに、エプロンの地面から機内へ直接乗り降り出来るからだった。床下電子機器室には梯子《はしご》があり、さらに上って天井のハッチを上げると、ちょうどコクピット後方の通路の床面に出た。

ここは、コクピットのちょうど真下に当たり、フライトマネージメント・コンピュータや、通信機類、この飛行機自体を飛ばすための電子機器類の本体が収めてあります。整備員や、乗員の乗り降りにも普通に使っています。本当に重要な警戒レーダーの電子機器本体は、後方キャビンの床に直接設置しています。そっちの方は、いくら皆さんでも、お見せすることは出来ません。

床下電子機器室を通りながら、警戒航空隊の幹部が、そう説明してくれた。

ぶぉおおお

床下電子機器室――確かあの幹部はＭＥＣ（メイン・イクイプメント・センター）と呼

んでいたか。

目の前の、電子機器の緑灯が無数に瞬《またた》く空間は、強力なブロワーで換気がされている。機器の排熱を奪い取った空気を、床下貨物室へ排出する仕組みとなっているのか――？

仕切りのネットに近づくと、黒羽の顔に熱い空気が当たった。

(――ここから、上の客室へ上がれるか……)

目を上げた。

布製ネットの隙間から、黒羽は空間の中央に、梯子の存在を確認した。あった、梯子だ
――天井のハッチもある。

あのE767と、似た構造だ――

ひょっとしたら、これは民間用のボーイング767旅客機なのかも知れない。世界中でたくさん飛んでいる機体だ。


黒羽は、手で布製ネットを破って、MECへ入ろうとした。

だが、空気は通すように目を粗くしたネットは繊維が強靭《きょうじん》で、手では破けない。

(何か、道具は無いか……？)

見回すと、貨物室の壁際に、赤と白の縞《しま》模様に囲われて〈FIRE EXTINGUI

SHER〉と表示された用具ラックがあった。

赤い炭酸ガス消火器と、消火作業用の手斧《ておの》がバンドで固定されている。

これだ。

黒羽は、ラックから消火作業用の赤い手斧を取り外すと、布製ネットに向けて振り上げ、一閃《いっせん》した。

ザクッ、という手応《てごた》えと共に今度は簡単にネットは破れ、一人が通り抜けられるだけの開口部が出来た。

MECに入る。梯子に取りついて、上を見た。天井にハンドル付きのハッチがある。

あれを押し上げれば、コクピットのすぐ後ろの通路の床に出るはずだ――

（――――）

一方、下の床面を見ると。梯子の足下には、やはりハンドル付きのハッチ。こちらは気密式で、機内の与圧を逃がさないプラグ・タイプの頑丈な角の円いハッチだ。

前に見学したE767と同じだ――

黒羽は思った。

下の床面のハッチは、地上で、整備員が出入りするためのハッチだろう。

梯子に足をかける。

（――？）

すると目の前の壁面に、分厚いバインダーを何冊も収めたラックがあった。整備マニュアルなどが、収められているのだろう。

その中の一冊の背表紙が、目を引いた。

金色の文字。

〈OPERATION MANUAL BOEING767－300ER〉

やはり。

この機体は、ボーイング767か。

黒羽はうなずくと、唇を嘗《な》め、慎重に梯子を上りにかかった。

2

767 機内

カチリ

黒羽がハンドルを回すと、ロックが外れ、天井ハッチは薄く浮くように、隙間を開いた。

（────）

梯子につかまったまま、黒羽は少しずつ頭でハッチを押し上げ、隙間から覗《のぞ》いた。

この機体は、ボーイング７６７だ。以前、見学をした警戒航空隊のＥ７６７と基本的に構造が同じであるなら、このＭＥＣ（床下電子機器室）の天井ハッチは、機内のコクピット後方の通路の床へ出るはずだ──

そう思って、隙間を覗いた時。

がちゃり

ふいに目の前で、右横からドアらしき扉が通路へ開くと、女性の脚が跳び出して来た。

（……！）

反射的に、二センチほど開けた隙間をそれ以上広げず、黒羽は様子を見た。

コクピットのドアか……!?

いや、違う……方向が違う。横向きに開いた。通路へ横向きに面したコンパートメントだ。あれは化粧室か……？

『位置関係』を、頭に浮かべる。

ハッチの隙間は、この向きなら、機首の通路の床から後方を見ている。コクピットのドアは覗いている黒羽の頭の後ろだ。

女性の脚は、パンプスに水色のスカート。

乗客か。

やはり、民航機だ。

どこへ向かっている、どのような便なのか……。この飛行機については、ボーイング767らしいということ以外、何も分からない。

ただ、床のハッチから出るところを、乗客に見つかって騒ぎ立てられたくはない。

様子を見る。

「向こうのコントロールとは」

脚の主は、水色のスーツを着た女だった。

脚が出て来たのは、やはり化粧室らしい。下半身しか見えないが——女は若い感じだ。

よく通る声で言いながら、通路のカーペットを踏んで、こちらへ来る。

来る。

(——!)

一瞬、ハッチを閉じて隠れると、女の脚は隙間の浮いたハッチには気づかず、黒羽の頭上を踏み越えて機首の方向へ行く。

「あっちとは、連絡がついたの」

行ってしまう。

黒羽は、再び慎重にハッチを押し上げて、通路の床の様子を見た。

がちゃん、と頭の後ろでドアの閉まる音。

「――――」

黒羽はまた『位置関係』を頭に描く。

自分が今、見ている方向は――機首の通路の床から、後方だ。

コクピットの入口扉は、ちょうどわたしの頭のすぐ後ろにある……。

今、水色スーツの女が、何か話しながら入って行って閉じたドアが、コクピットの扉だろうか――？

スーツ姿の乗客かと思ったが。客室乗務員だったのだろうか。

ハッチの隙間が、機体の後方を向いているので、コクピットのドアは見えない。

代わりに狭い視界には、カーペットの敷かれた通路と、左右両脇に化粧室らしき扉、そしてその向こうにギャレーと、カーテンに仕切られて客室らしい空間が見える。

通路は、ほの暗い。天井灯が数か所、ぽつぽつと灯《とも》るだけだ。

（……夜なのか？）

自分が拉致され、どうやってか貨物コンテナに押し込められ、この機体の貨物室へ載せられるまでに半日ほど経ったのだろうか。

あるいは、数日……？

（………）

あのホテルのロビーで、襲われてから――

――『秋月玲於奈さん？』

「……くっ」

唇を噛《か》む。

不覚だった。悔やんでも仕方ないが――

どれくらい時間が経った……？　あまり空腹ではない。ずっと意識を失っていたとしても、身体の調子から見て、そう長い時間が経ったとは思えない。

ならば、半日か……。

自分は貨物コンテナに入れられて、この機に載せられ、運ばれて行く途中なのだ。

この767は、どこから飛び立って、どこへ向かおうとしているのだろう。

どこの航空会社の便なのだろう。

自分を――〈秋月玲於奈〉を拉致した犯人、あるいは犯人グループが、この機の客室に乗っているのかどうか、それは定かではない。

黒羽は思った。

貨物として送り出して、この機の着く目的地で引き取るつもりかも知れない……。あるいは乗客として、やはり犯人グループは乗っているかも知れない。

（どちらの可能性も、考えるべきだ……）

隣のコンテナに詰め込まれていた、あの莫大《ばくだい》な現金――

この機は、普通ではない。

乗客や乗務員とも、接触はしない方がいい……。

黒羽は考えた。

しかし、情況は知りたい。

いったい、どこへ向かっている便なのか。自分は、どこへ送られようとしているのか。

目的地に着いてから、犯人グループから逃れる方法も考えなくては――

（――）

そう考えかけた時。

通路の向こうから、ほの白いシルエットがやって来るのが見えた。

今度は乗客か。

黒羽は、隙間をそのままにして、観察する。

天井灯の下に、姿が浮かび出る。少女だ。白く見えたのは、着ているセーラー服の上着が白だったからだ。

（――中学生か）

十代の、前半に見える。身体付きからして、高校生ではないだろう。黒髪を垂らしている。胸に青のスカーフ。短い紺のスカートに、紺色のハイソックス。

制服の少女は、化粧室へ入るのかと思ったら、脇のギャレーへ入って行く。ロングヘアから出た白い耳に、イヤフォンを付けている。ギャレーの中に姿が隠れ、見えなくなる。

よし。

黒羽は、もう一度周囲をよく観察すると、ほかに人の気配が無いのを確かめた。それからハッチの蓋を一気に押し上げて、梯子から通路へ上がった。

ぱたん
出ると、ハッチを閉めた。蓋の上面には、カーペットの布地が張りつけてあり、一見しただけでは分からないようになっていた。こういうところはE767と違う。旅客機だからか。

黒羽は足音を立てず、猫のように通路を移動すると、ギャレーの前を瞬時に通過して、客室とギャレーを仕切っているカーテンの陰へ滑り込んだ。

身を隠す。

カーテンの後ろは、ビジネスクラス仕様の客席のようだった。暗がりで、人けはない。

カーテン越しに耳を澄ませても、人の気配はない。

ギャレーに入った少女は、おそらく通路のもっと後方、さらにカーテンで仕切られたエコノミークラスの客室から歩いて来たのだろう。

乗客は、少ないようだ。

さっきの女が着ていた水色のスーツが、この航空会社の客室乗務員の制服なのか……？

コクピットへ用事で入って行ったのなら、そうなのだろう。

制服らしくは、見えなかったが――乗務員にはかち合わない方がいい。乗客が少ないということは、見覚えのない顔に気づくかも知れない。どこの座席ですか――？　などと訊かれたら面倒だ。

「──────」

黒羽は、注意深くカーテンに指で隙間をあけ、通路の斜め反対側、飲み物のサーバーやオーブンなどが並ぶギャレーを覗き見た。

あの少女がいる。

(中学生の女の子なら──)少なくとも、犯人グループとは関係ないだろう。

黒髪の少女は、乗務員のいないギャレーの棚からプラスチック・カップを取り出すと、勝手にサーバーからジュースを注いで、飲んだ。

整った顔だちが、ふう、と息をつく。

どうする。

話しかけてみるか……。

旅行? 向こうに着いたら、どうするの? とか、ほかの乗客をうまく装って問いかければ情報が取れる。

(──────)

黒羽はカーテンの陰から、出ようとするが。

その時、ぱたぱたっ、と後方から近づく足音がした。

「……!」

反射的に、身を隠す。

「岩谷さんっ」

別の女の子の声。

「岩谷さん、どこ？」

現われたのは、違う制服を着た、やはり中学生の子か。髪の毛を三つ編みにして、眼鏡をかけている。

黒羽の前を早足で通過して「あっ、ここにいた」とつぶやくと、独りでギャレーへジュースを飲みに来た少女を、とがめるように呼んだ。

「岩谷さん、あなたどうして勉強会に参加しないの？」

「――」

黒髪の少女は、イヤフォンを耳につけたままで、うざそうに眼鏡の子を見た。

無視して、またジュースを飲む。

「岩谷さんっ」

眼鏡の子は、大きな声を出す。

「向こうに着くまでは、みんなで勉強会をする予定でしょうっ」

「――」

すると少女は、整った顔を不快そうにして、両耳からイヤフォンを外した。短い紺のスカートのポケットからスマートフォンらしい携帯を取り出すと、音楽を止める操作をした。

「――うるさいわね」

何だろう。

（……？）

黒羽は、ほかに視線が無いのを見回して確認すると、素早く通路を横切り、ギャレーと背中合わせのカーテンの陰へ滑り込んだ。

黒羽の背中で、女子中学生二人が言い合いを始める。

「岩谷さん、どうして、後ろでみんなと勉強会に参加しないの。日本が過去にした悪いことをちゃんと学習しなければ、向こうに着いてから、共和国の人たちにちゃんと謝れないわ」

「――――」

少女が、うざそうに黙り込む。

「岩谷さんっ」

三つ編みの子の、きんきんした声。

「――るっさいわね」

黒髪の子は、低い声だ。

何を話しているのだろう。

(向こう……？)

どこのことだ。

黒羽は、カーテンに指で隙間をあけ、背中越しに覗いた。

「どうして――って、なんかもう、あんたたちとつき合ってると、うざいから。いやになって来た」

黒髪の少女は、低い声で、つぶやくように言う。

すると、

「な」

三つ編みの子は、信じられないように絶句する。

眼鏡の下、何かを信じ込んでいるようなまっすぐな目で、信じられない、というように黒髪の少女を睨《にら》む。

「な、何よ。岩谷さんあなた、さっきの出発の時と、その態度の違いは何よ。私に、写真まで撮らせておいて」

「ああ、あれ？　あれはどうも」

少女は、気のない感じで礼を言う。

この女子中学生たち、何なのだろう。

黒羽は思った。

制服が違うから、修学旅行などではないだろう。

何かの団体の旅行で、この飛行機に乗っているのか……？　向こう？　目的地のことか。

（出て行って、訊《き》いてみるか）

だが、黒羽がカーテンの陰から出ようとすると、

「岩谷さん、あなたどういうつもりでこのピースバードに乗ったのっ」

三つ編みの子が、怒鳴った。

（……!?）

黒羽は、思わず動作を止めた。

今、何と言った……？

身を隠し、耳を澄ませた。

三つ編みの子の、きんきんとした声。

「岩谷さん、向こうに着いたらあなたが戦争犠牲者の慰霊碑の前で〈お詫《わ》びの言葉〉を読めって、水鳥先生に指名されたじゃない。何よ、ほかにやりたい子もいるのに」

「興味ない」

「あ、あなたさっきはTVのカメラの前で『日本のした悪いことをお詫びしたいと思います』って言ったじゃない!?」

「その〈お詫びの言葉〉なら、ちゃんと暗記したよ」うざそうにあくびをして、少女は言う。「本番になったら、ちゃんとやって見せるから、心配するなよ」

「やって見せる――って」

三つ編みの子が、息を呑《の》む。

「あなた、〈平和の翼〉の活動を、何だと思っているの。このピースバードは、共和国の子供たちにワクチンを運ぶ、私たち〈青少年平和訪問団〉のお詫びの気持ちを運ぶ、崇高な使命を帯びた飛行機なのよ」

「あほらし」

「な――」

「あのね」

岩谷さん、と呼ばれた黒髪の少女は、熱くなる三つ編みの子を横目で見ながら、低い声で言う。

「なら教えてあげるけど。あたし、お詫びなんてどうでもいいの。もう今回の目的はほとんど達成したから、あとはどうでもいい。有名な政治家とニコパチも撮ったし、TVの中継で全国に顔も売ったし」

「な……何を言ってるの……？」

「あのね。あたしスカウトされたいの」少女は言う。「デビューしたいの。でも大勢メンバーのいるアイドル・グループの中の一人なんて、いや。あたし女優になりたいの。秋月玲於奈さんみたいな。あの人演技は大根だけど、存在感すごいもの。あんなふうになりたい」

「…………」

「マスコミに注目されて、スカウトされるチャンスが増えるなら、あたし政治家でも北朝鮮でも、利用出来るものは何でも利用するわ。つまり」

北朝鮮……？

黒羽は、耳を澄ませながら眉《まゆ》をひそめた。

今、そう言ったか。

「………」

三つ編みの子が、絶句している。

「つまりあんたたちとは、この飛行機に乗ってる目的も、考えてることも違うの。だから勉強会とかいうのは、あんたたちだけでやりな」

「……こ」

三つ編みの子は顔を紅くして「こ、この」と言いかけたが。

その時、

「あなたたち、そこで何をしているのですかっ」

機首の方向から、声がした。

二人の女子中学生が、そろって振り向くのが分かった。

（……!?）

黒羽も、カーテンの陰からそちらを見る。

コクピットの扉の方から、水色のスーツの女が現われ、つかつかと歩いて来る。ギャレーの前まで来ると、腰に手を当て、言い合いをする女の子二人を睨み付けた。

この女……。

さっき、コクピットへ入って行った水色スーツか——

どう見ても、客室乗務員ではない。

「あなたたちっ、目的地に着くまでは、後ろで勉強会をしていなさいと命じたはずよっ」

この声は……。

黒羽はハッとした。

この「あなたたち」という、上から叱《しか》るような言い方。

聞き覚えがある。


——『あなたたちこそ、出て行きなさいっ』

これは——

「せ、先生」

三つ編みの子が、何か訴えようとするが、

「あ——」

黒髪の少女が、白い額に指を当ててうつむく。

「すみません水鳥先生、わたしちょっと、頭痛がして。それで薬を飲もうと」

「そうですか」

水色スーツの、二十代後半らしい女は、生徒を監督する教師のようにうなずく。

先生、と呼ばれているから、教師なのか？

でも、女の顔はどこかで見覚えがある。

「では岩谷さんは、向こうに着くまで、そこのビジネス席を倒して寝ていなさい」

「はい先生」

黒髪の少女は、つらそうにうなずくと、さっさとビジネスクラスの客席へ行ってしまう。

三つ編みの子は「先生、どうしてあの子ばっかり――」と言いかけるが、水色スーツの女に「あなたは後ろで勉強会っ」と後方を指さされ、うなだれて行ってしまう。

水鳥先生……？

カーテンの陰で、黒羽は眉をひそめた。

そうか――思い出した。何度かTVのニュースで見かけた……この間の選挙で初当選したという、確か新人の国会議員だ。水鳥なんとかという珍しい名だった。

（――それでは、この飛行機は……）

黒羽は、カーテンの陰から、照明のおとされた機内空間を見回す。

今朝、演習空域に侵入して来て、わたしと風谷三尉のペアで新潟までエスコートした、あの767か……。

〈PEACE BIRD〉

ピースバード、か。あの白い素っ気ない機体に、赤くペイントした文字——

確か、NGOのチャーター機だとか言っていた。

この767は、

(……この機の目的地は、まさか)

黒羽が、息を呑んだ時。

「着陸地が、指示されたぞ」

男の声がした。

コクピットの方向から、赤いジャンパーを着た中年の男が、何か書き込んだ地図らしきものを手に現われた。

「向こうから無線で指示して来た。いいか。間もなくこの機は、半島の沿岸に入る。そうしたらまず最初に、山間の秘密飛行場に着陸する。貢ぎ物と、例の〈手当〉をそこで降ろせと言ってきた」

「そうですか」

女性国会議員――水鳥先生と呼ばれていた女は、うなずく。

「では、首都の空港へは、その後で向かうのですね」

「そうだ」

男は、うなずく。

「操縦士たちは、秘密飛行場への着陸準備に入った。あかね先生、子供たちを後方客室に集めて、窓のシェードは全部下ろしておくのだ。貢ぎ物を降ろすところを、あの子たちに見られてはいかん」

「わかりました」

女がうなずいて、通路を後方へ向かうのと同時に、
ごぉおお――

床が機首に向かって、下り坂のように傾いた。機体が沈む感覚。エンジン音がごぉおおぉ、と低くなる。

黒羽は、周囲を見回した。

（降下し始めた……？）

3

767 機内

三十分後。

ドンッ

機体が、着地した。

（――！）

くそ、ひどい降着だ――と黒羽は思った。

ドンッ

ドスンッ――

地面に近づいていた767の機体は、全く引き起こし操作をする気配もなく、突然主車輪を大地に叩きつけると一度バウンドし、再び着地、ついで機首をつんのめらせるようにして減速した。
減速G。
「――うっ」
床下電子機器室で梯子につかまっていた黒羽は、機首方向へ振りおとされそうになり慌ててつかまり直す。壁のラックからマニュアル類が跳び出し、黒羽の脚をかすめてばさばさっ、と床へこぼれおちる。ひどい着陸だ――くそっ、身構えようにも、ここでは外の様子が見えない……！
ズゴォッ
凄まじい減速Gと共に、
ズゴォオオオッ
胴体のすぐ外側で轟音《ごうおん》。双発のファン・エンジンが逆噴射に入った。全力逆噴射だ。同時に主車輪もフル・ブレーキ。
ずざざざざっ
「うっ」
舌を噛みそうになる。粗い路面なのか。制動をかける機体は、がががががっと激しく上下に振動し、同時に尾部を振った。

へたくそめ……！

妹に懇願され、一時的に〈秋月玲於奈〉に戻った黒羽が、ホテルで何者かに襲われて電撃を食らい、気を失ったのは半日前。

気がつくと。黒羽は、アルミ合金製の貨物コンテナの中にいた。たまたまか、コンテナの蓋のロックは甘くなっていて、外へ出ることは出来た。だが閉じ込められていた金属の箱は、旅客機の床下貨物室に固定されていて、どこかへ輸送される途中だった。

（―――――）

ズズズッ、と横滑りを伴い、ようやく停止した機体の中で、黒羽は周囲を見回す。

やっと、止まったか――

「ふう」

手を、梯子から離す。

キィイィ――

胴体の両側で、エンジンがアイドリングしている。

見回す。ここはＭＥＣ（床下電子機器室）だ。窓はない。外の様子は見えない。どうやら機は、どこかに着陸した模様だが……。

黒羽を閉じ込めたコンテナを運んで来た、この機体はボーイング767。日本のあるNGOがチャーターした機体らしい。今朝、日本海の〈G訓練空域〉に無理やり侵入して来て、自分が警告して新潟までエスコートしたばかりの機。白い機体だった。

いったい、どこへ向かう予定だったか。

さっきの女子中学生、それに赤ジャンパーの男が、気になる言葉を口にしていた。

着陸したここは、どこなのか……？

「………」

黒羽は、昼間、TVを見ていなかった。小松基地の飛行隊から独身幹部宿舎の自室へ戻った後、ずっと机に向かってイメージ・フライトをしていた。〈NGO平和の翼〉のチャーター機が『新型インフルエンザ用ワクチンを北朝鮮へ緊急輸送する』というTV報道は、見ていない。

しかし、この機が『普通でない』ことは、空気で感じていた。

三十分前のこと。

「あかね先生」

そうだ。

巡航状態から、どこかへ向け降下を開始した、機内の通路。

地図を手にした赤いジャンパーの中年の男が、後部客室へ向かおうとする国会議員の女を、思い出したように呼び止めたのだ。

「先生。ところで、貢ぎ物の状態はどうだ」

すると

「知らないわ」

水色スーツの細身の女は、振り向くと素っ気なく応《こた》えた。

「あれの〈捕獲〉は、地上組織のエージェントに任せていたし。コンテナの中で半日くらい餌《えさ》をやらなくても、死にやしないでしょ」

「ずいぶん、冷たい――」冷たい言い方だな、と赤ジャンパーの男は言いたそうにするが、

「どうでもいいわ」

女は、ショートの髪の頭を振る。

「ああいう、人に媚《こび》を売る商売の女――偉そうに、勘違いして。初めから〈招待〉に応じていれば、国賓待遇で生きて帰れたのに、馬鹿よ」

「しかし」男は肩をすくめる。「あの女優、少なくともあんたよりは、向こうの最高指導

者に気に入られているんだぜ？」

「うるさいわね」

女は、男を睨み返す。

「着いたら、コンテナに詰め込んだまま引き渡すだけよ。どうせ、あの方へ献上する前に、軍の幹部が身ぎれいにさせるでしょう」

それだけ言うと、水色のスーツの背を向け、女国会議員は行ってしまった。憤然とした様子で、早足でエコノミー客室の方へ行ってしまう。


（………………）

黒羽は、その会話を、ギャレーのカーテンの陰で聞いていた。

いったい何を話していた……？

半分以上、話の内容はわけが分からなかった。

ただ背筋に、嫌な感じが走った。

何だ。

（――――？）

何だろう、この嫌な感じは……。

何かが『考えろ』と教えた。

戦闘機パイロットの〈勘〉のようなものか。

危険が迫っている。

考えろ。

(――そうだ)

この機が。NGOのチャーター機だ、と言うことは――

黒羽は考えた。

(この機に乗っているのは、全員がその関係者のはずだ……。たぶんさっきの女子中学生二人は、学生の〈訪問団〉か何かだろう。慰霊碑の前でお詫びをする、とか口にしていた。乗っている人々は、すべてNGOのメンバーか、関係者だ……)

それならば、この機の床下貨物室に載せてあるコンテナも、すべて――

「……!」

黒羽は、ハッと息を呑む。床下貨物室の様子を思い出す。

では、昼間わたしを拉致したのは――

――『〈捕獲〉は』

女性国会議員の言葉。

――『あれの〈捕獲〉は、地上組織のエージェントに任せていたし』

（――――）

周囲を見回す。

ごぉおおぉ――

機は、機首を下げ、降下していた。コクピットへ向かう通路を下り坂の坂道のようにして、ぐんぐん降下している。

どこかへ降りようとしている。

――『貢ぎ物と、例の〈手当〉をそこで降ろせ』

まずい……！

蓋を開け放したままの、コンテナを思い出した。

黒羽はそれから、通路の様子をもう一度目で探ると、人目がないことを確かめ、暗がりの通路を機首方向へ駆け戻った。

カーペットで覆われたハッチは、コクピットの入口扉の、すぐ後方の通路床面にあった。指でハッチの蓋を探って摑み、開いた。身を滑り込ませる前に、閉じられたコクピットの扉をちらと見やった。

この中で、いま着陸に向けての準備が行われている……。あの赤ジャンパーの男も、この扉の中へ戻って行ったらしい。

操縦士たちが準備している、と言ったから、あの男がパイロットではないのだろう。

山間の、秘密飛行場——と言っていたか。

——『貢ぎ物と、例の〈手当〉をそこで降ろせ、と言ってきた』

「——くっ」

黒羽は唇を嚙み、ハッチの開口部へ身を滑り込ませた。

急がなくては。

（あれを、元に戻さないと……！）

ハッチを頭上で閉じ、梯子を急いで降りた。MECの床まで降りると、破いたネットをくぐり、床下貨物室へ戻った。

自分を閉じ込めていたコンテナは、前面の蓋を大きく開放したままの状態だ。

まずい。これでは、逃げたことがすぐにばれてしまう。

「――――」

黒羽は取り敢えず、コンテナの蓋を閉じると、開閉ハンドルを押し下げた。ガチン、とロックがかかる。蓋に貼られていた紅いシールのような封印も、手で貼りつけ直し、すぐには分からないようにした。

あの赤ジャンパーの男の言葉では、この機は、どこか山間の『秘密飛行場』というところへ降りて、荷を下ろすらしい。

岩谷さん、と呼ばれた少女が口にしていた言葉からすると、この機は、すでに日本ではない、普通でない国の上空まで来ている――

「――くそっ」

ブロックのような札束が、雪崩をうってこぼれたままの隣のコンテナを見やって、黒羽は悪態をついた。

これは駄目だ。これでは、誰かが金の入ったコンテナを開けたとか、騒ぎになる……。

機体の中のどこかへ身を隠しても『犯人を捜せ』と捜索されてしまう。

自分がコンテナから脱出したことを、感づかれないようにするためには、着陸するまでに、これを何とかして元に戻すしかない……！

「くっ」

仕方ない。黒羽は、一つ一つが電話帳のように重い札束のブロックを、急いでコンテナの中へ元通りに積み上げ始めた。

ごぉおおぉ
767は、どんどん降下していた。

機内高度が、地上レベルへ下がっていくのが耳で分かる。

「わっ」

ブロックを積もうとすると、ふいに機体が大きく傾いて、足をすくわれた。

「わっ、くそ」

せっかく積み上げた札束が、崩れようとする。必死に両手で押さえた。

機が、どこか着陸する場所を捜して、低空でうねるように旋回している――パイロットである黒羽には、その様子が想像出来た。ウィイイッ、と油圧モーターの作動音がどこかでして、主翼後縁フラップが展張する。次いでズンッ、グォオオ——と主車輪の降ろされる音。

まずい、もうすぐ着陸する……！

貨物室に窓はないから、外の様子は見えない。音と体感で判断するしかない。黒羽は、床面に散乱した札束のブロックを何とか急いですべて積み上げ直すと、コンテナの蓋を跳び上がって摑み、下ろした。がちん、と開閉ハンドルをロックし、封印を元通りに直すと、急いで前方へ走ってネットをくぐり、ＭＥＣへ戻った。

梯子を摑んで身体を支えるのと、７６７が恐ろしくへたくそな操作でどこかの未整地滑走路へ着地したのはほとんど同時だった。

朝鮮半島　某所

「————」

ようやく停止した、７６７の機内。

着地した後、激しい減速運動の末、機体は停止した。

黒羽は、ＭＥＣの電子機器ラックの陰に、滑り込んで身を隠した。

積み上がっているのはフライトマネージメント・コンピュータか、あるいは機体の各システムをコントロールしている機器か――

整備の知識はあまりないから、分からない。だがここでは、電子機器のラックが床から天井まで積み上がって立ち並び、その陰に座り込めば、たとえ外からMECのハッチを開いて覗く者がいてもすぐには見つからない。

ネットを破るのに使った消火作業用の手斧を握り、黒羽はうずくまって息を殺した。

（………）

ゴロゴロ

今度は、地上走行している……？

目を上げた。

機体のターンする挙動を、身体で感じた。

滑走路で一度停止した機体は、今度は機首をターンさせて再び動き出し、ゴロゴロと舗装の粗い誘導路らしきところを移動し始める。

ここは、どこなんだ――

窓はない。分からない。

やがて、停止した。

まずい――

黒羽は、ＭＥＣの床に散乱したままのマニュアル類に気づいて、舌打ちする。着陸の時の急減速のＧで、壁の文書ラックから中身が全部、跳び出した。だがもう、立って片づける暇はない。

あれだけの急制動だった……。ここを覗いた者がいても、その衝撃で散乱したのだ、と解釈してくれればいいが……。

ヒュゥウウゥン――

機体が停止すると、胴体の左右のエンジンが、相次いで停止され、燃焼音が止《や》む。急に静かになる。エンジンのファンが、風でがらがら空転する音。どこか後ろの方から、小さなジェット音がして来る。あれは、尾部のＡＰＵ（補助動力装置）だろう――機体に電力と、空調などに使う高圧空気を供給するユニットだ。小型のジェットエンジンだが、推力はない。

ゴトッ

黒羽のいるＭＥＣの頭上で、胴体の左側面に何かが当たる響きがした。

（……！）

目を上げる。
左側の乗降ドアか――？　外側から、タラップが付けられたのか。

767　客室

「――あ痛……」

床に俯《うつぶ》せに倒れていた岩谷美鈴（15）は、ビジネスクラスの座席の間で、顔を上げた。

ストレートの黒髪。

痛そうに、顔をしかめる。

つい一分前。座席からフワッと放り出される感覚で目を覚ました時は遅かった。何……!?　と思う間もなく、そのまま座席の下へ投げ出され、全身をしたたかに打った。

さらに急ブレーキのGと衝撃が少女を襲い、座席の下を何度も転がされ、身体をあちこちにぶつけた。骨までは、折れていないと思うが……。

あー、痛い。

今のドシンッ、ていうのと、急ブレーキ――『着陸』したわけか……。墜落じゃないよな、あたし生きてるし――

顔をしかめながら、暗がりを見回す。

参った――なんて着陸だろう……。

「…………」

着いた――のかな？

飛行機は、止まっているらしい。エンジン音も止んだ。

妙に静かだな……。

岩谷美鈴は、夕方からの疲れで、降下中もずっとシートを倒して独りで寝ていた。

着陸の衝撃で床に放り出されるまで、目が覚めなかった。

神経の疲れだった。

都内の私立中学三年生。ピースバードの出発前のイベントでは、来賓として挨拶《あいさつ》をした経済産業副大臣に歩み寄り、ツーショットの写真に納まり、その場面がＴＶにも中継された。

外見には、『あの子が政治家を手玉に取った』とか『うまくマスコミに注目させた』などと思われたかも知れない。しかし、勘でとっさに取った行動がうまく行ったに過ぎなかった。

一応、うまく行ったけど――

疲れた。

人前に出た時の神経の太さには、少し自信を持っていたが、さすがに疲れた。その証拠に、周囲とも波風立てずにうまくやるのは得意だったはずが、あの真面目《まじめ》な子とつい口喧《げん》嘩《か》をしてしまった。TV中継されるから〈訪問団〉に応募した、と本音も吐いてしまった。

まずいな、後でフォローしとかないと……。

水鳥あかねに『そこで寝ていなさい』と言ってもらった時は、助かったと思った。

しかし、座席のベルトを締めないまま寝てしまったので、今の着陸の衝撃でシートから放り出されてしまったのだ。

〈訪問団〉のみんなは、後ろの客室か……。

「………」

そうか。

あたし独りで、ここで寝たんだっけ。

やっと、意識がはっきりしてくる。飛行機が降下に入る前、誰も乗っていないビジネスクラスの隅っこの座席に、心地よく納まったのだ……。座席をフルに倒すと、天井しか見えなかった。寝入る時に、『あかね先生』と呼ばれた水鳥あかねが、誰か男性の声と口論をするのが聞こえていた。何だろう——？　と思ったが、疲れに負けてそのまま寝入ってしまったのだ。腹を立てた様子の水鳥あかねが、客室の通路を後方へカッカッ、と歩いて行く気配だけを感じながら、寝てしまった。

「あー、しかし。喉《のど》が渇いた」

小さくつぶやくと、美鈴は座席の間の床から身を起こし、立ち上がった。

機内の空気は、乾燥していて肌に悪い……。そう思いながら、通路の前方に見えているギャレーまで歩いて行き、人けのない中でまた勝手に収納庫からカップを取り出すと、サーバーを押し下げてジュースを注いだ。

だが口をつけようとすると、

ゴトッ

（——!?）

誰もいない前方キャビン。機体左サイドの乗降ドアの外側に、何かが当たる音がした。

続いて、

「着いたわ、着いたわっ」

静かな中に、やたらハイな女の声がして、通路の後方からパタパタッ、と足音がした。

水鳥あかねだ。

（――やばい……！）

美鈴は、思わずギャレーと通路を仕切るカーテンを引いて、身を隠した。

見つかったら、やばい。また一人で勝手に飲んでいるとか、怒られそうだ――

あの人は――水鳥あかねは、選挙に出る前は近山県の高校教師で、確か教員の団体の支援を受けて当選したのだと聞いた。

だから『団体行動の規律』とか、うるさそうだ。

見つからないに、越したことはないわ。

美鈴は思った。

ここから、何とかしてこっそり後方客室へ移動して、〈訪問団〉のみんなと合流しておこう――着いてからの日程とか、説明を聞き逃すとまずい。

だが、
ぱっ
いきなりカーテンの外側が、白い光で明るくなった。

（……う？）

眩《まぶ》しさに、目をしばたく。水鳥あかねが操作したのか。機内の天井灯が、フルに点灯したのだ。通路が明るい。

（……で、出て行けない）

まずい。

仕方ない……しばらく、様子を見よう。

カーテンの陰に身を隠し、美鈴は乗降ドアの辺りの様子を、耳でうかがった。

4

朝鮮半島　山間部　人民軍補助飛行場

ゴトン
何もないエプロンに停止した、767旅客機。

粗い舗装のエプロンにはほかに駐機する飛行機はなく、電柱のような照明灯が一本、周囲を黄色く照らしているだけだ。

建物はなく、黒々とした山の影に周囲を囲まれ、吹きさらしだった。

機体が完全に停止すると、人員の手でタラップが付けられ、左前方乗降ドアが外側からオープンさせられた。

機体に付けられた可走式タラップ（トラックに載っているのではなく、車輪で手押し式）の上で、ドアを開く操作をしたのは迷彩戦闘服の兵士だ。

タラップは、車輪のついた脚立の大きいもの、という簡素な造りだったが、その上へ軍服の将校らしい人物がすでに三人上がって、ドアが開かれるのを待ち受けていた。

ドアを開いた兵士が、脇にどいて敬礼すると、軍服の三名はただちに機内へ踏み込んだ。

767 機内

「親愛なる共和国の皆さん」

乗降ドア内側の機内では、水色スーツの女性国会議員が満面の笑みで将校たちを迎えた。

天井灯が点けられ、白っぽい光で機内空間は明るい。

「こんにちは。私は参議院議員・水鳥あかね。咲山総理からの贈物をお持ちしました」

767　床下電子機器室

黒羽は、またMECの梯子を上ると、天井のハッチをわずかに頭で押し上げて隙間を作り、床面から乗降ドアの様子をうかがった。

危険とは思ったが、うずくまって隠れているだけでは、情況が分からない。

ばたばたと人の入って来た気配がした。

（――――）

ドアを開いて、誰が乗って来たんだ……。

天井灯が点けられ、床の上はよく見える。

ちょうど、黒羽の覗く隙間の前方――三メートルと離れていない床の上に、女の脚と、男物の革靴が三人分、見えた。

女の脚は、三人の男を迎えるように外向きで立っている。対する男物の革靴たちは、揃いの濃緑色のズボン。軍服か……？　靴はくたびれているが、よく磨いてある。

「――――」

靴だけではなくて、上半身は見えるか……。

梯子につかまりながら、姿勢を低くして視線を上げると。

見えた――

女性国会議員――赤ジャンパーの男に『あかね先生』と呼ばれていた。思い出したが、確か水鳥あかねという名だ――の上半身、横顔までが視界に入った。

一方、乗降ドアに踏み込んで来たのは、軍服を着た壮年の三人。痩《や》せているが、それぞれの濃緑色の上着には階級を示すものか、金色の装飾が大量についている。

（――あの軍服……）

黒羽には、他国の軍用機のシルエットの知識はあったが、軍服の知識はない。だがさっきの女子中学生が口にした『政治家でも北朝鮮でも』という言葉からすると――やはり北朝鮮軍、正確に言うと朝鮮人民軍、なのか。

着陸したここは、北朝鮮のどこかか。

何を話しているんだ……。

耳を澄ますと、会話も聞こえた。「贈物をお持ちしました」という声。女性国会議員はハイになっているのか。声がかん高い。その満面の笑みに、みるみる感情の高ぶりが重なる。

（……？）

女優をしていた黒羽には、女の表情が読める。話しているうちに、内側から喜びの感情が高まり、抑え切れなくなっていく。

何を喜んでいるのだろう……？

「――？」

何だ。

しかし黒羽は、耳を澄ましながら眉をひそめる。

しゃべっていることが、分からない――？

なぜか、女性国会議員が、途中から日本語でない言葉でしゃべり始めたのだ。その笑顔に、感極まったのか涙があふれ始めた。

（……いったい、何をしゃべっているんだ……）

分からない。

黒羽には、聴覚に注意を集中しても、女国会議員の口から出る言葉が理解出来ない。

ただ、涙を流しながら三人の軍人に向かって、感激したように話している。ときどき自分の胸を指し、それから大きく腕を広げ、何か自慢でもしているように笑いながら泣いている。

注意して聞くと、語尾に「セヨ」「セヨ」という音が混じる。

この言葉……？

水色スーツの国会議員は、笑いながら、床下貨物室を指さすような仕草をする。大げさに、肩をすくめるような動作も交えて『どうです、凄《すご》いでしょう』とでも言っているようだ。

（……？）

すると、三人のうち真ん中の軍人――軍服の装飾が一番多い――が一歩進み出ると、よくやった、とでも言うかのように水色スーツの肩に手を置いた。何か言葉をかけた。

「ウ――」

自慢していた風の女の顔が、くしゃくしゃになった。

「ウ、ウァアアア」

水鳥あかねは、大声を出すと、その高級将校に抱きついて「ワァアアッ」と泣き始めた。

何をやっているんだ……？

「――」

床下で覗きながら絶句する黒羽の目の前で、さらにわけの分からない光景が展開した。

並んだ軍人の一人が、何か提案するように口を動かすと、真ん中の高級将校も、抱きついて泣いていた水鳥あかねもそれに大きくうなずき、四人は床の上で、こちらを一斉に向いた。

（……!?）

見つかったか、と思わず緊張したが、そうではない。水鳥あかねと三人の軍人は、同時に斜め上のある方向を、感激したような表情で見上げた。そして、四人そろって両腕を突き上げた。

「マンセー！」

「マンセー！」

「マンセー！」

な、何をやっているんだ……!?

黒羽は驚くが、

ゴンッ

ふいに床下の後方の貨物室で、油圧機構の作動音がした。

（──！）

梯子から背後を見やると、大変だ。床下貨物室で、右サイドの壁が外側へ開き始める。

グワーッ
し、しまった。

黒羽は、身を固くする。

コクピットで操作されたのか。カーゴ・ドアが開き始めた……！

油圧モーターの音と共に、貨物室右サイドの壁に、長方形の開口部が開いていく。外側から車両のライトだろうか、横向きの強い光が差し込む。

まずい……。

黒羽は眩しさに顔をしかめ、梯子を跳び下り、猫のように素早く電子機器ラックの陰に身を隠す。

消火作業用の斧を床から拾って握り、ラックに背中をつけ、横目で貨物室の様子を見た。

「――――」

見やると、開口部には、外側から大型の手押し式脚立のようなものが付けられ、複数の迷彩戦闘服の人影が、かがむようにしてこちらを覗き込んでいる。カーゴ・ドアに人間の通り抜けられる空間が開くや、待ちかねたように踏み込んで来た。小銃を肩にした兵士だ。

くそ……。

見つかるのか――!?

貨物室と床下電子機器室は、ネットで仕切られているだけだ。

ラックの陰にいれば、死角にはなる。しかし、もしもあのコンテナを開けられたら――

〈捕獲〉されて押し込められているはずの自分が、逃げ出してここへ隠れているのがばれてしまうのか……?

見つかったら、どうする。

ここは北朝鮮らしい。

見つかったら、自分はどうされてしまうのだ……。

だが、

「●◎▽※!」

「▼☆△※~!」

踏み込んで来た兵士たちは、聞き取れない言葉で叫び合いながら、こちらを見ることもなく迷わず列の二番目のコンテナに取りつくと、一人が開閉ハンドルに手をかけた。

ついさっき、黒羽が『中身』を元に戻して、苦労して閉めてロックしたコンテナだ。しかし張り直した封印の状態など確かめることもなく、いとも簡単に兵士はハンドルを摑み上げる。ばくっ、と蓋が上り、先ほどのように『中身』が雪崩をうってこぼれ出した。

喚声が上がった。

驚きと、それから歓喜の混じったような声。兵士の一人が叫ぶ。おい来てみろ、来てみろとわめいているかのように聞こえる。

すると開口部の外から脚立を上がって、同じ戦闘服の兵士が何人も何人も、貨物室の空間へぎゅうぎゅうに入り込んで来た。こぼれ出した札束のブロックを目にしては歓声を上げた。

（…………）

黒羽は、その様子をラックの陰から観察した。

こちらへ、注意を向ける者は今のところいない。それどころか、兵たちは床にこぼれ出した白っぽいビニール・パックのブロックを、バケツリレーのように列を作って運び出し始めた。手作業で、山のようなブロックを脚立から外へ運び出して行く。

どうする……。

黒羽は、唇を嚙めた。

札束を運び出し終えたら、今度は自分が閉じ込められていたコンテナが、開けられるかも知れない。

当然、中が空ならば『逃げたぞ、その辺を捜せ』と兵たちに命令が出るだろう。

ここにいたら、時間の問題で見つかる。

（――――）

黒羽は天井のハッチを見やった。

767　機内

「ハァ、ハァ」

外向きに開いた乗降ドアから、息を切らし、迷彩戦闘服に小銃を担いだ兵士が駆け込んで来た。その脇には白っぽいビニール・パックの塊を一つ、重そうに抱えている。

兵士は、三人の高級将校の前の床にそれを置くと、ぱっと威儀を正して敬礼した。野戦帽の下の顔を紅潮させ、何事か大声で報告した。

おう、おうと高級将校たちは顔をほころばせる。真ん中の一番装飾の多い将校が、かがみ込むと節くれだった指で、ビニール・パックをべりべりっ、と引き剝《む》いた。

おおお

おぉ

帯で封された一万円札の束が、直方体となって積み重なっているものがじかに現われた。

高級将校は「うむ」と言うようにうなずくと、やおらその中のいくつかを手でわしと摑み、ためらいなく軍服の懐へ突っ込み入れた。右手だけでなく、左手でももうひと摑みすると続いて、脇で見ていた二人の将校と、水色スーツの水鳥あかねもしゃがみこむと破り開けられたビニール・パックの中身に手を伸ばす。歓声を上げ、それぞれ競うように自分の懐へ札束を突っ込み始めた。

そこへ、

「おう、報酬かっ」

コクピットの扉を開いて、赤いジャンパーの男が出て来ると、駆け寄って札束の摑み取りに加わろうとした。

だが、

「日本人は駄目っ」

水鳥あかねが、前歯を剥いてキイィッ、と唸《うな》った。腕で『来るな、どけ』という仕草。

「これは、祖国のために私が苦労して取ってきたお金よっ。来ないで」

「そ――」

赤ジャンパーの男は、立ち止まって、絶句する。

「それはないだろう」

赤ジャンパーの男と、しゃがんだままの水鳥あかねは口論を始めた。

「俺は、あんたの遠大な計画に、ここまで協力して来たじゃないか」

「ふん」

「あんたのために働いて来たじゃないか。俺にも——」分け前をくれ、というように男は右手を差し出すが、

「日本人は駄目」

しかし水鳥あかねは、ほかの群れの個体が水場に近づくのを拒否するサルのように、前歯を剝いてガルルルッと唸った。

「あっちへ行って。報酬なら、後で祖国から別途払ってやる。さっさと下に降りて、荷下ろし作業を進めなさいっ」

「日本人——って、あかね先生。あんたも今は一応日本人なんだろう」

「ふんっ」

「だいたい、いいのか」

男は憮然《ぶぜん》として、まだ服に札束を突っ込み続けている三人の高級将校を見やった。

上着のポケットというポケットに一万円札の束を突っ込み、痩せていたのが太って見える。

「これは共和国へ、献上する金じゃないのか。あの貢ぎ物の女優と一緒に――」

「うるさいわねっ」

水鳥あかねは、日本語で言い返す。

「こんなにたくさんあるんだから、ちょっとくらい横から抜いたって、いいのよっ。どうせ、日本人の税金――」

そこまで言いかけた時。ふいに水鳥あかねは、何かの気配に気づいたか、後方の通路を振り返ると怒鳴った。

「――そこで見ているのは誰っ！」

床下電子機器室

(――!?)

黒羽は、再び梯子に取りつき、天井ハッチの隙間から床上の様子を覗いた。

兵たちに見つかる危険は、承知だ。

しかし、今なら貨物室の空間は、カーゴ・ドアの開口部からトラックの前照灯らしき光が差し込んで、コンテナからあふれ出た白い塊を照らしている。相対的に、この電子機器室は暗く沈み込んで、貨物室からはよく見えないはずだ。

今のうちだ。何とかして、床上の客室へ出て隠れ場所を見つけなくては——

だが、

(——何をやっているんだ……)

黒羽の目に跳び込んで来たのは。

乗降ドアの前の通路にしゃがみこんで、札束の摑み取りをしている将校三人と水鳥あかね、それに立ったまま抗議している赤ジャンパーの男の背中だった。

分け前を寄越せ、駄目だ、と今度は日本語で言い合っている。

その横で高級将校たちが、装飾のたくさんついた軍服の懐に札束を詰め込んで、ぱんぱんにしている。その様子は黒羽の目を奪った。

何をやってるんだ……。

黒羽は、心の中で舌打ちする。

まずい。これでは、床上の通路へ出て隠れ場所を捜すことは出来ない……。

(あの五人——どこかへ行ってくれないか)

そう思った時。

水鳥あかねが、何かに気づいたように後方通路を振り向いた。

「――そこで見ているのは誰っ！」

怒鳴った。

何だ。

（……？）

視線をそちらへ向けると。

後方の客室からやって来たのか、女の子がいる。髪を三つ編みにした女子中学生だ。眼鏡の下の両目を見開き、ビジネスクラスの通路の真ん中に立ち尽くしている。あっけに取られたように唇を半分開き、しゃがんで唸っている水鳥あかねを見ている。

「……………」

「あなた、何っ!?」

女性議員は、叱りつけるように怒鳴った。

「ちゃんと後ろで窓を閉めて、座ってなさいと――！」

すると、

「あ、あの」女子生徒（さっき口論をしていた片方の子だ）は、びくっとしたように瞬《まばた》きして半開きにした唇を動かす。「あの、今の着陸で擦《す》り剝いた子がいて、その、救急箱……」

言いかけるが、眼鏡の下の目は、床の札束と水鳥あかねに交互に向けられる。

「ううっ」

水色スーツの女は唸ると、何か鋭い声を発した。

しゃがんだ将校の一人がうなずいて、通路の女子生徒を顎《あご》で指した。

ドアの脇に立っていた兵士が即座に反応し、肩の小銃を摑んで構えた。

チャッ
だが、

「ま、待て」

赤ジャンパーの男が、日本語で制止した。

「銃で殺してはいかん。あれだけマスコミに注目されて出て来たんだぞっ」

（――――）

黒羽は、その光景に絶句した。

何をやっているんだ……。

水色スーツの女国会議員は、また黒羽に聞き取れぬ言葉で、何か叫ぶ。

すると将校の一人が、女子生徒を指さす。「捕まえろ」と言ったのか。

兵士が反応して、銃を肩に戻すとビジネスクラスの通路へ突進し、立ちすくむ小柄な女子生徒をたちまち捕まえた。両腕でがっしと抱きすくめる。

「きゃあっ」

だが、

「先生」

「先生、大変ですっ」

その背後から、コンパートメントを仕切るカーテンをくぐってさらに二人の女子生徒が跳び出して来た。いずれも違う制服だが、中学生だ。

「先生、大変。窓の外をお札が舞って——きゃ」

「きゃっ？」

二人の女子生徒は、迷彩戦闘服の見上げるような兵士に抱きすくめられた仲間の子を見て、悲鳴を上げた。

同時に、
うぉおおおっ

（――!?）

機体の外側から、叫び合うような声が聞こえて来た。

5

朝鮮半島　山間部　人民軍補助飛行場

767の床下電子機器室。

（――!?）

うぉおおっ

突如、どこかで沸き起こった叫び。

何だ……!?

黒羽は、叫びの起きた方向を耳で確かめようとする。

この声――騒ぎは。

うぉおおぉっ

機体の外からか――？

黒羽はハッチの隙間から目を離すと、梯子を半分下りて、貨物室の方の様子を探った。

途端に、眉をひそめた。

兵士たちがいない。

機体右側のカーゴ・ドアが上向きにオープンしていて、長方形の開口部が見える。トラックのライトが差し込んでいるのは同じだ。しかし――

（……いない？）

蓋を全開させたコンテナから、白っぽいビニール・パックの塊をバケツリレーのようにして運び出していた戦闘服の兵士たち。

その姿が、ない。

一人もいない。

全部、運び出したのか――いや……。

黒羽はネットをくぐり、貨物室の壁沿いに、注意してコンテナへ近づいた。

中が見える。ライトに照らされ、白っぽく光るビニール・パックの塊は、まだ山を崩されて三分の一ほど運び出されただけだ。作業が急に中断され、兵たちがいなくなっている。

うわぁあああぁっ
沸き起こる声。

外からか。

（何だろう）

黒羽は、注意深く貨物室の内壁に背中をつけ、開口部の端から外の様子をうかがった。

「――!?」

飛行場エプロン

うぉおおっ
うわぁあっ
吹きさらしのエプロンに駐機した、７６７の機体の右サイド。

大型トラックの荷台の上で、奪い合いが起きていた。

暗色の軍用トラックは、駐機する７６７のカーゴ・ドアから荷を移すため、エンジンをかけたままライトを点けて止まっていたが。

その荷台の上で、戦闘服の兵たちが摑み合って争っている。

「▼☆※××！」

「×■△～！」

大声で、怒鳴り合っている。

つい一分前。バケツリレーのようにしてビニール・パックされた一万円札の塊を運び上げてはトラックの荷台に積み上げていた兵士の一人が、偶然、ビニール・パックを荷台の縁に引っかけて、破いてしまった。

ばさばさばさっ、とパックされていた札束は荷台上に飛び散った。その兵士は悲鳴を上げ、周囲で作業していた数名も慌てて集まると、飛び散った札束を手に手にかき集め始めた。

だがその中の一人が、他の者の隙を見て、かき集めた札束の一つを素早く戦闘服の懐へ突っ込んだのだ。

こんなにたくさんあるんだから、ちょっとくらい抜いたって分からないだろう――そう考えたのは将校だけでなく、兵たちも同じであった。

その行為は、見過ごされなかった。あっ、俺も。俺にも寄越せ、とやるうちに、荷台の上の騒ぎはたちまち周囲の兵士たち全員の知るところとなり、数十名が作業を放り出してトラックへ殺到する騒動となった。飛び散った札束は、摑み合いの奪い合いとなり、あっという間に封は破れ吹っ飛んで、無数の一万円札が争う兵士たちの頭上に紙吹雪のように舞った。

767　床下

しめた。今だ――

黒羽は、トラックの上で争う兵士と舞い散る一万円札を、横目で確認すると。

床下貨物室を壁沿いに戻り、急いでＭＥＣの梯子を上った。

この騒ぎで、全員の注意が外のエプロンに向くだろう。何とか隙を見て、客室内のどこかに隠れ場所を得よう――

そう考えながら、天井ハッチを額で押し上げるようにして床上を覗くと。

（――！）

乗降ドアの前の通路。

ちょうど「何だ」「何だ!?」と言うようにドアの外へ注意を向けた高級将校たちのもとへ、タラップを息せききって上がって来た戦闘服が一名、敬礼して何か報告した。

銃を肩にしているが――大声で報告する語調から、兵たちを監督する下士官だろうか。

将校の一人が、顔を赤くして、叱りつけるように何か命じた。

外のトラックの方を激しく指さした。

戦闘服の下士官は「ハッ」と威儀を正して敬礼すると、肩の銃を下ろしながらきびすを返して跳び出して行く。

同時に、
バルルルッ、と機体の外の方でディーゼル・エンジンの排気音が高まった。

トラックが動いている……？

黒羽の位置からは見えないが。

まさか。やけくそになった兵士が、トラックごと金を奪って逃げよう、とでも考えたか？

叫び声がさらに上がる。制止しているのか。

続いて、
パパンッ
パ、パンッ
乾いた破裂音が、山間の飛行場に響き渡った。同時に沸き起こる悲鳴。
パパパパッ
パパパパパンッ

自動小銃の、連続射撃音——!?

（……！）

パパパパパパパッ

黒羽は、音のする方向を振り向いて、耳で確かめる。銃声——複数の銃だ。広い空間で撃ちまくっている。同時に「グァァアッ」「ギャア」という悲鳴。

まさか……！

767　機内

「きゃあ」

「きゃあっ」

機体の外で沸き起こった小銃発射音に、通路の女子中学生二名が悲鳴を上げて耳をふさぎ、へたり込んだ。

「うるさい、静かにおしっ」

水鳥あかねが叫んだ。

その横から、高級将校三人が何か叫びながら立ち上がり、札束で服をぱんぱんにさせたまま乗降ドアを跳び出して行く。

通路にいた兵士も、三つ編みの女子生徒を床に放り出し、肩の銃を下ろしながら走って乗降ドアを出る。

三つ編みの女の子は、放心したようにへたり込む。

外の銃声は鳴り止まず、逆に嵐のように高まって響き渡る。

パパパパパンッ
パ——

だが、数秒して唐突に止んだ。

767 床下

黒羽は、耳に届いていた破裂音がふいに止んだので、思わずその方向を見やった。

(——銃声が止んだ……?)

静かになった。

今まで、銃撃戦の様相だったものが——

トラックのエンジン音も、少し遠ざかったが、低くなった。

（………）

様子を見よう。

猫のような目の女性パイロットは、周囲の情況を出来るかぎり把握しようと、もう一度梯子を下りた。

ＭＥＣの床に下りて貨物室へ向かおうとした時、足に何か当たった。さっきより、床下空間全体が暗くなっている……。トラックのライトが、差し込んでいないからだ――

構わず、壁に沿って素早く移動し、カーゴ・ドアの開口部から外を覗く。

「……！」

見えた。

暗がりの奥、トラックがバックして、さっきより離れた位置で斜めに止まっている。エンジンはアイドリングしているようだが……。その車体の様子に、黒羽は目を剝く。

あれは――

その荷台と運転席、そして周囲にこぼれ散るようにして、十数体の戦闘服が倒れていた。

さらに、暗色の車体の前に、大勢の兵士が立ち並び、両手を挙げている。いや、挙げさせられているのか……。その手前。黄色い照明灯の弱々しい光を浴び、十名ほどの戦闘服の背中が横一列に並んで、ホールド・アップさせた兵士たちに銃を向けている。

さらにその後ろ。三人の高級将校らしい後ろ姿が見える。さっきの軍服の三人だ。

と、三人の真ん中の背中が、声を出して何か命令した。

途端に、

パパンッ

パンッ

一斉に銃声が短く響き、トラックの前で両手を挙げていた十数名のシルエットが、ぱたぱたっ、と倒れた。

「……！」

767　機内

「騒ぎが、片づいたわ」

乗降ドアから外の様子を見やって、水鳥あかねが言った。

「荷下ろし作業を、再開させるわ。その子たちを後ろへやって」

「――――」

「こら」

水鳥あかねは、ドアの横で気圧《けお》されたように立っている赤ジャンパーの脇を小突くと、指示した。

「さっさと女生徒たちを、後方キャビンに集めて、おとなしくさせて。パニックに陥って暴れる子がいたら、これを使って」

「え――えっ？」

赤ジャンパーの男は、我に返ったように、水鳥あかねを見た。

女国会議員は、外の『銃殺』の様子に顔色も変えず、水色スーツの上着の中から黒い器具を取り出した。

あかねが手にする黒い平たい器具は、『へら』のような形をしていて、先端の左右に電極が二つある。

「ス――スタンガンって……。あんた、そんなもの」

「護身用よ。いつも持ってる」

「………」

「女生徒が暴れたら、これを使って」

「だ、だが――」

男は、通路にへたり込んでいる三人の女生徒と、水鳥あかねを交互に見た。

「あかね先生。兵隊はともかく、俺たちがあの子たちに、そんなものを向けていいのか？」

「いいのよ」

水鳥あかねは、黒い器具の電極を試しにバチバチッ、と鳴らし、こともなげにうなずく。

声を低める。

「こんな騒ぎを見られた以上、もう全員、生きて帰せないわ。後でまとめて始末する」

「…………」

「日本のマスコミが、〈訪問団〉に注目しているから。始末する『方法』は、後で考えないといけないわ」

バチバチッ
「…………」

「それまで、取り合えず全員集めて、おとなしくさせておいて」

「わ……分かった」

外の銃声は止み、静かだ。

男は、ギャレーのカーテンの前で水鳥あかねから黒いスタンガンを受け取ると、「さぁ、来るんだ」と三つ編みの女子生徒の襟首を摑んだ。

真面目そうな女子生徒は、わけが分からない、という表情で放心したように立てない。

ほかの二人も同様だ。

赤ジャンパーの男は「参ったな」とつぶやくと、スタンガンを腰にさし、農夫がウサギでも捕まえて運ぶように、女子生徒たちの制服の襟首を摑み上げて引きずって行った。カーテンで仕切られた向こう、後方のエコノミー客室へ。

水鳥あかねは、それを見てうなずき、今度はきびすを返して通路を前方へ向かう。

「あなたたちっ」

コクピットの扉を開いた。

「あなたたち、今、窓から見た通りよ。兵隊が大部分死んでしまったわ。〈手当〉の荷下ろし作業は、私たちでやるのよ」

「――――?」

「――――?」

紺ジャンパーで左右の操縦席に座っていた日本人と中国人の操縦士は、たった今窓の外に展開した惨劇に、目を奪われていた様子だったが。

「さぁ、早くっ。トラックを戻して。人手が足りないわっ」

あかねの『命令』に、二人は顔を見合わせ、おずおずとした様子で立ち上がった。

「あ、あの。あかね先生」

「何」

日本人の操縦士が、気圧された感じのまま、おずおずと言った。

「操縦席を離れて、荷下ろし作業にかかるなら、これを——カーゴ・ドアの開閉スイッチに、この〈操作禁止〉タグを付けておいていいですか」

日本人操縦士は、コンソールの物入れから赤い札のようなものを取り出すと、オーバーヘッド・パネルを指して説明した。

「この頭上パネルに、カーゴ・ドアを開閉するスイッチがあります。我々が作業中に、もしも兵隊がここへ入って来て、勝手に触ったりしたら危険だ」

「いいわ。そうして」

6

767　床下貨物室

（――今だ）

床下貨物室の開口部から、外の様子を見ていた黒羽は、水色のスーツの女が、かん高い声で何か言いながら、紺色のジャンパーの二人を引き連れてエプロンに出て来るのを目にした。

水鳥あかねだ。

機体を、降りて来たのか……!?

左サイドの乗降ドアは、ここからは見えないが――しかし姿を現わしたのは、確かにあの女だ。タラップから、エプロンへ降りて来たのか。

後ろに引き連れているのは、兵士ではない。ＮＧＯのメンバーか……？　紺のジャンパーの二名は、さっきの機内の通路には姿がなかった。後方の客室にいたのか、あるいはコクピットにいた操縦士たちだろう。

水色スーツの女は、立ち止まって黄色い照明の下のトラックを指し、紺色ジャンパーの二人に何か指示をした。二人のジャンパーの後ろ姿は、了解したらしく、止まったままのトラックの方へ走り出す。

トラックの周辺では、人民軍の兵たちのシルエットが、物体のように動かないかつての部下や仲間を運んでいた。邪魔にならぬようにか、一か所に積み上げている。

二つの紺ジャンパーは、兵たちを監督する下士官らしきシルエットに駆け寄ると、トラックを指して何か説明をする。下士官がうなずくと、二人で運転席へ上っていく。

水色のスーツは、その様子を見届けるようにすると、今度は振り向いてカーゴ・ドアの開口部を見上げて来た。

「……！」

黒羽は、反射的に顔を引っ込める。

水鳥あかねがこちらを見た――

黒羽はしかたなく、耳で様子を探る。

カツ、カツ

パンプスの足音がする。近づいて来る。

カン

続いて、脚立に足をかける音。

まさか……。脚立を伝って、あの女はここへ上がって来るつもりか?

同時にエプロンの向こうで、号令のような声が上がり、多数の軍靴がザッ、と動き出す。

(――!)

大勢の近づく気配だ。

ザッザッ――と靴音が近づく。銃殺した仲間の片づけが、終わったのか? あれだけ銃殺しても、まだ少なくない数の軍靴の響きだ。

生き残りの兵たちが、作業に戻って来るのか……? もしかしたら水鳥あかねは、今度は自ら貨物室に立ち、札の運び出し作業を監督するつもりかも知れない。

貨物室の内壁に背中をつけ、黒羽は「今だ」と思った。

上の客室へ移動するなら、今しかない……!

カン

(――!)

外から、脚立を上がって来る音。

急ごう。

黒羽は貨物室の壁に沿って移動し、ネットをくぐって素早くMECへ戻る。また足に、何か当たった。

(マニュアルか)

床に転がっていたのは、数冊のバインダーだった。先ほどの着陸の衝撃で、壁のラックから一斉にこぼれ出たマニュアル類か。構わずに跳び越し、床から消火作業用の手斧を拾い上げると、梯子を登った。

音を立てず、猫のように登る。

カン、カン

注意力を集中した聴覚に、カーゴ・ドアの外に付けた脚立を上がる靴音が聞こえて来る。水鳥あかねが、上がって来る。

「――――」

黒羽は、額で押し上げるようにして、天井ハッチの蓋を薄く開くと、床上の様子を探る。

しめた。

やはり、さっきの連中はいない。

よし――出よう。

蓋を頭で押し上げ、一気に登った。

767　機内

ぱたん

黒羽は、カーペットの布地で外張りされた蓋を閉じると、通路の前後を素早く見渡した。人の姿はない。水鳥あかねが、部下を連れて下へ降りたからか。

前方のコクピットの扉が、半開きのままだ。身をそらすようにして中を覗くと、誰も座っていない。操縦席も空だ。

少なくとも、この機体の前方セクションには、いま誰もいない。

やはり、外で見かけた二名の紺ジャンパーが操縦士なのか……？

この機には、ほかにどのくらいの人数が乗っているんだ——

そう思いかけた時。

後方から「おい、どこにいるんだっ」と男の声。

（——!?）

はっ、と反射的に黒羽は通路を蹴り、無人のコクピットへ跳び込んだ。入口扉の陰に、身を隠した。

半開きの扉に背中をつけ、横目で通路をうかがうと。

声の主の姿はない。今の「どこにいるんだ」は、通路のずっと後方、カーテンで仕切られた向こうからだ……。エコノミークラスの客席か。

「おい一人足りないぞっ、どこだ」

中年の男の声。

今度ははっきり聞こえる。

さっきの、赤ジャンパーか……？

通路後方の仕切りカーテンが、ばさっと動いた。こちらへ出て来る……。

（――――）

黒羽は、手斧を右手にしたまま、扉に背中をつけて後方の様子をうかがった。

「どこへ逃げた、岩谷美鈴っ。隠れても無駄だ」

赤ジャンパーの男が、ビジネスクラスの通路へ出て来た。男は仕切りのカーテンの陰や、物入れの扉をばたばた開けては、何か捜し始めた。

岩谷――

（――――）

黒羽は、眉をひそめる。

何を捜している――？　赤ジャンパーの男は、誰かを捜しているのか。さっきの学生の団体の中で、姿の見えなくなった子がいるのか？

そうか。〈訪問団〉――あの子たちは、確かそう言っていた。

この機には、国際交流の名目だろう、学生の団体が乗っている。見かけたのは中学生らしい女の子たちだけだが――

何人乗っているのだろう。

平和目的のはずのNGOのチャーター機が、実はコンテナに大量の札を載せていて、山間の秘密飛行場で荷下ろし中に、兵隊が横取りしようとして何十人も射殺されてしまった。

こんな〈光景〉を、窓から見てしまったら――

さっきの女子中学生たちは、無事に日本へ返してもらえるのか……？

そう思った時。

ばささっ、とカーテンをめくる音がして「ここにいたかっ」と男が叫んだ。

（――！）

横目で視線をやると、通路に面したギャレーの中から、赤ジャンパーの男が何かを引きずり出そうとする。「きゃあっ」という悲鳴がして、黒髪の女子生徒が前かがみに引きずり出されて来る。

あの子は――！

見覚えある黒髪と、制服。だが気の強い子らしい、中年男に白セーラーの襟首をつかまれると、逆に怒って紺色ハイソックスの脚で蹴り返した。

「うぐっ」

赤ジャンパーは通路にのけぞると「こ、このっ」と唸って、腰ベルトから黒い平たい器具を引き抜いた。ばたばた必死に暴れる少女に向かい、後ろ手に構えた。

あれは……！

スタンガンか。

「――くっ」

黒羽は、反射的にコクピットの扉の陰を跳び出していた。自分も昼間やられた。あんな小柄な少女に、あれを使うつもりかっ……!?

タッ
通路のカーペットを蹴り、横ざまに、スタンガンを突き出そうとする赤ジャンパーへ右肩で体当たりを食らわせた。がしっ、という手応え。「うぐ」と男がよろける。驚愕《きょうがく》の表情。だが倒れない。黒羽は体重が軽い。

「な――何だっ」

男は、ふらついてのけぞりながらも、ふいに現われた黒羽に向けてスタンガンを構える。

その表情が、さらなる驚愕に目を剝く。

「お、おま、お前は秋月――ぐふっ」

だが最後まで言えない。

男が倒れないのは承知だった。黒羽は、体当たりしてこちらを向かせ、がら空きにした男のみぞおちに、手斧の柄を思いきり突き入れた。鉄製の棒の先端が、十センチも中年男の腹部中央にめりこんだ。

「ぐ――ど、どうやってコンテ……」

どささっ
悶絶《もんぜつ》し、通路に昏倒《こんとう》した。

「はぁ、はぁ」

額をぬぐう。

生身での『実戦』は――およそ十年ぶりか……。

黒羽は手斧を握り直すと、通路に転がった男を見下ろし、呼吸を整えた。

よく、この〈技〉を覚えていた――

「六本木の不良外人も、この手を使うと一発だったからな……」

「――――」

黒髪の少女が、目を見開いて、あっけに取られたように黒羽を見ている。

「大丈夫か」

訊くと、

「――――」

少女は、驚いているようだ。

「怪我は、ないか」

「――――」

少女は、長い髪を揺らして、プルプルと頭を振った。

「そうか」

黒羽は、パンツスーツの膝をつくと、悶絶した男の右手から黒い器具を取り上げた。

スタンガンか。

電撃で、相手にショックを与える護身具だ。実物を見るのは、初めてだが――

「これ、どうやって使うのかな」

握って、目の高さに持ってきて、親指の当たる部分を押すと、
バチッ
二つの電極から火花が散る。

「う」

「きゃっ」

少女が、一緒に見ていて小さく悲鳴を上げる。

「すまない、驚かせた」

黒羽は、黒い護身具を、取り合えず自分のパンツスーツの腰のベルトに差した。

「この男、運んでそこへ隠そう。手伝って」

黒羽がギャレーを指して言うと、少女はうなずいて、一緒に悶絶した中年男のジャンパーを摑んで、引きずった。ギャレーのカーテンの内側へ運ぶと、転がした。

何か、縛っておけるようなものはないか……。ギャレーの中を見回すが、役に立ちそうな物は、ゴミ袋を封するためのガムテープくらいだ。

「しかたない、気がついて大声出されないように、口だけでも塞ごう」

「――」

「手伝って」

「――あの」

少女は、胸の青いスカーフの前に両手を合わせるようにして、黒羽を見上げる。

悶絶した赤ジャンパーの男と、黒羽を交互に見た。

「あの、もしかして」

「？」

「あなたは、秋月玲於奈さん――じゃないですか」

赤ジャンパーの男は、黒羽――すなわち秋月玲於奈が、貨物室のコンテナに閉じ込められていることを知っていた。ついでに、ＴＶで見て顔も知っていたらしい。だからやられる寸前、黒羽を見て二度驚いたのだ。

やはり、あのコンテナを内側から開けるのは、本当は不可能らしい。

男が驚愕と共に「秋月――」と口にしかけたのを、少女も見ていたのか。

「そうとも言うが」

黒羽は、ガムテープをキュッ、と引いて伸ばした。

「今は違う。手伝って」

「……？」

767　機内

「……どうして」

黒髪の少女は、信じられないという表情で、黒羽（秋月玲於奈として見られてはいるが）を見上げて来た。

両手を白セーラーの胸の前で合わせるようにして、目を潤ませている。

助けてもらったからか……？　この子は気が強そうに見えるのに、神妙だ。

「どうして、この飛行機に乗っているんですか」

「それは、わたしが訊きたい」

黒羽は、昏倒した中年男の口にガムテープをぐるぐる回して貼り終えると、立ち上がってパン、と手をはたいた。

「気がついたら、下の貨物室のコンテナの中だった。この飛行機は」

「はい」

少女はうなずく。

「ピースバード、です。北朝鮮へ、新型インフルエンザ用のワクチンと、あたしたち〈青少年平和訪問団〉を乗せて──」

「じゃ、ここは──北朝鮮なのか」

訊くと、少女はこくりとうなずく。

「やっぱり？」

「はい」

少女のうなずきに、黒羽は息を止める。

やはり、そうなのか……。

どうするんだ──こんなところへ連れて来られて、これから。

（────）

思わず、周囲を見回すと。

「玲於奈さん、あたしたち」

見上げる少女の声は、よく聞くと微かに震えている。

「あたしたち、みんな殺されてしまうんですか？」

「え」

「聞いたんです」

少女――赤ジャンパーの男や、三つ編みの子に『岩谷』と呼ばれていたか――は、ギャレーと通路を仕切るカーテンを指した。

「つい今、そこで、水鳥議員が――」

「？」

「あたし、着陸までビジネスクラスの席で寝ていて――ひどい衝撃で目が覚めて、何か飲もうと思ってここに入ったら、あの人たちが来て」

「あの人たち？」

「はい。水鳥議員と、北朝鮮の軍の偉い感じの人たち――あたし隙間から覗いていて」

だが、

「しっ」

黒羽は、話そうとする少女を指で制止した。

猫のような目で、ギャレーの天井を仰ぐ。

「どうしたんですか？」

「何か聞こえる」

何かが、聞こえる――近づいて来る。

（爆音だ。機体の外か――？）

補助飛行場「エプロン」

パタパタパタッ

闇夜の山間の空気を震わせ、ローターの響きが急速に近づいて来る。

ヘリコプターの爆音だ。

タービン・エンジンの排気音が近づき、やがて、のっぺりした印象の機首を持つシングル・ローターの機体が、飛行場エプロンの真上に姿を現わした。標識灯の類《たぐい》は何も点《つ》けていない。しかし着陸のために自ら点灯した下向きのランディング・ライトが、機体の形状と色を浮かび上がらせる。

中型の汎用ヘリ。旧ソ連製・ミル8だ。

バタバタバタバタッ

風圧が、エプロンを払う。767のカーゴ・ドアにつけようとしていた暗色のトラックが、ヘリの着陸スペースを空けるためにいったん待避する。

灰色のミル8は、宙で踊るようにして位置を合わせると、白く丸っこいソーセージを想わせるボーイング767の隣の駐機スポットに、どすんっ、と降着した。

ヒュンヒュンとローターが空転する下、胴体ドアが開く。軍服の将校を先頭にした一団が、慌ただしい動作で降りて来る。

灰色の機体に駆け寄り、三名の高級将校が出迎えるように揃って威儀を正し、敬礼した。

降りて来た軍服の将校は、長身だ。出迎える壮年の将校三人よりも、ずっと若かったが、軍での序列は上らしい。緊張して敬礼する三人に軽く答礼し、口を動かして何か訊いた。

ヘリのローター空転音が覆いかぶさる中、三人の真ん中の将校が『あちらです』と言うように指さし、先に立って案内した。767のカーゴ・ドアに付けられた大型の脚立に向かう。

長身の将校が早足で続く。その後ろを、さらに黒い戦闘服姿の兵員が四名続く。先ほどから札束の荷下ろしをしていた兵たちとは違い、機敏な動きだ。

767　コクピット

「——あれは……」

黒羽は、少女を連れてコクピットへ移動していた。

ギャレーに隠れていたのでは、外の様子が分からない。

北朝鮮の軍のものらしいヘリコプターが飛来し、機体の右横のスポットに降着するところをコクピットのサイド・ウインドーから覗き見た。

「……ミル8だ」驚いた——博物館以外の場所で、稼働している機体があったのか……。

胴体ドアから降りて来た一群が、高級将校の案内でカーゴ・ドアの方へ向かうのが見えた。何をしているのだろう……。

「ええと」

黒羽は、外側から姿を見られないよう、右側操縦席のシートを一杯に下げて中腰でサイド・ウインドーを覗いていた。すぐ背中にいる少女に、問いかけた。

「名前は、何て言ったっけ」

「美鈴。岩谷美鈴です。美しい鈴」

小声で、少女が答える。

背後のコクピットの扉は、閉じてロックした。

だが少女——岩谷美鈴に急いで訊き出したところでは、この767に乗っているNGOのメンバーは、水鳥あかねと、〈団長〉と呼ばれているらしい赤ジャンパーの男、それに二名の操縦士だけらしい。後は、〈青少年平和訪問団〉の女子中学生二十名だけだ。

ＮＧＯの連中は、本当にそれだけの人数なのか。

「大勢いた支援メンバーの青年部の人たちは、新潟で出発を手伝った後、見送りです。北朝鮮の入国の許可は、そんなに簡単には下りないんだ――って」

コクピットへ移動して来る途中、美鈴は説明した。

そうか……。

黒羽は思った。

たぶん――このＮＧＯの活動を平和のためと信じて、ボランティアで協力しているまじめなメンバーも多いのだろう――

少ない人数で飛んで来たのは、コンテナに詰め込んだ札束や、拉致した女優や――そういう〈秘密〉を知る人間を、最小限にするためか……。あるいは『報酬』を配る人数を減らそうとでもしたのか。

中学生の〈訪問団〉を連れていたり、ワクチンを運ぶとか言ったのは、北朝鮮へ金を載せたチャーター機を飛ばすための口実かもしれない。

〈訪問団〉を女子中学生ばかりにしたのは、何か不測の事態が起きて反抗されても、腕力がなくて制圧しやすいからか――

「このＮＧＯ、何て言った」

「〈平和の翼〉です」

「あの女が、主催しているのか」

水鳥あかねのことを指して、黒羽が訊くと、

「はい」美鈴はうなずいた。「あの人が、主催者だそうです。講演のDVDもたくさん」

「いったい、何者だ。あの女」

「国会議員です」

「それは知ってるけど――日本人なのか？」

「さぁ……。でも、支援メンバーの人たちが言っていました。『水鳥先生は偉い人だ。共和国の貧しい孤児を、十万人も養子にされている』って……」

そこまで会話したところで、すぐ隣のスポットに灰色のヘリが着陸して、機体の外がにわかに騒がしくなったのだった。

「美鈴」

「はい」

小声にしなくても、機内にNGOメンバーの連中はいない、と分かっていたが。

岩谷美鈴は、張りつめた表情でうなずく。

「はい、玲於奈さん」

「さっき、あの女がみんなを『始末する』とか言ったのは、本当なのか？」

「本当です」

美鈴はうなずく。

「あそこのカーテンの陰で、聞きました。こんな騒ぎを見られた以上、全員生きて帰せない。後でまとめて始末する」

「────」

「ただし、日本のマスコミが注目している〈訪問団〉だから、始末する『方法』は後で考えるって」

エプロン

若い高級将校が、カーゴ・ドアの下に立つと。

水色スーツの水鳥あかねが、脚立を下りて来て駆け寄り、腰を九〇度以上に折ってお辞儀をした。朝鮮語で何か話しかけ、満面の笑みを浮かべ、若い将校に機体の貨物室の開口部を指し示す。

女国会議員が指さしたのは。

崩されかけた札束の塊の山ではない。

札束を詰め込んだコンテナの隣——貨物室最前方の位置に積載されたコンテナだ。蓋の部分に紅い封印が見える。

若い高級将校が「うむ」というようにうなずくと。

黒い戦闘服四名のうち二名が、ただちに脚立を上がっていく。

機体の床下貨物室に、まだ兵たちは上がっていない。高級将校がヘリで着いてから、札束の荷下ろし作業は再開出来ず、ストップしている。

カキン
地上に残った黒い戦闘服の二名は、背に負った長い棒の束のようなものを下ろすと、その場で何かを組み立て始めた。カキン、キンと金属音。たちまち地面に、人間一人がうずくまって納まれるサイズの、金属製の『檻』が出現した。

だが貨物室へ上がった二名の黒戦闘服の片方が、鋭い声を上げた。地上で見上げる人々に、蓋を開いたコンテナの中を手で指した。何か叫ぶ。

「!?」

「!?」

全員が見上げる。コンテナは、ちぎれた紅い封印が貼り付いたままの蓋が、上下に全開している。黒戦闘服の指し示す内部は、空だ。

7

人民軍補助飛行場　エプロン

「▲▽★※〜!」

機体貨物室へ上がった黒い戦闘服の一人が、空のコンテナを指して何か叫ぶと、

「!」

若い高級将校が血相を変え、思わず、という動作で腕時計を見た。

何か時間の予定があるのか。

長身の若い将校は、空であることが判明したコンテナと、地面に置いた『檻』と背後のヘリコプターを交互に見る。そしてもう一度腕時計を見やると、何か大声で言った。

そばにいた水色スーツの水鳥あかねと、三名の壮年の高級将校が、それを聞いて震え上がるようにのけぞった。

若い高級将校は、水鳥あかねと三人を睨むと、怒鳴りつけた。

すると、

「ひぃぃいっ」

水色スーツの日本の女国会議員は、地面に膝をつき、土下座するようにして、何か釈明するように口を動かしながら後ろ手に貨物室を指さした。

「☆▼※！」

若い高級将校が、怒鳴った。

「◎▼◇◆※！」

それは、「捜せ」という命令だったのか。地面にいた黒戦闘服の二名が、弾かれたように反応し、駆け出す。貨物室へ上がる脚立へ――

続いて、周囲にいた大勢の兵士たちも引きずられるように駆け出した。何か、よほど恐ろしいことでも言われたのか。全員が表情をひきつらせ、ワッと機体の下へ駆け集まって行く。

767　コクピット

（……やばい！）

黒羽は、その不穏な声の盛り上がりにサイド・ウインドーから外を一瞥《いちべつ》し、『やばい』と思った。

地面に置かれた、用途不明の『檻』。その脇にいた特殊部隊のような黒い戦闘服の兵員が、若い高級将校に叱咤《しった》され、機体右サイドのカーゴ・ドアの方へ駆けて行く。周囲にいた一般の兵士たちまで、血相を変え、つられるように駆け集まって来る。

（……！）

ばれた――

黒羽は直感した。

ばれた。〈貢ぎ物〉のコンテナが空だと、ばれたのだ。あの若い高級将校は、〈貢ぎ物〉をどこかへ急送するため、ヘリでやって来たのか。

やばい。大勢で貨物室へ入って来られて、機内を捜索されたらたちまち捕まってしまう。

そうしたらどうなる――

この子たちは……。

「――――」

黒羽は、息を吞み、自分を見上げて来る岩谷美鈴を見た。

まだ中三だという。

「れ、玲於奈さん……」
黒髪の少女も、外に沸き起こった声の盛り上がりに、不安げに眉を上げた。
どうする。
黒羽は周囲を見回す。
機内に入って来られたら、やばい。
何とかして、あの貨物室のドア——カーゴ・ドアを閉める方法は……!?
その時、
(……!?)
見回す黒羽の視野に、赤いものが跳び込んで来た。
操縦席の、頭上パネル。
無数のスイッチ類の中に、何か、赤い札のようなものが下がっている。
文字が見える。
〈DO　NOT　OPERATE（操作禁止）〉
操作禁止タグかっ……!?
整備員がよく使う、動かされると都合の悪いスイッチに、目印として付けておく札。

思わず立ち上がり、その札の下がっているスイッチを見た。

〈MAIN CARGO DOOR〉

これだ。

「くっ」

黒羽は、スイッチを動かぬよう固定していたタグのピンを掴んで引っこ抜き、赤いガード付きのスイッチを『OPEN』から『CLOSE』位置へ叩くように押し込んだ。

ガチッ

エプロン

ウィイイイッ

ふいに油圧モーターの作動音が響くと、

ゴンゴンゴン

767の機体右サイド、上向きに開いていたカーゴ・ドアが、お辞儀するように下がって閉まり始めた。アルミ合金製の機体外板を構成する曲面のカーゴ・ドアは、二本の油圧アクチュエータによって、ゴンゴンゴンゴンとたちまち下がってクローズしていく。脚立を上ろうとしていた兵たちが、驚いて飛び降りる。

「何⁉」

水鳥あかねが、思わず日本語で叫んだ。

「何？　あれ、どうなっているのっ」

水色スーツの女は、閉じていくカーゴ・ドアに向かって思わず、という感じで駆け出す。

たちまち、挟まれるのを嫌って退避して来る兵たちとぶつかる。

「ちょっと、どきなさいっ」

767　機内

「入口のドアも閉めろ。乗降ドアだっ」

黒羽は叫ぶと同時に、コクピットを跳び出した。

岩谷美鈴が、半分わけが分からない、という表情で走って続く。

「閉めろっ」

黒羽は通路を蹴り、左サイド乗降口に跳びつくと、外のタラップへ向いて開いていた気密式ドアのハンドルを摑んで、引き戻した。重たい。思いきり引く。ぐうっ、と胴体の曲面を構成する乗降ドアが手前に戻って来て、閉まる。

がしゃん

長いレバー式のハンドルを、ぐんと押し下げた。プシュッ、と気密がかかる。大型輸送機のドアは不慣れだが扱った経験はある。だがこの種のドアはロックというものはなく、外側からでもハンドル操作で開けられる。非常時に、外からも救出に入れる仕組みだ。

黒羽はハンドルを一杯に押し下げると、ついて来た美鈴に「座れ」と指示した。

「えっ」

「このハンドルの上に、あんたが座っているんだ。体重をかけろ。そうすれば外側から操作しても、ドアは開かない」

「?」

美鈴は、半分わけが分からない表情のまま、長いレバー式のハンドルの上に短いスカートで腰かける。

「いいな、座ってろ」

黒羽は言いつけると、反対側の右サイドの乗降ドア（初めからクローズしている）に飛びついて、外の様子を見た。

ドアの小さな窓から見下ろすと。

下は、大変な騒ぎだ。

機体右サイドのカーゴ・ドアはすでにクローズし、流線型の機の横腹と一体化している。

大勢の兵士が、すぐ下まで押し寄せているが、どうすることも出来ず見上げている。

だが、

(すぐに、タラップを上がって来るはずだ――)

内側からの操作でしか動かないカーゴ・ドアを閉めた以上、中に乗っている人間が操作したと分かるはずだ。

〈貢ぎ物〉にする女優がコンテナを抜け出し、コクピットに忍び込んで、あちこちいじっているうちに赤札のついたスイッチに触れた――そう思ったかも知れない。

これで貨物室へは、外から入れない。

しかしタラップをつけた乗降ドアなら、外側からでも開けられる。あの子を、座らせておくくらいでは――

(………………)

どうする。

黒羽は、肩を上下させる。

おちつけ。どうすればいい……。

「…………」

周囲を、見回す。

機内の空間。

ボーイング767か。こいつは、飛行機だ。

（そうだ）

考えろ。

拉致されてコンテナ詰めで連れて来られた。

連中の手におちれば、わたしはたぶん、生きて日本の土を踏むことはない。

あの子たち――女子中学生たちは、どうなってしまう……!? 札束が舞い散るところと、
あの国会議員が札束を手にするところと、銃殺を見てしまった。水鳥あかねは『全員始末
する』と言う。

生きて、帰れる方法は――

そう考えかけた時。

がん、がんっ
何かが、機体外板を叩く響きと、岩谷美鈴の「きゃあっ」という声が聞こえた。

（タラップか……！）

振り向く。
がんっ
がんっ
ドアが、外から叩かれている。
乗降ドアの外側、タラップの上に、もう誰かが来ている。あの大きい脚立のようなタラップに兵員が上がって来て、外側操作ハンドルが動かないから、叩いているのか。
「玲於奈さんっ、きゃあ」
美鈴が悲鳴を上げる。
「姿勢を低くして、座っていろっ」
だが
がしっ
がししっ
乗降ドアの小窓が、外側から小銃の台尻のようなもので打撃され始めた。
やばい、あの小窓を割られて、手を入れられたら――
「――」

黒羽は、肩を上下させながら、周囲を見回した。

「――こいつは、飛行機だ」

そうだ。

イーグルとはだいぶ違うけれど、エンジンをかけて推力を出して、スピードつけて操縦桿を引けば、宙に浮く――

燃料が、どれくらいあるか分からないが。

黒羽は、無人だったコクピットの様子を思い浮かべる。

エンジンをかけて飛び上がって、とにかく機首を東か東南へ向ければ――いずれ日本の本州のどこかへ届くはずだ。方位は、計器を見れば、何とかなる。

後は。

がしっ
がしがしっ
「きゃあ、玲於奈さんっ」

「もちこたえてろっ」

黒羽は、怒鳴ると眉根を寄せて考えた。

考えろ。そうだ考えろ、エンジンだ。こいつのエンジンは、どうやってかけるんだ。

どうすればいい。

エンジンの、かけ方は――

――〈OPERATION　MANUAL　BOEING767―300ER〉

「――はっ」

猫のような目の女性パイロットは、視線を上げる。

操作マニュアルかっ。

い、い、
あそこにあった……！

だっ
黒羽はまた通路を蹴り、コクピット後方の床のカーペットを手で探った。

「れ、玲於奈さんっ」

「そこにいろ。必ず何とかする」

「な、何とかって」

「ちょっと下へ行くっ」

必死の形相の美鈴を残し、黒羽は床面のハッチを跳ね上げると、梯子に飛びついた。飛び降りるように下った。

767　床下電子機器室

スタッ

黒羽はMECの暗がりに降りると、周囲を見回した。

カーゴ・ドアが閉じて、真っ暗に近い。

暗闇に、電子機器を冷却する空調の音。機体尾部でAPU（補助動力装置）が廻っているから、機体に電力と高圧空気は供給され続けている。

あのマニュアルは――？

見回す。真っ暗なMECと、床下貨物室の空間。ネットで仕切られた向こうの貨物室では、二つのコンテナのシルエットが、蓋を大きく開いたままだ。

うぉおおお――

機体の外で、大勢の声がする。

この機体を取り囲んで、騒いでいるのだ。どうにかして、中へ入ろうと――

（あの乗降ドアの小窓が破られるのも、時間の問題だ。急がなければ）

どこだ。

あのオペレーション・マニュアル——床に散乱していたはず……。

だがその時、

頭上でパンッ、と乾いた破裂音がした。同時に「きゃあっ」という女子中学生の悲鳴。

しまった。

（……！）

破裂音と悲鳴は、天井からだ。

小窓を、銃で撃たれたかっ……!?

思わず視線を上げた時。

ぐわしっ

「●☆※！」

いきなり背後から、首を拘束された。筋肉質の腕が黒羽の首筋を拘束し、背後から締め上げた。

「……う、うぐっ!?」

し、しまった……！

苦痛。

圧迫。動けない。

黒い戦闘服の腕が、背後から黒羽の首を絞めあげていた。耳元で、荒い呼吸。

「おまえは、みつぎものだ」

微妙に変なイントネーションの日本語で、黒い戦闘服の主は言った。呼吸が大蒜《にんにく》臭い。

「そとへ、でるのだ」

「……う、ぐ」

しまった……こいつは、さっきコンテナを開けて調べていた黒戦闘服か……!?

背後に、忍び寄られていたのか……!

力が強い。黒羽はもがくが、駄目だ——抵抗出来ない……!

「さからえば、ころす。おまえがいきるほうほうは、みつぎものになるしかない。そこのはしごをのぼれ。そとへでるのだ」

「ぐ……」

くそっ……。

何か、反撃する方法は——

(……こいつ特殊部隊か)

なんて力だ、目の前が真っ暗になって目がちかちかする……くそっ

（くそ）

黒羽の右手が、腰へ伸びようとするが呼吸が出来なくて痙攣《けいれん》する。

「おとなしく、はしごをのぼれ。そとへでるのだ」

襲って来た黒戦闘服（特殊部隊員か）は、黒羽の首を片腕で背後から締め上げ、羽交い絞めのようにして梯子を上るよう強要する。

右の脇腹に、刃物の尖端が当たる感触。もう片方の手でナイフを突きつけている……？

「のぼれ」

どんっ、と背中を突き飛ばされ、梯子に叩きつけられた。

「うぐっ」

「さからえば、すぐにナイフでころす」

「…………」

黒羽は梯子にしがみつき、激しく呼吸した。

「のぼれ。ドアをあけて、そとへでるのだ」

だが、特殊部隊員は黒羽の背中をナイフで小突こうとして、一瞬、何かに足を取られた。

床に転がっていた何かに、つまずきかけたのだ。

「ウッ？」

背後で、一瞬動きが止まる。

今だ――！

黒羽は歯を食い縛り、上体を振り向かせると同時に腰のスタンガンを引き抜いた。前のめりになった黒戦闘服の首筋に叩きつけると、親指のスイッチを押し込んだ。

バリバリバリッ

「グワァッ!?」

バリバリッ

「グギャァアッ」

悲鳴に構わず、思いきり押しつけた。

ずだだっ

黒戦闘服の特殊部隊員は、そのまま物体のようにＭＥＣの床に転がった。

動かなくなった。

「……はぁ、はぁ」

黒羽は、スタンガンを下ろし、目をしばたいて床を見る。

そうか。散乱していたバインダーの一つに、こいつはつまずいたのか……。

呼吸を整えながら、膝をついて見る。

〈OPERATION MANUAL BOIENG767―300ER〉

これだ――。

「…………」

黒羽は、こげ臭い煙を上げている黒戦闘服を見た。死んでいるわけではない。後で息を吹き返されたら、面倒だ。

襟首を摑んで引っ張り、梯子の真下の外部気密ハッチまで引きずると、床のハンドルを両手で引き揚げて回した。ガコンッ、と床下ハッチが開く。粗いコンクリートの地面が覗いた。

動かない黒戦闘服を、そのまま頭から下へ蹴り出した。

どささっ
「外へ、出るのだ」

767　機内

「はぁっ、はぁっ」

外部気密ハッチを素早く閉めると、黒羽は分厚いバインダー式のマニュアルを脇に抱え、梯子を駆け登った。

通路のハッチへ出ると。

きゃあっ、と悲鳴が響く。

（――！）

見ると。

岩谷美鈴が、ドアの前の通路に尻餅をついて、悲鳴を上げている。

乗降ドアの小窓が破られ、そこからゾンビのように侵入して来た腕が、ドアの開放レバーを摑もうとしている。

「――くっ」

黒羽は床を蹴ると、マニュアルを放り出し、腰のスタンガンをいかつい迷彩戦闘服の腕に押しつけた。

バシッ
ぎゃっ、という声を上げて腕が引っ込む。

だが
パチ、パチ
「バッテリー切れだ」

火花の出なくなった黒い護身具を、黒羽は舌打ちして放り捨てる。

代わりに、黒羽は上着のポケットに入れて持って来た黒い物体を取り出す。たった今、特殊部隊員を床下気密ハッチから放り出す時に、その腰ベルトから奪って来たものだ。

ずっしりと重い。

「れ、玲於奈さん」

「心配するなっ」

黒羽は、黒い球状の物体を、アンダースローで破れた小窓から外へ放った。カン、コンッと重い金属球の当たって転がる響き。

ワッ、ウワッと悲鳴が起こり、乗降ドアの外のタラップにいた数人が慌てて駆け降りるのが分かった。

「手りゅう弾だ。使い方わからないし、爆発もさせないが——これで何十秒かもつ」

「………」

「走れ。行くぞ」

「行く……って」

「コクピットだ」

黒羽は、床のマニュアルを拾い上げると、少女を促して駆け出した。

「日本へ、帰るぞ」

8

767コクピット

「そっちに座れっ」

黒羽は、双発大型旅客機のコクピットへ駆け戻ると、右側の操縦席へ跳び込むようにつき、岩谷美鈴を左側操縦席に座らせた。

大型機では、本当なら左側が正操縦士の座る席らしい。しかし黒羽は戦闘機パイロットだ。イーグルと同じに右手で操縦桿、左手でスロットル・レバーを持つようにしないと、やりづらい。着陸脚やフラップの操作レバーも右側にある。この方が都合がいい。

「ベルトしめろっ」

「れ、玲於奈さん、いったい、どうするんですかっ……?」

色白の少女は、短い紺のスカートの上に三点式シートベルトを慣れない手つきで装着しながら、訊く。黒羽のやるのを横から見て、見よう見まねでガチャガチャと締める。

「こいつを飛ばして、逃げる」

「えっ」

少女は、切れ長の目を丸くする。

「でも、どうやっ……」

「わたしは女優じゃない。パイロットだ」

「えっ……?」

「マニュアルひらけ」

構わず、黒羽はバインダー式の操作マニュアルを放るようにして渡す。

「美鈴、日本に着くまで、あんたがわたしのアシスタントだ。いいか、マニュアルを開いて『ENGINE　START』って書かれた項を読めっ」

「えっ、えっ……?」

黒羽は、岩谷美鈴に操作マニュアルの項を捜させる間に、操縦席のシートを前後に動かして調整した。目の前に、ホイール式の操縦桿。パンツスーツの両足を伸ばすと、ラダー・ペダルがある。左手の届くセンター・ペデスタルに左右二本が一体となったスロットル・レバー。

計器パネルは、液晶式ディスプレーだ。

よし、何とかなる……。

「ええと――」

「あったかっ」

「ありますけど、英語です」

「中学生だろ。読めるだろうっ」

補助飛行場　エプロン

プシュッ

翼を広げる767の、機体左サイド。

丸っこいCF6エンジンの装着された、主翼下パイロンの内側を、尾部APUから配管で導かれた高圧圧縮空気が突き抜けると。
ヒュィィイイッ
エンジン内部で高圧空気スターター・モーターが目覚め、駆動ギア・ボックスを介して中心軸のコンプレッサーをぶん回し始めた。
ウィンウィンウィッ
続いて、
ぐりんっ
口径二メートルを超えるGE―CF6エンジンの、前面ファンも引きずられるように回転を始めた。
ぐりんぐりんぐりんっ
「ワッ」
「ウワァッ」
兵士たちがのけぞる。乗降ドアの小窓から放られた手りゅう弾に驚き、タラップから退避した兵たちは、回転する巨大なファンに驚いてさらに下がろうとする。
「ええい、何をしているかっ」

タラップを上がろうと、機体左サイドへ駆けて来た若い高級将校が、兵たちにぶつかって朝鮮語で怒鳴った。

「なぜエンジンが廻り出し――うわっ」

高級将校も思わず、顔を手袋の手で覆う。

CF6エンジンが、内部でドンッ、と燃料に着火して一気に回転を上げ、燃焼音と共に周囲の空気を猛烈に吸い込み始めた。

機体左サイドの前面にある物は、固定されていなければ残らず吸い込まれてしまう。兵たちが転がって伏せる。

キィイイインッ

ズゴォオオッ

高級将校はのけぞって踏みとどまる。

「え、ええいっ」

767　コクピット

「かかった！」

岩谷美鈴がつっかえながら棒読みする操作手順で、しかし黒羽は左エンジンのスタートに成功した。

三か所の離れたスイッチを操作する必要があったが、マニュアルに付属する計器パネル配置図を引きちぎって照合すると、すぐに見つかった。

キィイイイ――

左エンジンが圧縮空気に着火して燃焼を始め、排気温度がピークから下がってアイドリングに安定する様子が、中央計器パネルの液晶ディスプレーに表示された。左側の『N1』という緑色の扇形が、三分の一ほど開いたところで止まる。

黒羽はそれを一瞥するや、パンツスーツの両のつま先を踏み込んでパーキング・ブレーキを解除した。左のスロットル・レバーをぐいと前へ。

「出るぞっ」

キィイイインッ
ぐんっ、と前のめりになって機体が動き出す。しかし左の推力だけを出しているから、その場で右方向へぐるっ、と頭を振ろうとする。

「きゃあっ、玲於奈さんっ」

美鈴が舌を噛みそうになって悲鳴を上げる。

「も、もう片方の、エンジンはっ？」

「あんたがかけろっ」

黒羽は、右側サイド・ウインドーから下の様子を見やりながら怒鳴った。

「今、見てただろうっ。滑走路へ入るまでに、両方かかれば十分だっ」

さらにスロットルを出す。

ぐっ
エプロン内だが構わずに、最大に近い推力を出させると、黒羽は右のブレーキを踏み込んで767をその場で右サイドへターンさせた。

エプロン

「撃て、あの操縦室を撃──うわぁっ」

配下の兵たちに小銃を構えさせようとした下士官が、驚いて伏せた。

あろうことか、巨大な双発旅客機がかかった左エンジンの回転を急激に上げると、その場で右向きに一八〇度ターンしたのだ。翼端が宙に円弧を描く。凄《すさ》まじい熱風のブラストが、機体の回転に伴って、見えない巨人の腕のように周囲のエプロンをなぎ払った。

うわっ

うわぁぁあっ

小銃を構えて機体を撃とうとしていた兵士たちは、操縦席を狙うためにみな立っていたのでまともに十数メートル吹き飛ばされ、コンクリートの地面に叩きつけられた。

白いボーイング767は、左の主翼前縁で粗末な脚立式タラップを蹴倒すと、たちまち機体を回転させ、吹きさらしのエプロンを出て行こうとする。

「な、何をしているっ」

高級将校が叫んだ。

「あの飛行機を止めろ、トラックをぶつけて止めろっ」

その指示を待つまでもなく、エプロンの端に待避していた暗色のトラックが猛然とディーゼルエンジンをふかし、走り出した。運転席には、紺色ジャンパーの二人の男。

767は、滑走路へ接続する誘導路を、元来た方向へ走行して行く。しかしまだ左エンジンしか始動していない。どのような人間が動かしているのか分からなかったが、片方のエンジンだけで山間の短い滑走路から飛び上がるのは、不可能だ――

紺色ジャンパーの男たちが操るトラックは、荷台に白っぽい札束の塊の山を載せたまま、猛然と加速した。
　誘導路を行く767の、機体右サイドから追いついて行く。左サイドは廻っているエンジンのブラストで近づけない。だが右側から機体に追いついて、まだ始動していない右エンジンの前面ファンに、トラックの荷台から何か異物でも放り込んでやれば。始動と同時にエンジンは損傷し、飛び立てなくなる……。ハンドルを握る中国人が何か叫び、助手席の日本人が走行するトラックの運転席から身を乗り出して、ドアを開けて荷台へ飛び移ろうとする。
　その片手には、工具のスパナが握られている。
　だがトラックが走行する機体に追いつき、空転する右エンジンの真後ろからさらに加速して追い越そうとした時。
　ドンッ
　右エンジンが着火した。
　うわっ
　ぎゃぁあっ
　噴き出したブラストを至近距離でまともに受け、トラックの前面窓が不完全燃焼の黒煙と熱で真っ黒になり、吹っ飛んだ。

反射的にハンドルを切った中国人の操作で、暗色の軍用トラックはフル・スロットルのまま横転し、コンクリートの路面に激突し、そこをさらに767の両エンジンの噴射するブラストで押し転がされた。

ガラガラガラッ

「うぎゃぁああっ」

ボンッ

「閣下、大変ですっ」

下士官が、誘導路の先でひっくり返って止まり、エンジンから火を噴き出すトラックを指した。

「か、金を載せたトラックがっ」

767 コクピット

「かかりましたっ」

岩谷美鈴が、センター・ペデスタルのスロットル・レバーの根本にある黒いスイッチを右手で押さえながら叫んだ。

「右エンジン、かかった、かかった」

「上出来だっ」

黒羽は、スロットル・レバーを二本一緒に握ると、滑走路の位置を記憶の中で確かめながら767を走らせた。

「暗いっ。美鈴、着陸灯っ」

「えっ」

「〈LANDING LIGHT〉ってスイッチ！」

かろうじて照明されていたエプロンを脱出して来ると、前面窓は、真っ暗だった。闇の中へ分け入るようだ。

ここは、山間の秘密飛行場らしい。

照明施設と呼べるものはほとんどない。

後方で何かが爆発し、前方を炎の照り返しで照らしてくれたが、遠くまでは見えない。

「は、はいっ」

女子中学生は、ひざに広げた計器パネル配置図を急いで指で探る。

「ランディング・ライト、ランディング・ライト——ありました、ここっ」

だが美鈴は、頭上パネルのスイッチは、座席ベルトをしたままでは手が届かない。

「これかっ」

黒羽が手を伸ばし、頭上パネル左サイドのスイッチを前方へ叩くように入れる。

パッ
パパッ
前面窓の闇の中へ、二本の光芒が伸びた。

左右の主翼付け根に装備された、強力な着陸灯の光だ。

だが誘導路のセンターラインさえ無く、前方だけ照らしても、広大な闇のどこに、どちら向きに滑走路が伸びているのか分からない。

(――――くっ)

しかし、亡き祖父から受け継いだものか。天性の飛行の〈勘〉を持つ女性パイロットは、この機体がさっきひどい着陸をしてからエプロンに駐機するまで、地面の上をどちらへターンしてどれくらい走ったか、体感で覚えていた。その記憶を、必死に逆にたどった。

(こっちでいいはずだ。この先が、滑走路のはず……あったっ!)

星明かりに、目も慣れて来た。

エプロン

　ボンッ、と爆発音を上げ誘導路の先でトラックが燃え上がると、三人の壮年の高級将校たちが、一様に息を呑んだ。

「うぅっ」

「て、〈手当〉がっ……！」

「日本からぶんどった、十万人分の――」

「火を消せっ」

　若い高級将校が怒鳴った。

「ええい、早く消火しろ。金が燃えてしまうっ」

　そこへ
「閣下、報告します」

　戦闘服の下士官がやってくると、敬礼し報告をした。

「閣下。あのトラックに載っているのは、三分の一だけです。日本から我々の同志がぶんどって来た首領様への献上金は、まだ三分の一しか、荷降ろし作業を終えていませんでしたっ」

「何ぃっ」

若い高級将校は、誘導路から無灯火の滑走路へ入って行こうとする白い767を、睨み付けた。

「では、あれの貨物室に、まだ――」

「はっ」

「残り三分の二――少なくとも二〇〇〇億円以上が、あれに載っていると言うのかっ⁉」

「は、はっ」

「いったい」若い高級将校は、歯嚙みした。「いったいあれを、誰が動かしているのだ」

「わ、分かりません」

年かさの高級将校が言う。

「閣下。あ、あの中に乗っているのは、首領様に献上する日本からの〈貢ぎ物〉の女優と、日本人の女子中学生二十人だけのはずです」

「では、ここの兵たちの中に、首領様に盾突く〈反主流派〉の工作員が紛れ込んでいたに違いないっ」

若い高級将校は怒鳴った。

「〈貢ぎ物〉の日本の女優に、あのボーイングが動かせるはずはない。どこかから機密情報が漏れ、〈反主流派〉が献上金を横取りしようと工作員を紛れ込ませたのだっ。ええい、この不始末、偉大なる首領様にどうお詫びするっ⁉」

その言葉に、

「ひ」

「ひぃいっ」

「ひいいっ」

三人の高級将校は、震え上がって後ずさった。

「か」

「閣下っ」

「閣下、お慈悲をっ」

だが、

「お前の責任だ」

若い高級将校は、腰の拳銃を抜くと、三人の真ん中の一番年かさの高級将校の額をパンッ、と撃ち抜いた。

「ぐ」

どさっ

ひぇええっ

仰向けに転がった装飾だらけの軍服を目にして、震え上がってひれ伏す二人の高級将校を、『閣下』と呼ばれた長身の将校は怒鳴りつけた。

「貴様たち、さっさとトラックの火を消さぬかっ。あれは核弾頭を完成させる資金だぞ！」

「は」

「ははぁっ」

「ヘリを出せっ」

若い高級将校は、振り向いて自分の手下に命じた。

「ヘリであのボーイングの頭を押さえ込み、離陸させるなっ！」

767　コクピット

滑走路に入った……！

前面窓の下の、舗装の色が変わった。

黒羽は、右サイドへ機体をターンさせる。前輪が硬い舗装を踏んで行く。前面窓の視界に、着陸灯の光芒が伸びる。

粗い舗装の、やや幅広の一本道が闇の中に伸びている。

（――ここだっ）

しかし。

いったい、長さはどれくらいあるんだ……？

滑走路の向こう側の端までは、着陸灯の光が届かない。舗装路が伸びて行く奥は、ただの闇だ。

灯火が一切無いから、滑走路の長さが分からない。軍用の秘密飛行場だとか言った。着陸機がある時だけ、滑走路灯を点けるのか――？

「――くっ」

黒羽は、右手に握った前輪ステアリングのハンドルで機体を滑走路へラインナップさせながら、左手で〈ＦＬＡＰ〉と表示されたレバーを摑んだ。

フラップ（高揚力装置）か。離陸の時は、こいつをどうするんだ……？　もちろん使うのだろうが、レバーには数字のついたノッチがやたらたくさんある。Ｆ15も離着陸にはフラップを使うが、イーグルではフラップは〈開〉か〈閉〉の2ポジションだけだぞ……。

「取り合えず、〈10〉くらいにしておくか」

フラップ無しのクリーンの状態で、短い距離で離陸出来るとは思わない。

しかしきっと、下の方の〈25〉や〈30〉の位置は、着陸の時に、失速速度を限界まで遅くするために使うのだ。

離陸の時に大角度に出すと、かえって抵抗になりそうだ。

カシッ
もう〈勘〉だ。フラップ・レバーは、上から三分の一の〈10〉の位置にセット。油圧系統が即座に反応して、中央パネルのディスプレーで『FLAP』という棒グラフのような表示が、黄色くなりながら下へ伸びる。

それから、これが着陸脚のレバー——機体が浮いたら手前へ引いて、上げればいいんだ。

黒羽は、目で計器パネルを確かめる。速度表示は——？　こいつか。目の前の液晶ディスプレーの、左側のスケールだ。これはイーグルのヘッドアップ・ディスプレーと同じ表示方式だから、分かる。分からないのは離陸速度だ。このデカブツは、いったい何ノット出したら宙に浮いてくれる……？

分からない、〈勘〉で行くしかない。F15は、だいたい一二〇ノットで引き起こしをする。こいつは推力／重量比がずっと低いから、一二〇より多めの一三〇ノットくらいで引いてやれば、何とか浮くか——

それ以上は、悠長に地面を走っていられない。さっきの着陸の時の必死の急減速を思い出すと、この滑走路が長いとは思えない。

全長五十五メートルのボーイング７６７を、簡易滑走路の真ん中の舗装の継ぎ目に沿ってラインナップさせる数秒の間に、黒羽はそれだけのことを考えた。

（——あとは）

そうだ。

「機内放送は、どれだ」

「えっ」

「後ろの連中を座らせる」

黒羽は、コードを接続したままサイド・ウインドーの開閉ハンドルにかけてあった通信用ヘッドセットを摑むと、自分の頭に引っかけた。

「スイッチはこれか」

通信機のコントロール・パネルは、黒羽の左横、センター・ペデスタルにあった。〈ＣＡＢＩＮ〉と表示された選択スイッチを押すと、操縦桿の発話ボタンを握った。

「聞こえるかっ。こちらは操縦席だ」

黒羽は、後方のエコノミー客室にいるはずの、残り十九人の女子中学生に呼びかけた。

全員、座らせなければ——

「これから日本へ帰るぞっ。怪我したくなければ、全員席についてベルトをきつく締めろ」

言いながら、黒羽はいったんブレーキを踏んで機体を止め、左手で左右二本のスロットル・レバーを握り、思いきり前方へ進めた。最大推力。スタンディング・テイクオフだ。ファン・エンジンが加速し切るまで、ブレーキで機体を止めておく。右手はそのまま操縦桿を握る。

「行くぞ美鈴、つかまっていろっ」

山間補助飛行場　滑走路

キィイイインッ
真っ黒い山岳のシルエットを背景にした、灯火の何も無い飛行場の滑走路で、白いボーイング767は離陸ポジションでいったん停止すると、機体を止めた状態で双発のエンジンを全開させた。
まるで猛牛が闘牛士に向かって突進を開始する、その寸前の姿のようだ。
その両翼の前縁と後縁で、フラップ（高揚力装置）が中間位置まで展張する。コクピットでは、表示がグリーンに変わったはずだ。
ギィイイインッ
双発のＣＦ６が最大出力まで回転を上げると同時に、ブレーキがリリースされた。
７６７は突進する猛牛のように離陸滑走を開始した。
ゴォオオオッ
しかしその頭上に、
パタパタパタッ
エプロンを緊急発進したミル８ヘリコプターが、低空をやって来る。平たい両生類を思わせる機首を低くし、覆い被《かぶ》さって行く。
パタパタパタパタッ

9

ミル8　ヘリコプター

　パタパタパタッ

　補助飛行場のエプロンから緊急に離陸したミル8は、そのまま低空で進み、離陸滑走を開始しようとするボーイング767の機体に覆い被《かぶ》さるように迫った。

　機内には、操縦席に二名の操縦士だけだ。ミル8の機首は下面の左右にも大きく窓があり、滑走を開始した767の背中はすぐそこに見えた。

　しかし、どうすれば、これの離陸を阻止出来るのか。

「頭を押さえつけて、離陸を阻止しろ」

　人民軍ではかなり序列の高い、若い高級将校が飛び上がる前に慌ただしく言いつけたが。

　このミル8は、要人輸送用であり、固定武装はなかった。今夜の任務は、山間の秘密飛行場で日本から運び込んだ秘密の〈貢ぎ物〉と、同じ飛行機でコンテナに詰められて運ばれて来るはずの牛肉やまぐろ、キャビアやシャンパンなどを積み込み、それらをさらに山奥にある最高指導者の秘密の別邸まで輸送することだった。

操縦士たちは、困惑した。

予定では、荷を積み込んだらただちに出発するはずだった。『今夜中にお届けしろ』という〈厳命〉が下っていたからだ。その秘密の別邸は山岳の奥深くにあり、急斜面に無理やり造られたヘリポートへ降りるために、操縦士は二人とも暗視ゴーグルを付けて、山の尾根を越えて飛ぶルートの準備をしていた。

だがそこへ、「あの大型ジェット機の離陸を阻止しろ」と命じられたのだ。

〈反主流派〉の工作員が、機体を奪って逃げようとしている。

大事な〈貢ぎ物〉や、日本からの高級食材は、767の貨物室に載せられたままだと言う。それらがどれほど重要なものか、要人輸送に関わることの多いミル8の操縦士たちには、よく分かっていた。出来れば機体を壊さずに、止めた方がいいに決まっている。

「滑走路の向こうの端へ、降りるぞっ」

正操縦士が叫び、滑走路のこちらの端から走り出した白い機体の背をたちまち追い越して、機首を下げて低空で全速で飛んだ。

滑走を開始したばかりの大型ジェット機よりも、まだ空中にあるヘリの方が優速だ。滑走路は全長わずか一〇〇〇メートルしかない。このヘリが、滑走路の向こうの端に着地して障害物となれば、あの767を奪取した工作員は離陸をあきらめるに違いない——着地でなく、地面ぎりぎりの高さにホヴァリングしておいて、もしも止まり切れずにぶつかって来たら、ただちに飛び上がって避ければいい——

だが、

「よし、ここでターンだ」

ミル8が、一〇〇〇メートルの秘密滑走路の終端の真上へ先回りして、高度数メートルの宙で廻れ右をし、迫り来る767に対峙《たいじ》しようとした時。

「うっ」

「うっ⁉」

強力なランディング・ライトの二本の光芒が、ヘリの操縦室を正面から刺し貫いた。

真っ白な光。

二名の操縦士は、突然強要された発進に、自分たちが夜間山岳飛行用の暗視ゴーグルを付けたままであるのを忘れていた。一瞬、視界の全てが真っ白に染まって何も見えなくなった。

ズドドドドッ

何も見えない中、凄まじい轟音が迫る。

767　コクピット

「どけぇっ！」

左手でスロットルを壁に突き当たるまで出し、ラダー・ペダルで方向を維持しながら黒羽は叫んだ。

突然、頭の上をかすめるようにして背後から出現したミル8は、こちらを追い越した。両生類を想わせる平たい機体は、そのまま短い無灯火滑走路の向こうの端に先回りすると、高度数メートルでホヴァリングしながら回頭し、こちらを向こうとした。

妨害するつもりか……!?

ギィイインッ
767は左右のCF6エンジンを最大にふかし、文字通り最大推力で突進を開始している。シートに背中を押しつける加速Gと共に、暗闇が手前へ押し寄せる。

ギィイイイインッ
液晶ディスプレーの速度スケールがするする増加。

八〇ノット、九〇ノット――

(――！)

黒羽は息を呑む。

一〇〇ノット、一一〇――

もう、止まりようがない――！

「そこを、どけぇっ！」

きゃあっ、と美鈴の悲鳴。

闇の奥、白い着陸灯の光に浮かび出るように、旧ソ連製ヘリは浮いたまま回頭して、こちらへ向き直る。

だがふいに、その機体は急に何かにびっくりしたように、宙でふらついた。

フラッ

「――くっ」

黒羽は両手で、ホイール式の操縦桿を手前へ引いた。ちらりと見ると速度一二〇ノット。

失速するかっ……!?

ぶつけるよりはいい――！

「飛べぇっ」

ミル8

「わぁっ」

「うわぁあっ！」

視界が真っ白になって自分の姿勢も分からなくなったミル8の操縦士二名は、パニックに陥った。

ズドドドドッ！

顔のすぐ前に迫る轟音と気配に、正操縦士は悲鳴を上げながら本能的に操縦桿を左へ倒し、逃げようとした。

滑走路上　空中

機首を上げた767は、そのまま大きくピッチ角を取り、ふわりと浮揚した。

機体が軽いのが幸いしたか、失速はせず、左右のエンジンの最大推力に支えられるように、上昇角を取った。

ヴォッ

その機首のすぐ右横をすれ違うように、ミル８の機体が擦過する。

767　コクピット

「――――！」

機首が地面を離れ、宙に浮く感覚とともに前方視界が下向きに流れるのと、大きくバンクを取ったミル８ヘリが黒羽の右肩の横をすれ違うのは、ほとんど同時だった。

浮いたっ……！

当たったか⁉

いや、すれ違った……！

黒羽は、だが自分が機首を上げ過ぎたのに気づき、ハッとして操縦桿の引きを押さえる。

こいつは旅客機だ。二〇度以上も機首上げしたら、本当に失速してしまう――

ガタガタガタッ

同時に押さえる操縦桿が、根本から震え出した。左右の操縦席、両方ともだ。

きゃっ

美鈴がまた悲鳴を上げる。

「心配するなっ、こいつはスティック・シェーカーだ。失速が近いのを知らせてるだけだ」

戦闘機にも、似たような仕組みがある。黒羽は機首を下げる。下げると速度が回復し、操縦桿の振動も止まる。思った通りだ。もっとスピードをつけないと——そうだ、ギア……！

「忘れてたっ」

着陸脚の操作レバーに手を伸ばし、〈UP〉位置に上げた。

ミル8

「ぶ、ぶつからずに済んだぞっ」

とっさの左バンクで、767の巨体の突進をかわしたミル8ヘリコプターだったが。

二人の操縦士の視界は真っ白のままで、何も見えない——

ゴーグルを外せば良いのだ、と気づいて二人同時に顔から暗視ゴーグルをかなぐり捨てた時には、機体は九〇度も左へ傾いていた。

「わっ」

「うぉっ」

黒い山林が、左の窓に迫っていた。慌てて、操縦桿で姿勢を戻す。

姿勢が水平に戻る。

「た、助かった……」

後で、どのような叱責《しっせき》を受けるか分からないが。命だけは取り合えず助かった……。

だが二名ともがそう感じた瞬間。突然機体が反対側の右回りに宙でグルッ、と回転した。

夜の世界が、回転して逆さまになる――！

「な、何だ」

「何だっ」

ブワッ

操縦士たちは気づかなかったが、ミル８の機体は、すれ違ったばかりの７６７の翼端後流に入ってしまったのだ。大型機の主翼端が発生し引っ張って行く、見えない強力な下向きの渦に捉《とら》えられてしまった。

「わっ」

「うわぁっ」

補助飛行場　エプロン

「へ、ヘリがっ」

「閣下、ヘリが……！」

ミル8が、離陸する767を止めようとして止め切れず、すれ違った直後に空中でひっくり返って山林に突っ込んで行く様子はエプロンからもはっきりと遠望出来た。

ドカーンン——

爆発音は、閃光《せんこう》と炎が上がってから数秒して届いた。

「——ううぬっ」

将校や下士官、兵たちを後ろに従え、その光景を睨んでいた若い高級将校は、脱いだ手袋を地面に叩きつけた。

「〈反主流派〉の奴らめっ」

人民軍の幹部たちは、まさか〈貢ぎ物〉として日本からさらわれて来た一人の『女優』が、彼らの特殊部隊員を倒して767を動かし、飛び去ったのだとは想像もしていない。

自分たちの配下の兵隊の中に、現体制に反抗する勢力の工作員が紛れ込んでいて、それが（それらが）隙を見て現金と献上品の載った機体を奪ったのだ――そう考えていた。また、そう考えるのが自然であった。

「防空司令部へ、ただちに連絡せよ」

若い高級将校は、横でうろたえている壮年の将校に命じた。

「わが国のすべての対空ミサイル、迎撃戦闘機を動員し、あの旅客機を確実に撃墜せよ。どこへも逃がしてはならぬ」

「げ」

将校は驚いて、訊き返す。

「撃墜するのですか」

「そうだ」若い高級将校は、ためらいなくうなずく。「〈反主流派〉の奴らに、二〇〇〇億円もの現金を渡してはならぬ。渡すくらいなら、撃墜して全部燃やしてしまえっ！」

長身の高級将校は、誘導路の上でまだ燃えているトラックを、苦々しげに見やった。

「あの機体を奪った工作員を、絶対に生かして逃がすな」

第Ⅲ章　エースはここにいる

1

朝鮮半島　上空

秘密飛行場を離陸した、767のコクピット。

しかし、

高度を、上げるな……！

また〈勘〉のようなものが命じ、黒羽はハッとして操縦桿を押さえた。

ぐっ

（――！）

真っ暗闇の前方視界が上方へ流れ、機首が下がる。

身体《からだ》が浮きかける。機首は下がる。だが機体の姿勢が分からない――!?

戦闘機パイロットは、ふつう外を見て機を操縦する。しかし前方は真っ暗闇でほとんど何も見えない。

月が無いのだ。

大地のどこにも、何の灯火も無い。

暗い。

何だ、この国は。

地平線も分からないから、機の姿勢コントロールは、体感でやるしかない。しかしそれではバーティゴ（空間識失調）に陥る危険がある。こういう時は、計器を見なければ――

「くそっ」

黒羽は計器を参考にしつつ、機首を下げた。

キィイイン――

着陸脚を上げたばかりの機が頭を下げ、低空で水平飛行に入る様子は、黒羽の目の前の液晶ディスプレーの姿勢指示計器と、高度スケールの動きによって分かった。

ピッチ角、水平。

高度スケールが止まる。水平飛行。

スロットルを絞る。速度、二〇〇ノット――

フラップはどうする……。出していると抵抗になる、上げてしまえ。主翼をクリーンにしても、二〇〇ノット出ていれば、失速することは無い――

レバーを操作する。

「――はぁ、はぁ」

黒羽は、計器を頼りに機の姿勢を水平に保って、呼吸を整える。

そうか。

額をぬぐった。

ここは、北朝鮮だ――

ここはいまだに、韓国（国連軍）と戦争状態にある地域だ。

灯火の全く見えない大地。

本当に暗い。山地か、荒れ地なのか。

ここは、半島のどの辺りになるんだ……。

降りた滑走路を逆向きに上がって、取り合えずまっすぐに飛んでいる。機首方位は――

これか。マップ画面が、姿勢や高度を表示する画面の左横——内側にある。

針路〇九〇。

東へ向かっている——しかし、上空を監視する防空レーダーに引っかかれば、地上には地対空ミサイルのサイトが多分あちこちで空を向いている……。

ヘリコプターをぶつけてでも、下の連中は、この機の離陸を阻止しようとして来た——

(————)

液晶ディスプレーの高度表示を見る。

三〇〇〇フィート(九〇〇メートル)。

駄目だ、高すぎる。レーダーをかいくぐるには、もっと地面を低く這《は》わないと——

(少し、降下しよう)

機首を下げて、もっと低く這って、何とかしてこの半島から脱出……

いや待て。

黒羽はまたハッ、とする。

(待て——この三〇〇〇フィートって、海面からの高度だ。この辺りの地形は)

そう思った時。

微《かす》かな星明かりの下、前方視界の奥から、黒い盛り上がりのようなものがぬううっ、と押し寄せると、

ビーッ

警報音と同時に、天井から音声警告が鳴り響く。

『テレイン、テレイン』

警告と同時に、黒羽の目の前の姿勢指示計器に『PULL UP』という赤い表示が出て、明滅した。姿勢指示の下の電波高度計のデジタル数字が吹っ飛ぶように減る。

『プルアップ、プルアップ』

や、山かっ……!?

「──うっ」

とっさに右手で、操縦桿を引いた。同時に左手でスロットル・レバーを全開。

きゃっ

左席で呼吸を整えていた岩谷美鈴が、また悲鳴を上げる。

機首上げ。プラスG。ぐううっ、と真っ黒い模様のようなものが視界を下向きに流れ、稜線らしき岩壁が着陸灯の光の中にうわっ、と現われるとすぐ足の下に隠れた。

飛び越した……!?

ずんっ、と空気のクッションのようなものが一瞬だけ機体を押し上げた。

(山か、今のは……!)

一瞬だけ主翼に『地面効果』がかかった。すれすれで飛び越したのかっ……。

山間部　補助飛行場　エプロン

「何をやっているっ」

吹きさらしの広場となったエプロンの中央、アンテナをたくさん立てた指揮司令車の中で、若い高級将校が軍用無線電話に怒鳴り付けていた。

「あれは今、ここを飛び立ったばかりだぞ。ただちに地対空ミサイルで撃墜せよ。何!?」

通話先は、人民軍の防空司令部であった。

いきり立つ長身の将校のそばで、二人の高級将校がおちつきない目つきで見守っている。

「――」

「――」

もともと、〈ピースバード作戦〉は、極秘のプロジェクトであった。

遠く平壌にいる軍の防空司令部の、一般士官である指揮官が、急に『たった今山間の秘密飛行場を飛び立ったボーイング767をただちに撃墜せよ』と頭ごなしに命じられても、わけが分からないのは無理も無かった。

共和国人民軍防空司令部からの回答は『そのような飛行物体は、現在レーダーに探知されていない』であった。

「低空で、山の稜線の下を飛んでいるのだっ」

若い高級将校は怒鳴った。

「小賢《こざか》しい工作員が、操縦しているに違いない。すぐにルックダウン能力のあるミグ29を、全機発進させて半島東沿岸を捜索させせよ！　見つけ次第、撃墜せよっ」

だが、

『ええ、閣下。ミグ29飛行隊は、ご存じの通り首都防空の任についております。ご命令の出動に割ける機数は限られ、東部までは時間もかかり――』

電話に出た現場の当直指揮官は、口ごもる。

「言い訳はいいっ」

将校は怒鳴り付ける。

「さっさと出動させろ」

『はっ、ええ——あ、ちょっとお待ち下さい。防空司令官がお話しになりたいそうです』

電話の向こうの相手が、代わった。

するとと、

『ミグ29はお断りします』

平壌の防空司令部の司令官は、いきり立つ若い高級将校よりも遥かに年かさであった。

丁寧な口調だが、断わって来た。

閣下、と一応へりくだっては見せたが——

『もちろん、我が共和国領土の上空を、閣下のおっしゃるような未確認機が本当に飛行しているのであれば、レーダーで探知し次第、ただちに無慈悲なる地対空ミサイル攻撃によって撃墜致します。叩《たた》きおとしてご覧にいれます。しかしお言葉ですが、我が共和国の誇る最新鋭ミグ29飛行隊は、首都防空のために配備しております。そのようなわけの分からぬ秘密作戦の、尻拭《しりぬぐ》いに使われては、たまりません。もしもこの隙《すき》に、米帝や南が首都を襲って来たら、どうするのですか』

「何をほざいているっ。あれを逃がしたら、〈反主流派〉の奴らの手に大金が——」

若い高級将校は怒鳴り付けるが、

『本官の敵は、南朝鮮とアメリカであります』

防空司令官は、若い将校がいきりたつほど、電話の向こうでわざとゆっくり言った。

『とにかく。あなた様は家柄もおよろしく、実力があると評判なのですから、ご自身の支配下の兵力だけで、始末をおつけになったらいかがですか。その方が、評判もさらに上がると』

「ううっ」

高級将校は電話を切り、せっかくはめた手袋をまた床に叩きつけた。

「か、閣下」

そばにいた将校が、汗をかきながら上着のポケットに手を入れた。

「お、落ち着かれて、ご一服されてはいかがで――」

だがその手が震えていたので、軍服のポケットから取り出した外国煙草《たばこ》の箱と一緒に、札束が一つ床にこぼれおちた。

ばさっ

「あっ」

767　コクピット

「な、何だったんですか今の――!?」

左側操縦席で、肩を上下させながら美鈴が訊《き》いた。

切れ長の目を、見開いている。

衝突は免れたが、前方からは目が離せない。

ゴォオオオッ
767は、眼前に迫った山の尾根をいったんは飛び越したが、黒羽の操縦で再び機首を下げ、裾野の斜面とおぼしき地表面すれすれを這うように飛んでいた。

ゴォオオオッ
エンジンの爆音が、足の下から反射して聞こえて来る。

「今のは」

黒羽は、操縦に集中していた。

液晶ディスプレーの高度スケールは、〈気圧高度計〉で、海面からの高さしか表示しないので役に立たない。姿勢表示の真下にくっついて表示される、デジタルの〈電波高度計〉だけが頼りだ。

しかしそれも、機体の真下の地面との間隔を測定するだけだ。前方の地形の様子を教えてはくれない。

くそっ……。

「今のは、山だ。見たろ」

黒羽は前方に目を凝らし、電波高度計のデジタルの数字が『三〇〇』から増えも減りもしないように、機をコントロールしていた。

急に、地表面が上がって来れば――また今みたいにGPWS（地表接近警報）が作動してくれるとは思うが……。

「どうして、こんなに低く飛ぶんです」

「高度を上げて稜線の上に出たら、防空レーダーに見つかる。SAM《サム》が飛んで来るぞ」

「えっ、外人の男が飛んで来るんですか？」

ピッ

美鈴が、わけが分からない、というように首をかしげた時。

ピピッ

左右の操縦席に、それぞれ2面並んだ液晶ディスプレーの内側のマップ画面に、何かが表示された。

〈EGPWS CONTOUR MODE〉

黄色い文字が点滅すると、マップ画面に、自機を表わす三角形のシンボルを中心にカラーの等高線のようなものが一面に浮かび出た。

ぱっ
「あっ、地図が変わった」

「？」

目をやると。

黄色い文字は、マップ画面の上で点滅している。

〈EGPWS CONTOUR MODE〉

黒い中に、自機の位置と方位だけが表示されていたマップ画面が、カラフルな様相に変わっている。一面に緑・黄・赤のうねるような曲線。

（これは）

黒羽は目を見開く。

気象レーダーが、何かの弾みに作動したのではない。

これは——地図の等高線じゃないのか……？

黒羽は知らなかったが。

今、地表接近警報が作動したせいで、767のフライト・マネージメント・コンピュータ（FMC）が自動的にマップ画面を〈等高線モード〉に切り替えたのだった。

767のFMCは、地球の表面の地形を、およそ地図になっているところはすべて、データベースとして記憶していた。全地球測位システム（GPS）で測定した自機の位置座標をもとに、自分の周辺の地形をマップ画面にカラーの等高線で表示出来るのだった。地表への意図しない接近を、回避するのが目的だ。

（しめた……！）

黒羽は、猫のような目を見開く。

こういうものがあるとは、聞いていたが——

CONTOUR《コンター》というのは、等高線のことだ。マップ画面の上、自分の機の位置を示す三角形の周囲に、低いところは緑、やや高い丘陵地は黄色、尾根や山頂などピークになっているところは赤色で等高線が描かれ、機の進行にしたがって上から下へ少しずつ動いている。

進行方向は、さっきから〇九〇度——真東へ向かっている。

「助かった」

黒羽はつぶやいた。

「これで、地形追随飛行が出来るぞ」

「えっ……？」

「美鈴、海は、どっちだっ」

黒羽は前方の地形も把握しながら、電波高度計三〇〇フィートを保って操縦桿を操った。

この先、ちょうど一〇マイルのところに、また山の尾根がある。右か左、どちらかに廻り込まなくては——

「わたしたちは、降りた滑走路を逆に上がって、今、東へ飛んでいる。分かるか、マップ画面のレンジを上げて、低空で海岸線へ出られる道筋を探せっ」

2

山間部　補助飛行場　エプロン

「ただちにウォンサンの空軍基地へつなげ」

大型の軍用指揮司令車の中。

若い高級将校が、手にした拳銃を下ろしながら、無線機に向かう通信士官に命じた。

床には、札束を取りこぼした壮年の高級将校が、俯《うつぶ》せで転がっている。

「あそこの基地なら、俺の支配下だ。ただちに保有全機を出動させる。地図をもてっ」

「は、ははっ」

残る一人の高級将校が、震え上がりながら横の作戦士官に「おい地図だっ」と指示する。

その横を、戦闘服の下士官が動かない床の軍服を引きずって片づけていく。

ずるずるずるっ
「地図をおもちしましたっ」

ただちに、作戦士官の手によって、司令車の作戦図台の上に周辺地域の詳細地形図が広げられた。

ばささっ

朝鮮半島の北部。

半島東側の海岸線の複雑な地形と、それに内陸から繋《つな》がっていく山地の様子が、台上に大きく広がる。

「────」

「────」

司令車にいた幹部たちが、全員で覗《のぞ》き込む。

「これを見ろ」

長身の高級将校は、指揮棒を取り上げてコン、と地図の一点を叩く。

「この飛行場の位置は、ここだ」

長身の将校は、その山地の一点から、等高線の低くなっている谷間のようなところを選んでズリズリと指揮棒でたどり、海岸に出たところでカンッ、と叩いた。

全員が、注目する。

「〈反主流派〉の工作員は、あの767を低空で飛ばし、レーダーに探知されにくいこのような稜線の陰をたどって、海岸へ出ようとしている。その公算が大きい。なぜならば」

「――」

「――」

「我が領土内のいずれかの飛行場へ降りようとすれば、あのように目立つ機体である。すぐに存在が知れる。だがこうして海へ出て」

コツ、コツと指揮棒が複雑な地形の海岸線を叩く。

「海底の浅いところを、あらかじめ調べておいて着水し、いったん機体を沈める。そこへ〈反主流派〉の仲間が漁船で急行し、ダイバーを飛び込ませ、夜間の漁に偽装して海中から金を引き揚げる。このようにすれば奴らは大金を手に出来る」

「おう」

「おぉう、なるほど」

「あの日本からぶんどった〈手当〉は、機体が不慮の事態で海底に沈むことがあっても引き揚げが可能なように、日本を出る時からあらかじめ防水ビニール・パックを施してある。〈反主流派〉の奴らは、そこまで情報を手に入れ、計画していたのだっ」

「で、では、ただちに海岸線の警戒を」

「その通りだっ」

高級将校はうなずく。

「枝分かれする谷をたどり、海岸へ出るルートは、このように無数にある。ウォンサンの全戦闘機を上げ、海岸線を警戒させよ。奴らが山地から海岸へ出て来るところを――山の陰から出て来る低空飛行の飛行物体を、捜させろ。見つけ次第撃墜せよ」

「はっ」

「はっ」

将校たちが、連絡のために散ると。

「閣下」

中へ入る許可を得たのか、司令車の床に足音をさせ、黒い戦闘服の二名がやって来た。

カツッ

若い高級将校の前に並ぶと、威儀をただし敬礼した。

それぞれが悲痛な表情に見える。

「閣下っ」

「か、閣下っ」

特殊部隊員の二名は、泣きそうな顔で言った。

「わ、我々がいながら。あのジェット機を行かせてしまいましたっ」

「まことに申し訳ありませんっ。死んでお詫《わ》びを――」

だが、

「待て」

若い高級将校は、拾った手袋をはめながら言った。

「お前たち特殊部隊員が、いつでも国のために命を捨てる覚悟でいることは、よく分かっている。死んで詫びなければいけないのは、ああいう奴だ」

長身の将校は、装飾の多い軍服が片づけられて行った方を、顎《あご》で指した。

「お前たちは、よく戦っている」

「――」

「――」

言葉をかけられ、特殊部隊員二名は、すすり泣きを始めた。

「負傷した仲間の具合は、どうか」

「は、ははっ。首筋に電撃を受け、まだ意識を失ったままです」

「不覚であります」

「いや、お前たちの仲間を倒すとは、相手は相当な手練《てだ》れだ。だが安心しろ、〈反主流派〉の奴らは間もなく撃墜し、一人残らず始末してくれる」

朝鮮半島　東海岸付近

ゴォオオオッ

月のない、闇夜の山中に、ＣＦ６エンジンの爆音がこだまする。

稜線よりも低く、機影がやって来る。

白いボーイング７６７。翼長四十八メートルの主翼を連続的に滑らかに傾け、丸っこい胴体をくねらせるようにして、人家も灯火もまったくない谷間を対地高度九〇メートルで通過して行く。

速度、二五〇ノット（時速約四五〇キロ）。

ドゴォオッ

地表付近を、大型航空機がこのような速度で飛ぶことは、通常ない。主翼が発生する揚力によって左右の翼端の後方には〈渦〉が形成され、それが機体の通過した後、横向きの竜巻のように谷間の草原をなぎ払った。

野生の山羊《やぎ》の群れが驚いて目を覚まし、逃げ散るが巻き込まれて吹き飛ばされる。

ブワッ

767 コクピット

「海へ出たっ」

真っ黒い盛り上がりを避けながら左、右へと機体を傾けて十数分も飛んだだろうか。

黒羽が手動で操縦する767は、対地高度三〇〇フィートをキープしたまま山岳地帯を抜け出し、海岸線へ出た。

ぱっ

視野の左右から、黒い不気味な盛り上がりがすべて姿を消し、代わりに星明かりを微かに反射して、水平な黒い面が目の届くかぎりに広がった。

「――ふう」

猫のような目をしばたかせ、二十五歳の女性パイロットは、息をついた。

わたしでも、さすがにしんどい……。

低空での地形追随機動が、怖いのではない。隣の岩谷美鈴に「マップ上で前方の黄色と赤の位置を教えろ」と指示して、とにかく緑色がいつも目の前にあるように飛行した。そうすれば『廻れ右』でもしない限り、いつかは半島の東海岸のどこかへ出る。

　しんどく感じたのは、機体の反応が鈍いことだった。大型旅客機だから、こんなものなのだろうが――F15に比べて、コントロールに対する反応が凄《すご》く遅い。ホイール式の操縦桿を左に切ってから、主翼が左へ傾き出すのに一秒半くらいかかる感じだ。

　もっとも、地形追随飛行を十分以上も続けたことで、その操縦感覚にもだいぶ慣れた。機体が軽いせいか、思ったよりも推力に余裕はある。これならば、軽いＡＣＭ（空戦機動）の課目でも試してみられそうだ――やる気はないが。

「ここは、どこだ……？」

　黒羽は見回す。

　ズゴォオオッ
　足の下から反射して来る音が、微妙に変わる。海岸から、水面の上へ完全に出たのだ。

「……どこなんでしょう……？」

　左の席で、岩谷美鈴も伸びをするようにして、コクピットの窓の視界を見渡すが。

　すぐに「ふう」と息をついて、シートにもたれ込む。

　肩で息をする。

　少女は『精魂尽き果てた』感じだ。

　でも、よくパニックにならずに、手伝いをしてくれた――

気の強い子だ。

ここが半島の海岸線のどこなのか、分からなかった。センター・ペデスタルの、電卓のようなFMCのキーボードの窓に、緯度と経度で現在のポジションは表示されている。GPSが、衛星とリンクしているのだ。衛星の電波は受信出来ている。でも、航空地図がない。

(とりあえず東南東だ)

黒羽は、とりあえず機首方位を一二〇度——東南東へ向けた。

こうしておけば、いつかは日本海を渡って、本州のどこかに当たる。

(——後は、燃料がもつかだが……)

中央計器パネルの液晶ディスプレーの下の方に『FUEL　一〇・〇』という表示。

一万ポンド——なのか……？　これは多いのか、少ないのか。

イーグルなら、節約して二時間飛べる量だが……。この７６７は、どれくらい燃料を食うのだろう——？

だが、

「高度は、低いままで行く」

黒羽は言って、操縦桿を押し、さらに電波高度計が『二〇〇』になるまで高度を下げた。

「防空レーダーに、映らないに越したことはない」

燃料消費は多いが、仕方がない。

地対空ミサイル（ＳＡＭ）の射程距離は外れても。

まだ防空指揮所に要撃戦闘機を指向されたら、追いつかれる範囲だ。

「北朝鮮は、出たんですか？」

隣で少女が訊く。

「あたしたち、脱出できたんですか？」

「陸地は出た。でも沿岸から十二マイルまでは、まだ領空だ」

黒羽は、油断なくピッチ姿勢を調整して言う。

ゴォオオッ、と足下から反響する音が、少し大きくなる。

着陸灯の光芒が、黒い前方空間に吸い込まれる。

「さらにその向こう、二〇〇マイルくらいまでは北朝鮮の〈防空識別圏〉だろう。しばらくはこのまま海面を這って行く」

「…………」

「心配するな、もう山はない」

そう言うと、黒髪の少女はまた「ふうっ」と息をついて、左側操縦席にへたり込んだ。

「よくやった」

黒羽が、計器から目を離さずに言うと、

「嘘《うそ》」

少女は、へたり込んだまま、黒羽の横顔に言う。

「玲於奈さん、嘘。本当は出来たんでしょう」

「――ん？」

「本当は、自分一人で、何もかも出来たんでしょう。エンジンかけるのも――あたしにあやって手伝わせたのは、パニックになって暴れ出されるより、仕事を与えた方がいいって、そう思ったからなんでしょう」

大人びた口調で言う。

「そうかな」

黒羽は、首をかしげる。

そうだったか……？

「きっとそう。でも、いいわ」

「あたしのことを、気にいって横に座らせてくれた。そんな感じがしたから、いい」

「？」

「玲於奈さん、でもどうして、飛行機が操縦出来るんですか」

少女は、率直な疑問を口にした。

まだ、秋月玲於奈だと思われている。

説明する暇もなかったが……。

「わたしは――」

黒羽は、唇を嘗《な》めた。

計器からは、目を離せない。海面上二〇〇フィートだ。

「――わたしは、秋月玲於奈じゃない。女優をしているあれは、双子の妹だ」

「……えっ」

「誰にも、言ったことはない。でも実は、あんたが思っている『女優』をしてるのは、双子の妹だ。あれは妹の露羽。わたしは鏡黒羽。わたしは、航空自衛隊の戦闘機パイロットだ」

「………」


「？」

少女は、切れ長の目を丸くして、黒羽を見た。

かがみ、くろは……と名前を繰り返す。

「それじゃ、どうして、ドラマの〈女刑事〉そのものの格好をしてらっしゃるんですか」

「それは、いろいろある」

黒羽は息をつく。

いろいろある。

本当に、今日は一日、いろいろなことがあった――

思い出したくもない。

「小松の市内で、昼間、たぶんわたしは妹と間違われ、襲われた。わたしはあの国に運ばれ、誰かへの〈貢ぎ物〉にされるところだったらしい」

「…………」

「あんたたち〈訪問団〉は、たぶんあの金を積んで北朝鮮へ運ぶチャーター機を出すための、隠れ簑《みの》か口実にされたんだろう」

「…………」

口実か、隠れ簑……。

あの女国会議員——
黒羽は、ふと思った。
（——）
水鳥あかね。
ＴＶにもよく出ている。
あれは、本当に日本の政治家なのか。あいつの正体は、何物……。
——『日本人は駄目っ』
金切り声が、嫌でも蘇《よみがえ》る。
このピースバードを仕立てたのも、あの女議員だという。
あの貨物室の大量の金——何なのだ。
いったい、全部でいくらあったのだ……？
誰かが〈手当〉と呼んだ気がする。
〈手当〉……？

どんな意味なのだろう——

地形追随飛行の緊張が、解けたからか。

(——あの女……)

黒羽は、思いをめぐらせて数秒間、周囲への注意力がおろそかになった。

きゃ、きゃあっ

岩谷美鈴の悲鳴に、ハッと気づいた時には遅かった。

ぐわしっ

「——うぐっ!?」

苦痛。

突然、筋肉質の強力な腕が、操縦席の背後から襲いかかり、黒羽の首筋を締め上げた。

同時に脇腹《わきばら》にナイフの感触。

ぐっ

「もどるのだっ」

妙なイントネーションの日本語。大蒜《にんにく》臭い息が、左の首筋に吹きかけられた。

「共和国へ、もどるのだ」

3

767　コクピット

「共和国へ、もどるのだっ」

強力な筋肉質の腕が、操縦席の背後から黒羽の首筋を締め上げた。

同時に、脇腹にナイフ。

「――うっ」

背後につかれた……！　黒羽は、操縦桿を摑《つか》んだまま、どうすることも出来ない。身動きも出来ない。呼吸も――

くそっ。

こいつは……!?

きゃあぁっ、と左席で岩谷美鈴が悲鳴を上げる。

「共和国へ、もどるのだ〈貢ぎ物〉。旋回してもどれ」

「――！」

黒羽は、操縦桿を前へは押さないよう気を付けながら、顔をしかめ、視線を下げて自分の顎を締め上げている腕を見やった。

黒い、戦闘服……？

特殊部隊……!?

しかし、床下で自分を襲ったあの特殊部隊員は、スタンガンで気絶させ、MECのハッチから蹴《け》って放り出したはず……。

まさか。

こ、い、つ、は。貨物室の中に、も、う、一、人、残っていたのか……!?

MECの梯子《はしご》を、上がって来たのか。しまった、脱出する時から、コクピットのドアは開けっぱなしだった。こんなことになるとは――

「――わ、わたしを殺せば、あんたも死ぬぞ」

黒羽は、空気をむさぼるようにしながら、背後の男に言った。

「窓の外を、見ろ」

ズゴォオオオッ

暗闇の中、黒い海面が着陸灯の光に浮き上がる。猛烈な勢いで前方から足の下へ吸い込まれて来る。

ゴォオオッ
近い……⁉

こいつのせいで、無意識に操縦桿が押され、さっきより少し下がったか……？

（……！）

黒羽は目を剝《む》く。

ピッチ姿勢が下がっていた。反射的に操縦桿を引こうとするが、男の腕が邪魔だ。やばい、電波高度計が『八〇』――⁉

いつの間に、下がった――

この速度で、海面に接触したら……。

だが、

「しぬのは、こわくない。いのちは、首領さまと祖国にささげている。おまえこそ〈貢ぎ物〉にならないなら、ここでしぬのだ」

特殊部隊員も、荒い呼吸を次第に速くする。

空気が震えている。

ズゴォオオオオッ

足のすぐ下を、猛烈な疾《はや》さで海面が走っていることは、もう肌で感じられる。

きゃぁっ、とまた美鈴が悲鳴を上げる。

ナイフの刃が、黒羽の顔の前に回って来た。

ぎらり
「もどらないなら、ここでしぬのだ」

「……うっ」

冷たい刃が、頬《ほお》に。

「ここでし――」

だが特殊部隊員は、最後まで言えなかった。

その時、
ドンッ!

凄まじい衝撃と閃光《せんこう》が、突然右横から襲うと、機体を宙に押しのけるように炸裂《さくれつ》した。

ドカンッ

朝鮮半島東岸沖　海面上

ズゴォオオオッ

一機のミグ21戦闘機が、高度三〇〇フィートで海面上を突進しながら、左翼下に吊《つる》したもう一発のアトール熱線追尾ミサイルを前方四キロの〈標的〉へ照準した。

ジィイイッ

これは二発目だ。

「……なぜ外れたのだ？」

たった今、発射したばかりの一発目は、なぜか外れた。超低空で逃げる大型ジェット機のエンジン排気熱を良好に追尾したが、〈標的〉の機体のエンジンの真後ろについた瞬間、見えない渦に巻き込まれたかのようにきりきり舞いし、右横へそれて近接信管で爆発した。

「……？」

距離が、遠かったのか。

単座の操縦席につく搭乗員は、そのような大型機を、真後ろから追尾した経験はなかった。旧ソ連製アトールの実弾を発射したのも、これが初めてだった。

ウォンサンの空軍基地で待機中に『緊急出動命令』が出たのは十五分前だ。偉大なる首領様に盾突く〈反主流派〉工作員が、共和国の資産である大型ジェット機を奪取して逃げた。ただちにこれを撃墜せよ――

その機は、山岳地帯の谷間を縫って、海岸線へ出て来るはずだから『見つけ次第撃墜せよ』と命令をされた。また今回の〈標的〉は非武装なので、二機編隊を組む必要はなく、単機ずつ散ってなるべく広範囲を捜索しろという。

人民軍の主力戦闘機であるミグ21には、しかしルックダウン索敵能力はない。自分よりも下の高度を、陸地や海面に張り付くようにして逃げる飛行物体は、探知出来ない。

搭乗員はしかたなく、一緒に発進した僚機と分かれた後、海岸線近くの海面上を自分も超低空へ降りて、旋回しながら目視で監視をした。すると間もなく、海岸沿いの谷の一つから、丸っこい印象の胴体を持つ双発大型ジェット機が本当に飛び出して来た。

あれか。

レーダーは山を背景にしていて〈標的〉を捉《とら》えられなかったが、目視で分かった。その大型機は、前方を探るように着陸灯を点《つ》けていた。

ミグ21は、アフターバーナーに点火してただちに追跡し、撃墜を命ぜられた〈標的〉の後ろ上方に占位すると、三角形の主翼の下に携行する熱線追尾ミサイルを発射したのだった。

しかし一発目は、見えない渦に弾かれたように、それてしまった。

二発目は、どうだ。

「…………」

搭乗員は、操縦桿のリリース・ボタンに指をかけ、ジィイイッという赤外線シーカーの熱源捕捉《ほそく》トーンが最大になる瞬間を待った。

767　コクピット

「ぐわっ⁉」

ドンッ、と機体を右横から衝撃が襲った時。コクピットは斜め下から突き上げられ、瞬間的に無重力状態になった。固定されていないものがすべてフワッ、と宙に浮いた。

何が起きたのか。分からなかった。だが黒羽の首筋を羽交い絞めにしていた特殊部隊員も宙へ放り上げられ、一瞬締め上げる腕の力が緩んだ。

「——放せっ、うぐ」

黒羽はとっさに、左手で黒い戦闘服の腕を払いのけると、右手で操縦桿を引いた。

『プルアップ　プルアップ』

再び地表接近警報。

〈PULL　UP〉

電波高度計のデジタル数字が二桁を切る……！

「こなくそっ」

ぐいっ

操縦桿を思いきり引く。スロットルに手が届かない。いや、速度は十分にある。速度エネルギーを高度に変えればいい、思いきりピッチアップ――！

ぐううっ

迫る黒い海面が、瞬時にコクピットの窓の下へ吹っ飛ぶように消え、星空が激しく下向きに流れる。767は二五〇ノットの速度エネルギーを全部高度へ変えるかのように、猛烈な勢いで機首を上げる。今度は凄まじいプラスG。

ばさばさばさっ

宙に浮いていたマニュアル類が、瞬時にはたきおとされ、床に叩きつけられる。

黒戦闘服の特殊部隊員もだ。

どかっ

「ぐわっ、ぎゃっ」

今のは、ミサイル攻撃だ。

ＳＡＭかっ……!?

いや違う。

真後ろから来て、横で爆発した。

地対空ミサイルは弾道攻撃は出来ない。低空を水平に飛ぶ機を、真後ろからは狙《ねら》えない。

では。

（――戦闘機のミサイルかっ……!?）

黒羽の背筋に、何かが走った。

一発目がそれた。必ず、もう一発来る……。

誘導は何だ……？　レーダー・ミサイルか、熱線追尾か。

相手は何機だ。

分からない。真後ろから撃たれた。

ミサイル母機との距離も分からない。何に追尾されていたのかも――こっちは旅客機だ。

後方が、全然見えない……！

「――！」

引け。

「――くっ」

引き起こせ。

黒羽は、本能に従うように操縦桿を引き続けた。767の機体を、ピッチ角九〇度まで引き起こして行く。機体を立てて、エンジン排気熱を後方の〈敵〉から隠さなければ……！

身を隠す。そうだ――着陸灯が点いたままだった。それも消す。

ヴォオオオオッ

視界には、もう星空の天しか見えない。機体が空中へ立ち上がるように急上昇すると、速度スケールの対気速度がみるみる減って行く。ハッ、と気づいて自由になった左手でスロットルをフル・フォワードに。

ギィイイインッ

朝鮮半島東岸沖　上空

「発射」

良好な熱源捕捉トーンを得て、搭乗員が操縦桿のボタンを押すと。

ミグ21。

超音速戦闘機の三角翼の左下から、短い鉛筆のようなアトール熱線追尾ミサイルがリリースされた。

弾頭の赤外線シーカーが、水平線上の明瞭な熱源――大型機のエンジンの熱を捉え、音速で海面上十数メートルの宙を疾駆《しっく》する。

だが、
シュパッ
大型の機影が機首を上げたかのように見え、次の瞬間その姿がフッ、と消えるのと、二発目のアトールが後方から襲いかかったのはほとんど同時だった。短い鉛筆のようなアトールは、大型機のいた空間を直線状にそのまま通過した。

シュルルッ

明瞭な熱源だったエンジン排気熱が、突然ミサイルの目の前から消え失せたのだ。今度は近接信管も作動しない。ミサイルは直進するしかなかった。

「……!?」

後方から追うミグ21の搭乗員は、目を疑った。

消えた……?

三キロメートル先の闇の中に小さく見えていた機影が、突然視界からフッと『消えた』ように見えたのだ。

ここまで、アフターバーナーに点火し、急加速でその大型機のシルエットを追って来た。〈標的〉の速度は、時速四五〇キロくらいだった。

自分も超低空へ降りて、ルックダウン能力のないレーダーで〈標的〉をロックオンした。二〇〇キロ以上の速度差で追いつき、間合い五キロ（三マイル。ミグの搭乗員は距離をメートルで考える）で一発目のアトール、四キロで、満を持して二発目を発射した。それでも命中しなければ機関砲で片づけるべく、兵装選択を切り替えて迫っていた。

しかし、

「……消えた?」

もともと、今夜は月の無い、濃い闇だ。

あの機が着陸灯をつけていたから、見つけられたのだ。

レーダーを射撃のため〈前方固定モード〉にし、三キロ先の〈標的〉を捉えてロックオンしていたが、それも円型のスコープから消えてしまった。

搭乗員は気づかなかったが。

767が、前方へ進む速度エネルギーを『全部』高度に変換して垂直上昇したため、前方へ固定されたミグ21の射撃レーダーのビーム範囲を、瞬時に抜け出てしまったのだった。

〈標的〉が消え失せた……？

搭乗員は、そのように感じた。

いったい、どこへ行った――!?

肉眼で真っ暗闇の海面上を見渡す。

右、左――暗闇の広大な空間に、あの着陸灯の光は見えない。あんな強い灯火を点けて飛んで行くなんて、馬鹿な奴だと思っていたが……。

どこへ行った。

何か、レーダーの目をくらます新兵器でも載せているのか。

あの大型機に乗っているのは、国家に反抗する〈反主流派〉の奴らだという。見つけ次第、機関砲で叩きおとさなければ……。

だが人民軍のミグ搭乗員は、大型機が上方へ垂直に昇ったなどとは想像もしなかった。すぐに上を見上げることはしなかった。

767　コクピット

ヴォオオオッ
機首を垂直に立てた767は、二五〇ノットの速度エネルギーをすべて高度に替えて使い果たしながら、闇夜の天空を駆け登った。

操縦桿を引いて保持する黒羽の眼の前の高度スケールが、吹っ飛ぶように上がって行く。

六〇〇〇、六五〇〇、七〇〇〇、七五〇〇──

「──うっ」

耳に、キンという痛み。

何だ、与圧がかかっていないのか……!?

機内の気圧も急激に下がっている。だがミサイルのシーカーから逃れるためには、出来得るかぎりこのまま昇るしかない……！

八〇〇〇、八五〇〇、九〇〇〇――

代わりに速度スケールはどんどん下がって行く。左右のエンジンを最大推力にしているから速度の減り方は高度の上がり方より鈍いが、減って行く。

一七〇、一六〇、一五〇――

くそっ……。

黒羽は操縦桿を保持しながら、必死に考えた。

襲って来た戦闘機は、何機だ。どこにいる……!?　種類は何だ、超低空で襲われた。たぶんレーダー誘導でなく赤外線ミサイルだ。この767で、逃げきれるのか。

知りたい。

せめて、敵機の襲って来た後ろが見えれば……。

後ろと、下方が――

（……！）

黒羽の脳裏に、何かがひらめいた。

そうだ――

だがそこへ、

「ふんぬっ」

天を向いたコクピットのオブザーブ・シートの背につかまりながら、後方からよじ登るようにして、黒戦闘服の男が襲いかかって来た。

「ぬぅうっ」

特殊部隊員は、床に叩きつけられはしたが、気を失ってはいなかった。黒羽の後頭部へ逆手に握ったナイフを振りかざす。

きゃあっ、と岩谷美鈴が悲鳴を上げる。しかし黒羽は、操縦桿を握ったまま何か考えていて背後のナイフに気づかない。

「ぬぉおっ、しね」

だがその瞬間。飛行高度が一〇〇〇フィートを超えた。

767 機内

左側前方の乗降ドア。

ピュゥウウッ

秘密飛行場を出る前、兵士が侵入しようとして外側から銃で穴を開けたドアの小窓からは、機体の高度が上がるにつれ激しく空気が外へ噴出していたが。

パリッ

一〇〇〇〇フィートを超えた気圧差で、ついに小窓に半分ほど残っていた強化プラスチック製の窓ガラスが、全部吹っ飛んだ。

ボンッ

途端に、猛烈な勢いで機内の空気が開口部から外へ吸い出され始めた。

ビュゥウウッ

前部機内空間で、およそ固定されていないすべての物体が浮き上がり、引き寄せられる。

767　コクピット

「う、うが!?」

黒羽の首筋に、背後からナイフを振り上げようとした特殊部隊員は、その瞬間、まるで見えない手に摑まれ引き戻されるように後ろ向きに宙を吹っ飛んだ。

うわ、うわっ、うがーっ！　という悲鳴が、開いたままのコクピットの扉から後方へ去って消える。

「――きゅ、急減圧だっ」

ハッと気づいた黒羽が、計器から目は離さずに怒鳴った。

「ベルトをしっかり締めろ、つかまっているんだ」

「きゃあっ」

「心配するな、もう上昇は止まるっ」

黒羽の言う通り、速度スケールは一〇〇ノットを切り、加速度的にどんどん減ってゼロに近づく。

ガタガタガタッ
操縦桿が、激しく振動する。スティック・シェーカーだ。失速警報だ。

「――――」

黒羽は、だが頭の中でイメージしていた。

この767の機体は、今この瞬間、機首を天に向けて宙に停止しようとしている――

この後は、放っておけば失速し、どちらかの方向へおそらくスピンに入り、海面へ向かってきりきり舞いしながら落下して行く――

しかし、
頭の中に、何かがひらめく。
イメージのようなもの。

――バーチカル・リバース

〈勘〉が、それを教えた。

（――そうだ。バーチカル・リバース……！）

黒羽はハッとする。

朝、訓練空域で模擬空戦の相手に対して使った。昼間、イメージ・トレーニングもした。

あの技だ。こいつで、出来るか……!?

あの技を、使えれば。

ガタガタガタッ
激しく振動する操縦桿を、黒羽は摑み直す。

（…………）

やれるのか。

両足で、ラダー・ペダルを押さえる。

やるしか、ない……。生きて帰るには。

「くっ」

黒羽は操縦桿を握ると、手前へ思いきり引いた。

引きつけた。

機体を、背面に――！

だが、ついに宙に停止した767は、尾部を下に落下しようとする。

「くそっ……！」

操縦桿の反応が、スカスカだ――対気速度がないから、昇降舵が効かない……！

天を向いていた身体が、ふわっと浮く。

くそっ。

「美鈴っ」

黒羽は怒鳴った。

「操縦桿を一緒に持てっ、一緒に引っ張れっ」

尾部から落下する、恐ろしく気持ちの悪いマイナスGが操縦席を襲った。

ブォオオッ

落下し始める。

だが機体が、下へ運動し始めたせいで、水平尾翼に気流が当たり始めた。

ブォオッ

（！）

操縦桿に、少しだが反応が戻った。

「今だ、引けぇっ」

隣の席で、黒髪の少女が一緒に操縦桿を手で握るのが見えた。ただし、マイナスGの気持ち悪さで口は一切、きけないようだ。

ぐうっ、思いきり操縦桿を引く。

頭上の星空が、流れるように動き始める。

（……！）

機体が、落下しながら背面になって行く。

黒羽には星空の動きで、それが分かった。操縦桿に反応が戻る。まだスカスカだが、反応はする。言うことをきく。

ぐううっ、と視野が下向きに流れ、ついに頭上に、真っ黒い海面が逆さまに見えた。

「――！」

猫のような鋭い眼が頭上を探り、黒い海面上を張り付くように移動する、一個の赤い点を捉えた。

あれは――

アフターバーナーの、火かっ……。

ちょうど真上――いや、真下かっ。

単発の戦闘機。

海面高度に一機。一機だけか。ほかに視野の範囲に、アフターバーナーの火はない……。

（よし）

瞬時に、下方の情況を摑んだ女性パイロットは、次の瞬間には本能的に右ラダーを踏み込み操縦桿を思いきり左へ切っていた。昇降舵、さらに手前。

ぐいっ

少し遅れて、舵が反応し始める。

「――行くぞっ」

「……えっ!?」

美鈴がようやく驚きの声を上げるのに構わず。

黒羽は、地形追随飛行で体得した感覚を総動員し、〈勘〉の命ずるまま操縦桿とラダー・ペダルを最大舵角に操った。

もう理屈では言えない。

頭の中に、機体の運動するイメージだけがあった。

動け。

あの戦闘機の、真後ろ上方へだ……！

「さぁ、言うことをきけ、このデカブツっ！」

星空と真っ黒い海面が、視界の中でぐりんっ、と回転した。

朝鮮半島東岸沖　海面上

ゴォオオオッ
人民軍・ミグ21戦闘機。
どこだ、どこにいる……？
ミグ21の搭乗員は、レーダーを〈広域捜索モード〉に替え、前方の海面上を捜索していた。視界から姿を消した〈標的〉を、捜した。

レーダーにルックダウン能力がないから、広範囲を捜索するには自分が超低空にいなければならない。海面上を這うように飛び、前方の空間を探った。

〈反主流派〉め――

人民軍では戦闘機の搭乗員となる者は、国を支配する党の幹部の子弟ばかりだ。この搭乗員も、国の現体制に倒れられては困る、と思っていた。だから『〈反主流派〉の奴らは皆殺しにしなければいけない』という、一部の軍の幹部の発言にも共感していた。〈反主流派〉が、国の資産である新型の大型ジェット機を奪ったのかもしれない……。だとしたら、自分が必ず見つけ出し、悪用される前に撃墜する――

この闇の中から狩り出して、機関砲の餌食《えじき》にするのだ。

「……どこにいるっ？」

だが、
ピカッ
「……!?」

背後の頭上――ほぼ『真上』から、強力な白い光がミグの単座操縦席を刺し貫いた時には、遅かった。

「うっ――何だっ⁉」

ズグォオオッ！

ミグ21は、後方視界が悪く、無いに等しい。ただでさえ振り向いても真後ろは見えない。後方の警戒は、操縦席の風防の窓枠についたバックミラーで見るか、編隊を組んだ僚機同士でカバーし合うのだ。今回は僚機もいなかった。

非武装の大型機を〈標的〉に、狩りをしているつもりになっていたミグ21の搭乗員は、まさか自分がボーイング767に背後頭上から『襲われる』などとは想像もしていなかった。

ズドドドドッ！

「う、うわっ」

気づいて振り仰いだ時には、天空を隠すような巨大な黒い影が、翼を広げて覆い被さって来た。たちまち視界が全部、その巨大な機体の腹で一杯になる。

ドドドッ
凄まじいダウン・ウォッシュ。

ブワッ

な、何だ――

大型旅客機……!? 何だ、こいつは!?

「――ぶ、ぶつかる、うわっ」

急降下して来た大型機の主翼が吹き下ろすダウン・ウォッシュが、単発の軽戦闘機の機体を下向きに容赦なく押さえつけた。こっちに速度を合わせ、真上からぶつけるように降りて来る……!? 何だこいつは、何のつもりだ――

「うわぁっ!」

高度が下がる。

海面に、ぶつかる……! 搭乗員は悲鳴を上げ、大型機の真下から抜け出そうとしたが、白い強力なランディング・ライトで眼の暗順応が消え失せていた。

か、海面が見えない。どっちが下だ、どこが海だ――!?

ズグォッ

頭上から、風防をこするようにアルミ合金製の機体の腹が降りて来ると、ミグ21の垂直尾翼を、その右主翼付け根部分でガンッ、と一撃した。

ガゴンッ

ふらっ

ミグ21はひとたまりもなく、垂直尾翼の上半分を吹っ飛ばされ、海面上十メートルでダッチロールに陥《おちい》った。

「う、うわ」

たちまち、腹を上にしてひっくり返った。時速七〇〇キロのスピードのまま、頭から海面へ突っ込んで行く。

「うぎゃあぁっ！」

4

朝鮮半島　東海岸沖　上空

767コクピット。

「やったか……」

黒羽は、操縦席の自分の右下で、細いミグの機体がひっくり返り、黒い海面に吸い込まれていくところまでは見ていた。

「……」

機体で一番頑丈な、主翼の付け根をぶち当てたのだ。こちらに大きなダメージはない。

だがあのミグは……。

やむを得なかった。

この機体をぶつけて、やっつけなければ――

「…………」

「黒羽さん？」

隣から、岩谷美鈴が覗き込んで来た。

「大丈夫ですか」

「……あぁ」

黒羽はうなずくと、操縦桿を握り、機体を再び超低空で安定させた。

高度一〇〇フィート。

針路は、また一二〇度に取った。

このまま無事に進めれば。一時間ちょっとで日本の本州の、北陸沿岸かどこかへ辿《たど》り着けるだろう。

ただ、その一時間ちょっとが問題だ。

無事に、帰れるのか。

「今の、襲って来た一機は何とか倒したが――」

黒羽はつぶやくように言った。

「はい」

美鈴がうなずく。

「あれ、北朝鮮の戦闘機だったんですか」

「そうだ。あのミグは、この機のことを防空司令部かどこかへ通報したかもしれない。あれの僚機が、近くにいる可能性も高い。今、一時的に一〇〇〇〇フィートまで上昇してしまったから、わたしたちは北朝鮮の防空レーダーにも確実に映ったはずだ。追手は、まだ来ると思った方がいい」

「…………」

「このまま、出来るかぎり超低空で逃げるしかないが――」

黒羽は唇を噛《か》む。

何とか、助けを呼べないか……？

航空自衛隊がスクランブルを出して、要撃機をこちらへ指向すれば、北朝鮮機は摩擦を避けて追撃をあきらめるかもしれないが……。

「助、助けを、呼べませんか?」

美鈴が言った。

「日本に、助けを求めれば。無線機は?」

だが、

「これはVHF(極超短波)だ」

黒羽はセンター・ペデスタルの通信コントロール・パネルを指して言う。

「三〇〇〇〇フィートまで上がっても、届くのは最大で二〇〇マイル。この機は、どこか与圧が漏れているらしいから、高高度へは上がれない。上がったところで、北朝鮮のレーダーに再び捕捉されれば戦闘機が追いついて来る」

「…………」

「今度、後ろから追いつかれて攻撃されたら——今みたいなわけには」

黒羽は、唇を嚙む。

「我慢して進んで、日本の沿岸に近づくまで、助けは呼べない。このまま、海面に張り付いて逃げるしかない」

「あの」

黒髪の少女は、少し首をかしげて、斜め上を見る仕草をしたが。

ふいに黒羽を見て、言った。

「ありますよ。日本へ助けを、求める方法」

「？」

「これです」

少女は、紺のスカートのポケットから、白い携帯を取り出した。スマートフォンだ。

「これ」

「電話なんか、繋がるわけないだろう」

「電話じゃ、ありません」

「？」

石川県　小松基地

「――これは何だ？」

小松基地。第六航空団の司令部。

司令部二階の防衛部オフィス。

〈ネット監視任務〉でノート・パソコンを見ていた事務職の三曹が、声を上げた。

「おい」

三曹は、机を並べて同じ監視任務についている仲間たちを呼んだ。

「おいちょっと、これ何だろう」

第六航空団の防衛部では、非番を返上で出勤した若い幹部の三尉の進言によって、『ネット監視オペレーション』が夜を徹して行われていた。

昼間から〈NGO平和の翼〉が、自分たちのホームページに『ピースバードがF15に異常接近された時の動画』を流し、航空自衛隊を中傷するような行為を繰り返していた。そこで三尉が申し出てリーダーとなり、事務の若い曹士を召集して、二十四時間態勢でネット内を監視し情報を収集するオペレーションが実施されることになった。

それは一見、若い隊員たち五名がオフィスの机にパソコンを並べ、動画やホームページを検索して遊んでいるようにも見えたが、立派な任務であった。『平和の翼』『ピースバード』『航空自衛隊』などのキーワードを入力して検索し、自衛隊や第六航空団に対して理不尽な中傷が行われていないか、監視していたのだ。

声を上げた三曹のノートPCには、ユーチューブの動画が再生されていた。

「これを見てくれ」

ＹＯＵＴＵＢＥ

フレームの中で、画像が動いている。

「何だ」

「飛行機の、コクピットか？」

隊員たちが覗き込むと。

『――こちらはピースバード』

大型航空機の操縦席らしい、薄暗い空間でシートに座った鋭い目の女性が、カメラ目線で口を動かしている。

画面が、微かにぶれるのは手持ちのカメラで撮影しているからか。

『今、ピースバードの操縦席から、このサイトにリアルタイムで呼び掛けている。わたしは航空自衛隊第六航空団、第三〇七飛行隊所属のパイロットだ。この７６７に女子中学生二十名を乗せて、北朝鮮を脱出して来た』

「――」

「――」

「――何だこれ、い、何だこれ？」

「さぁ……。秋月玲於奈の、新しい映画の予告編じゃないのか」

一人が、動画のタイトルを指して言う。

〈秋月玲於奈　ピースバード　助けて〉

動画タイトルには、そうある。

「アップされた時間は?」

「たった今だよ」

『今、わたしたちは』

フレームの中の女性は、黒いパンツスーツ姿で、猫のような鋭い目で訴える。

『わたしたちは朝鮮半島の東海岸を離れ、東南東へ、日本海の上空を超低空で逃げている。助けてほしい。わたしたちは北朝鮮の戦闘機に追われている。これを見た人がいたら、すぐに航空自衛隊の総隊司令部へ通報してほしい。この機の現在位置は、ここだ』

手持ちのカメラが、ぶれながら動いて、操縦席のコンソールにある大型の電卓のような機器をアップにする。その窓に表示される、NとEで始まる二行の細かい数字の列。

『総隊司令部は、AWACSで探知出来たら、座標を照合して欲しい。わたしたちは海面上を高度一〇〇フィートで飛んでいる。速度は三〇〇ノット、機種はボーイング767、機首方位は一二〇度だ』

「────」

「────」

隊員たちは、わけが分からない、という表情で顔を見合わせるが、

「でも変だぞ」一人が指摘する。「これ、秋月玲於奈にしちゃ、台詞《せりふ》が棒読みじゃない」

「本当だ」

もう一人がうなずく。

「変だぞ、演技がうまい」

そこへ、

「おい、お前たち、集まって何をしているんだ」

リーダー役の三尉が、夜食に作ったカップヌードルを手に、オフィスへ戻って来た。

「遊びじゃないんだからな。ちゃんと監視するんだぞ」

「あっ、三尉。これを見て下さい」

事務の三曹が、画面を指さした。

「『ピースバード』で検索していたら、変な動画が引っかかったんです」

「何だよ、〈秋月玲於奈〉って……。遊んでいたら、俺が日比野二佐に怒られ──」

三尉は立ったまま、ヌードルをすすりながら画面を覗き込んだが。

『――ピースバードは、人道目的ではない。大金を積んでいた。わたしたちはそれを見てしまったため、殺されかけて脱出して来た。わたしは航空自衛隊第六航空団、第三〇七飛行隊の鏡黒羽三尉。女子中学生二十名を乗せて、北朝鮮から今――』

「――――」

三尉は割りばしを止めて、画面に見入った。

「――おいこれ、セーブしてあるか」

「はい」

「これ、飛行隊の鏡三尉じゃないかっ？」

「鏡三尉、ですか？」

「お前たち、知らないのか」

「はぁ」

「とにかく、セーブしておけっ」

三尉は命じると、カップヌードルをぱんと机において、構内電話を取った。基地の代表交換台のスイッチを押した。

「防衛部オフィスだ。防衛部長を頼む。至急だ」

日本海上空

７６７コクピット。

「どうして、〈秋月玲於奈〉なんだ」

動画撮影モードのスマートフォンを、美鈴がいったん止めると。

操縦席で黒羽は、文句を言った。

「だって、動画タイトルに〈秋月玲於奈〉って混ぜてアップすれば、日本国内で今たぶん何万人もの人が見てますよ」

「そんなものか？」

「人気、あるんですから。妹さん」

「――――」

今のところ、７６７は高度一〇〇フィートを保ち、静穏に飛んでいたが。

いつ、いきなり背後からミサイルを撃たれるか分からなかった。

日本海は、まだ三分の一も渡っていない。

来る時に、機内で音楽サイトのアイチューンから曲がダウンロード出来たから、この機にはきっと衛星経由のネット環境が備わっているに違いない――

そう気づいて、スマートフォンから動画をリアルタイムで流すことを考えついたのは、美鈴だった。〈秋月玲於奈　ピースバード　助けて〉というタイトルも、美鈴が考えた。

「あ、そうだ」

美鈴は、スマートフォンの画面をめくりながら、また気づいたように、

「これも、アップしておこ」

「?」

「黒羽さん、もう一回、ナレーション頼んでいいですか?」

東京　永田町　総理官邸

総理官邸・執務室。

「総理っ」

「………………」

年季の入った革張りのソファで、ワイングラスを傾けていた長身の男のもとへ、男性の

秘書官が駆け込んで来た。

「……？」

男は、秀でた額の眉《まゆ》を上げた。

秘書官はソファへ駆け寄ると、息を切らせながら耳打ちした。

「総理、大変ですっ」

小松基地　第六航空団

司令部地下・要撃管制室。

「あれか……？」

通報を受け、防衛部オフィスで動画を見てから、日比野克明はただちに地下の要撃管制室へ降りた。

夜勤の要撃管制官に頼み、情況スクリーンに日本海の様子を出してもらった。

「そのようです。ちょうどＡＷＡＣＳが今夜は隠岐ノ島沖に展開して、哨戒《しょうかい》していました」

当直の管制官は、日本海北西部を拡大させた画面を指した。

白い三角形が一つ、尖端《せんたん》を右斜め下に向けて、日本海の北西部を少しずつ動く。日本海の、西から三分の一くらいの位置だ。

「おっしゃる通り、部長の言われた〈目標〉は、あれかもしれません。哨戒中のE767が探知して計測した〈目標〉の高度は海面上一〇〇フィート、速度三〇〇ノット、針路一二〇度。動画のアップされた時刻が、現在から十分前だとすると、緯度・経度の座標も合致します」

「ううむ――」

日比野は、腕組みをする。

その胸ポケットで、携帯が振動する。

日比野は「待ってくれ」と管制官に言って、電話を取る。

「私だ――うむ、そうか。分かった」

通話を切ると、日比野は息をついた。

「鏡三尉は、宿舎にはいない。パイロットを緊急に呼び出す携帯の番号にも出ない。所在不明だそうだ。参ったな」

「部長」

管制卓にパソコンを開かせ、ユーチューブのモニターを頼んでいた女性管制官が呼んだ。

「部長、新しい動画がアップされました。〈秋月玲於奈　ピースバード　助けて2〉です」

「分かった。見ておいてくれ」

日比野は頼むと、管制卓の赤い受話器を取った。

「府中へ連絡を入れよう」

「その必要は、ないかもしれませんよ」

当直管制官は言う。

「この目標諸元なら、十分怪《あや》しい。たぶんもう、ＣＣＰでは対処に入っていますよ」

「そうか」

「ただし、あれをアンノンとして、ですが――」

府中　総隊司令部

地下四階・中央指揮所（ＣＣＰ）
ざわざわざわ
「もう一度、報告しろ」

和響一馬は、先任指令官席からインカムに訊いた。

「北西セクター、今の報告は本当か?」

『本当です』

ずらりと並ぶ管制卓の向こうの席から、北西セクター担当管制官が応《こた》えて来た。

『北朝鮮、ウォンサン付近の海岸線より、超低空で飛来するターゲットあり。高度ほぼゼロ、速度三〇〇ノット、針路一二〇。北陸沿岸の原発群へ向け、一直線です。民間に該当するフライトプラン無し』

「――――」

和響は、唾《つば》を呑《の》んだ。

「アンノンは、単機か?」

『単機です』

「――――」

「先任?」

そばの席にいた若い管制官が、絶句する和響を心配そうに見た。

「先任、どうされました」

小松基地

地下・要撃管制室。

「よし、アラートを上げよう」

日比野は、決心したようにうなずいた。

「急行させて、あれの正体を確認だ。府中の命令はまだ無いが、訓練名目でいい。五分待機のスクランブルを上げろ。理由は俺が後で何とでもする」

「はっ」

管制官が赤い受話器を取る。

「今夜のペアは、誰だ？」

「はい。五分待機は、一番機風谷三尉、二番機菅野三尉です」

女性管制官が、ボードを見て応える。

「それでいい」日比野はうなずく。「風谷なら、無茶はやらんだろう」

永田町　総理官邸

総理執務室。

応接セットのテーブルに、ノートパソコンが広げられている。

さっき駆け込んで来た秘書官が、抱えて来たものだ。

『――わたしたちはピースバードの〈秘密〉を見てしまったため、北朝鮮領内の秘密飛行場で殺され掛けた。やむなく、この機体を奪取して脱出した。これは、証拠の画像だ』

「…………」

「…………」

ワイングラスを手にした長身の男と、男性の秘書官は、声もなく画面を注視していた。

ユーチューブにアップされた動画は、すでに二種類目だ。

画面が、目の鋭い女の顔のアップから、別の場所で撮られたシーンに変わる。

パッ
『☆■◎▼※～！』

画面に、いきなり朝鮮語でしゃべっている女性国会議員の顔が出ると。

「……！」

ワイングラスを手にした男の表情が、ぴくりと引きつった。

「…………そ、総理――」

『マンセー！』

『マンセー！』

『マンセー！』

小松基地

司令部。

防衛部オフィス。

「おい、これはいったい何だ」

「何をしゃべっているんだ？」

ユーチューブには〈秋月玲於奈　ピースバード　助けて2〉という、新しい動画が同じ投稿者によってアップされたが。

モニターしていた防衛部員の曹士たちには、しゃべっている言葉が分からない。

「これ、水鳥あかねじゃないか？　国会議員の」

「え？」

「あっ」

「おい、こっちを見てくれ」

もう一人が、自分のデスクのＰＣを指した。

「別のユーザーがこの動画をコピーして、字幕をつけて再アップしているぞ」

『見て下さい、私が日本からぶんどって来た、十万人分の〈子供手当〉、三一二〇億円です。祖国のために、全部私がやったんです、私の功績です。どうです、凄いでしょう』

『でかしたぞ。これで核弾頭は完成だ』

『う、嬉《うれ》しい。うううっ』

「――――」

「――――」

「――――」

画面を見る全員が、声を失った。

『祖国のために万歳しましょう』

『万歳！』

『万歳！』

『万歳！』

画像は、飛行機の機内の通路の様子を、カーテンの陰のような位置から低いアングルで隠し撮りしていた。

女性国会議員と三人の高級将校がそろって『万歳』をした後、戦闘服の兵士が運び込んで来た札束の塊をしゃがみこんで先を争って懐へ入れる様子も、多少ぶれる画面だったが音声付きで鮮明に記録されていた。

府中　総隊司令部

中央指揮所。

「先任。小松が、すでにF《エフ》を上げています。訓練名目です」

連絡調整官が、振り向いて報告をする。

「よろしい」

和響は先任指令官席でうなずく。

「追認する。こちらの指揮下に入れて、〈目標〉へ指向しろ」

「はっ」

指示を出すと、和響一馬はシートに背を預け、地下空間の前面スクリーンを仰いだ。

「――――」

斜め下を向いた三角形は、すでにオレンジ色に変わった。

日本海北西部から、斜めに北陸沿岸を目指して超低空でやって来る飛行物体――

いったい、何物だ。

今日は、日本海にE767が出ていてくれたから、探知出来たのだ。

民間のフライトプランに、もちろん該当機などなく、朝鮮半島から超低空を三〇〇ノットで這って来るなど、とても普通ではない。

「――〈奴〉でなければいいが……」

和響がそうつぶやいた時。

地下空間の後方がふいにざわつき、複数の足音が入って来る気配がした。

「……？」

振り向いて、驚いた。

き、〈規定〉……!?

思わず、小さくのけぞった。

総隊司令官だった。〈規定〉と皆があだ名で呼んでいる敷石《しきいし》巌《いわお》空将補（56）が、エレベーターを降りて取り巻きの幹部たちを引きつれ、どかどかと入場して来たのだ。

「そ、総隊司令」

和響は慌てて立ち上がると、敬礼した。

まだ、呼んでないぞ……。

これから大変になりそうな情況なのに――

（勘弁してくれ）

邪魔をされたくない……。

だが、

「先任指令官」

トップダイアスの中央に着席するなり、〈規定〉——敷石空将補は言った。

「情況を報告せよ」

普通は、CCPでスクランブルを決定してから、先任指令官が構内電話で地上の司令部へ報告すると、おもむろにやって来るのが総隊司令官とその取り巻きである。

今回は、いったいどうしたのだ……。

腑《ふ》におちない和響が、前面スクリーンを指しながら説明をすると。

「分かった」

敷石は、うなずいた。

「あの〈目標〉は、低空侵攻して来るかも知れないアンノンだということだな？」

「はっ」

「先任指令官」

「はっ」

「実は。つい数分前だが。総隊司令官室の私のところへ、官邸の咲山内閣総理大臣より直接に電話があった」

「は？」

「あの〈目標〉を」敷石は、前面スクリーンを顎で指した。「『撃墜しろ』と言われた」

「……？」

和響は、わけが分からない。

「総理、からですか？」

「そうだ。内閣総理大臣命令として、じきじきに私に命令された。現在接近中のあのアンノンを『自衛隊の総力を挙げてただちに撃墜せよ』と命じられた」

「…………」

「…………」

和響と、サポートをする数人の管制官が、絶句してトップダイアスを見上げる。

いったい、どういうことだ……？

いきなり〈撃墜命令〉……!?

総理大臣から……？

すべての管制卓の管制官たちが、耳をそばだて始めた。

ごほん、と咳払《せきばら》いして敷石空将は場内のざわめきを鎮める。

「総理が、どうやってあの〈目標〉の接近をお知りになったのか、それは分からん。自衛官は質問する立場にはない。ただ総理は『危険だから洋上遠くにあるうちに、ただちに撃墜せよ』と命じられた」

「…………」

「したがって」

「…………」

「…………」

いつしか要撃管制官全員の目が、トップダイアスに集中していた。

敷石空将の、笑ったことなどないような茶色い顔に、全員が注目した。

「…………」

「…………」

「したがって。ごほん」敷石は咳払いした。「いつもの通りやる」

ずだだっ、と何人かの管制官が椅子《いす》から転げおちた。

「いつもの通りだ。規定通り、〈対領空侵犯措置〉で対処する」

敷石は、立ち上がって全員に命じた。

「よいか。小松のFには、〈目標〉に接近してまず正体を確かめさせ、報告をさせよ。領空に近づいても規定通り、許可しなければ一切武器の使用はまかりならん。我々は、どこかの国の軍隊とは違う。平和憲法と自衛隊法に基づいて行動する航空自衛隊である」

エピローグ

東京　お台場　大八洲TV

一週間後。

大八洲TV八階・報道フロア。

「——しっかしなぁ」

〈事件〉から一週間たった今も、朝のワイドショーで繰り返し使われ続けている映像素材を見やって、チーフディレクター八巻貴司はつぶやいた。

「毎回、けがの功名だよな。沢渡」

自局のオンエアを映すモニターに、朝のワイドショーが流れている。

画面は、ちょうど一週間前の深夜、新潟空港に緊急着陸をした〈ピースバード〉の、貨物室扉がオープンさせられた直後を捉えた映像だ。

『――★▽☆※〜！』

水色スーツの女国会議員が、口を開いたコンテナから崩れ出そうとする札束の山にしがみつき、錯乱したようにカメラに向かって怒鳴っている。

その映像の下に、字幕テロップが入る。局で翻訳して、入れたものだ。

『来るな、来るな、あたしの金だ！』

撮影したのは、沢渡有里香と道振哲郎の取材チームだ。

〈ピースバード〉が出発する際、沢渡と道振のコンビはコンテナの積み込みを隠し撮りしようとしたのがＮＧＯのメンバーたちに見つかり、結局、貨物エプロンの仮設テントに夜中まで拘束軟禁されてしまった。軟禁していたメンバーたちの言いぐさでは『間違った悪い報道をするマスコミ関係者を修正してやっていた』のだと言う。

だがそのせいで、例の７６７が深夜、航空自衛隊の戦闘機にエスコートされ新潟空港へ帰還して着陸した時、すぐそばから混乱に乗じて、この映像を撮ることが出来たのだ。他局の取材クルーたちはみな東京へ帰ってしまっていた。

大八洲ＴＶだけの、スクープだ。

ワイドショーのプロデューサーからも、八巻は何度も礼を言われた。

「あの国会議員――北朝鮮から戻って来る間じゅう、ずっと床下貨物室で札束にしがみついたまま気を失っていたんだってな」

八巻がつぶやくと、

「主権在民党は、〈子供手当〉の支給対象を『日本国籍を持った国内居住の子供に限る』って修正法案を出すらしいですよ」

そばのスタッフが言った。

「今さらですね」

石川県　小松基地

司令部前エプロン。

「鏡さん」

鏡黒羽が、午前中の飛行訓練を終え、イーグルの機体を降りると、白セーラーの制服を着た黒髪の少女が、規制線の向こうで手を振った。

「お帰りなさい」

「……？」

「デビュー、決まったんです」

オペレーション・ルームの喫茶コーナーで、黒髪の少女は、嬉しそうに言った。

「小さい事務所だけど。女優です。育ててくれるって。真っ先に、鏡さんに報告しようと思って」

「それで、こんな遠くまでか？」

黒羽は、あきれたように缶コーヒーを持つ手を止めた。

「はい」

岩谷美鈴は、元気よくうなずいた。

「だって。あたしの〈目標〉ですから」

「あんたの目標は――」

「ですから、秋月玲於奈です」

「それは聞いたよ」

「ですから、報告に来たんです」

「？」

「黒羽さん」

美鈴は、オリーブグリーンの飛行服を着た女性パイロットの顔を、覗き込むようにした。

「黒羽さん、実はあなたが、『本物』なんでしょう？　秋月玲於奈」

「そ」

黒羽は面食らう。

「そういうことを、声に出して言うな」

小松基地　滑走路脇　フェンス

「あの時。コクピットで、動画を撮っていて感じたんです」

黒羽と並んで、滑走路でタッチアンドゴー（連続離着陸訓練）を繰り返すF15を眺めながら、美鈴は言った。

「あ、この人が秋月玲於奈だ。あたしが小さい頃から憧《あこが》れてた」

「…………」

「その本人だ——って」

「…………」

「あたし、勘、いいんですよ？」

美鈴は黒羽を見上げる。

「黒羽さん」

「ん」

「どうして、女優やめてパイロットやってるんですか?」

「…………」

黒羽は、フェンスの金網から草の穂を一本ちぎると、くわえた。

「ま、いろいろある」

「?」

「いろいろ、あるんだ」

タッチアンドゴーを繰り返すイーグルを、黒羽は見やった。

その横顔を、少女は見上げる。

「いろいろ――って……?」

「フフ」

猫のような目をした女性パイロットは、苦笑した。その目で、飛び上がっていく機影を追いながら言った。

「いつか。あんたが大人になったら、話してやるよ」

この作品は徳間文庫のために書下されました。

なお、本作品はフィクションであり、実在の個人・団体などとは一切関係がありません。

徳間文庫

スクランブル
イーグル生還《せいかん》せよ

2011年1月15日 初刷
2015年12月10日 6刷

著者 夏《なつ》見《み》正《まさ》隆《たか》
発行者 平野健一
発行所 東京都港区芝大門二―二―二〒105―8055
株式会社徳間書店
電話 編集〇三(五四〇三)四三四九
販売〇四八(四五一)五九六〇
振替 〇〇一四〇―〇―四四三九二
印刷 本郷印刷株式会社
製本 東京美術紙工協業組合

ISBN978-4-19-893293-0 (乱丁、落丁本はお取りかえいたします)

徳間文庫の好評既刊

夏見正隆

スクランブル
空のタイタニック

書下し

世界一の巨人旅客機《CA380》〈タイタン〉が、スターボウ航空の国際線進出第一便として羽田からソウルへ向け勇躍テイクオフ。だが同機は突如連絡を断ち、竹島上空で無言の旋回を始める。高度に発達したオート・パイロットの故障か!? 風《かぜ》谷《たに》修《おさむ》、鏡《かがみ》黒《くろ》羽《は》が操る航空自衛隊F15が駆けつけると、韓国空軍F16の大編隊が襲ってきた——。努力家と天才、二人のイーグルドライバーが、800人の命を守る！